novum pro

AF060832

# Das Einzige, das zählt

Doris Kandlhofer

Bibliografische Information
der Deutschen Nationalbibliothek:

Die Deutsche Nationalbibliothek
verzeichnet diese Publikation in der
Deutschen Nationalbibliografie.
Detaillierte bibliografische Daten
sind im Internet über
http://www.d-nb.de abrufbar.

Alle Rechte der Verbreitung, auch
durch Film, Funk und Fernsehen,
fotomechanische Wiedergabe,
Tonträger, elektronische Datenträger und auszugsweisen
Nachdruck, sind vorbehalten.

© 2009 novum publishing gmbh

ISBN 978-3-85022-919-7
Lektorat: Mag. Evelyn Fux
Coverbild: stock.xchnge

Gedruckt in der Europäischen Union
auf umweltfreundlichem, chlor- und
säurefrei gebleichtem Papier.

**www.novumpro.com**

AUSTRIA · GERMANY · SWITZERLAND · HUNGARY

# 1.

Die Küche strahlte eine wohlige Wärme und Geborgenheit aus, und das lag keinesfalls allein daran, dass die Heizung eingeschaltet war. Nein, es war eher einem Gefühl des Zuhause-Seins zuzuschreiben, einem Gefühl, das einem sagte, „hier ist dein Platz und hier werden all deine Probleme mit dem nötigen Respekt versehen und dementsprechend auch gelöst."

Bei all dem würde man wohl auf den Gedanken kommen, es handelte sich vielleicht um eine alte, gemütliche Bauernküche, aber weit gefehlt. Denn in diesem Fall war die Küche modernst nach den heutigen Ansprüchen eingerichtet.

Ein sanftes, zufriedenes Lächeln umspielte Neles Lippen, und wie jedes Mal, wenn sie hier saß, grübelte sie darüber nach, was oder wer der Auslöser für dieses Gefühl der Geborgenheit war. Und wie immer fand sie keine passable Antwort darauf. Aber eigentlich war es ihr auch völlig gleich, die Lösung auf diese Frage zu finden, viel wichtiger war hingegen, dass diese Empfindung da war, wann immer sie diesen Raum betrat.

Schließlich schob sie ihre Gedanken beiseite und richtete ihre Aufmerksamkeit auf ihre Freundin, die am Herd beschäftigt hin und her hantierte.

Seltsam, aber in den 19 Jahren, in denen sie Lisa nun kannte, schien sich diese so gut wie nicht verändert zu haben; einmal abgesehen von der Größe, denn damals in den Anfängen ihrer Freundschaft waren sie zehnjährige Mädchen gewesen. Ihr dunkelblondes Haar war nach wie vor lang und seidig und ihre hellbraunen Augen hatten immer noch diesen gutmütigen und zugleich verschmitzten Ausdruck, der darauf hindeutete, dass sie so gut wie für jedes Vorhaben zu haben war. Ihre Figur war schlank und sehr weiblich, was sie mit einer Vorliebe für Röcke und Kleider günstig zu unterstreichen wusste.

Nele fand es schade, dass Lisa ihre beruflichen Träume nie verwirklicht hatte. Dafür war ihr aber eine wunderbare Familie in den Schoß gefallen. Nele konnte sich noch gut daran erinnern, wie Lisa von Peter Lichtenfels nach ihrem ersten Treffen geschwärmt hatte. Acht Jahre waren seitdem vergangen und aus ihrer mittlerweile siebenjährigen Ehe waren zwei entzückende Kinder hervorgegangen. Martin und die um zwei Jahre jüngere Eva waren wirklich bezaubernd, und Nele hatte die beiden sofort nach der Geburt in ihr Herz geschlossen, obgleich sie normalerweise keine besondere Vorliebe für Kinder hegte. Und Lisa und Peter führten wahrhaftig eine glückliche Beziehung, deren Ausmaß Nele nie für möglich gehalten hätte. Umso mehr freute sie sich aufrichtig für ihre Freundin.

„Bist du schon wieder in deiner Traumwelt versunken?", fragte Lisa plötzlich mit einem schelmischen Lächeln und stellte einen frisch gebackenen Gugelhupf auf den Esstisch, bei dem ihre Freundin saß.

„Alte Gewohnheiten legt man bekanntlich schwer ab", gab Nele entschuldigend zurück und nahm einen Schluck Tee, der bereits ausgekühlt war.

„Wann erwartest du deine Rasselbande?", erkundigte sie sich anschließend interessiert, schnitt dabei ein Stück Gugelhupf ab und legte es auf das vor ihr stehende Teller.

Lisa nahm auf dem gegenüberliegenden Stuhl Platz und tat es bezüglich der Mehlspeise ihrer Freundin gleich. „Die Kinder kommen um 13.00 Uhr und Peter wahrscheinlich kurz nach 19.00 Uhr, wenn er nicht wieder Überstunden machen muss."

Nele hörte eine Spur Enttäuschung aus ihren Worten heraus. „Er hat viel zu tun in letzter Zeit, nicht wahr?"

„Ja, meiner Meinung nach viel zu viel! Aber mich fragt ja keiner", gestand Lisa offen ein.

„Vielleicht solltest du einmal mit ihm darüber sprechen, Lisa."

Ein kurzes Auflachen folgte Neles Rat ebenso wie ein resignierendes Kopfschütteln. „Ach, ich glaube nicht, dass er das verstehen würde. Schließlich tut er das doch nur, um uns ein unbeschwertes Leben liefern zu können."

„Eine nette, aber unzufriedenstellende Antwort", dachte Nele. Laut sagte sie aber lediglich: „Du hast wahrscheinlich recht", und dann das Thema wechselnd, „hast du übrigens schon ein Hochzeitsgeschenk für Tessa gefunden?"

„Musst du damit anfangen?", seufzte Lisa gequält auf. „Seit Tagen beziehungsweise Wochen suche ich schon nach einem passenden Geschenk, aber bisher war die ganze Sucherei ergebnislos", beklagte sie sich und biss herzhaft in ein Stück Gugelhupf.

Nele schenkte ihrer Freundin ein wissendes Lächeln. „Wem sagst du das! Ich bin bald am Rande der Verzweiflung, immerhin sind es nur mehr fünf Tage."

„Die beiden werden bestimmt glücklich, das habe ich so im Gefühl", war sich Lisa mit strahlenden Augen sicher. „Wenn wir schon bei diesem Thema sind, wann gedenkst du dir eigentlich einen Mann zuzulegen?", fragte sie plötzlich schelmisch.

Missmutig verzog Nele das Gesicht und antwortete in vorwurfsvollem Ton: „Du weißt ganz genau, dass ich zum Glücklichsein keinen Mann brauche!"

„Ach ja?", zweifelte ihre Freundin, „sag bloß, du hast nie das Bedürfnis, dich an einer starken Männerbrust auszuweinen und in der Geborgenheit seiner Arme Trost zu finden?", zog sie, sie bewusst auf.

Mit einem boshaften Lächeln erwiderte sie in zuckersüßem Ton: „Nein, das habe ich nicht!"

„Deine Romane erwecken da aber ein anderes Bild."

„Du solltest nicht alles glauben, was du liest", kam es leicht tadelnd zurück. „Und wenn du noch weiter dieses Thema beibehältst, muss ich dich leider verlassen", meinte Nele freundlich, aber völlig ernst und stand auf, um Teller und Tasse in den Geschirrspüler zu räumen.

„Könnte es sein, dass du in manchen Dingen überhaupt keinen Spaß verstehst, meine Liebe?", neckte Lisa ihre Freundin unbeeindruckt weiter.

Nele schüttelte ungläubig den Kopf und lächelte mühsam. Sie nahm ihre Jacke, zog sie an und bewegte sich auf ihre Freundin zu, der sie einen Kuss auf die Wange drückte. „Ich sehe schon, es ist wohl besser, wenn ich mich aus dem Staub mache."

„Wir sehen uns dann morgen?"

„Ja! Gib deinen Kindern einen Kuss von mir und lass Peter schön grüßen!", verabschiedete sich Nele, als sie aus dem Hause ging, und erntete ein kräftiges Nicken ihrer Freundin.

Beim Einsteigen in ihr Auto warf Nele einen schnellen Blick auf ihre Armbanduhr und stellte zufrieden fest, dass ihr noch eine gute halbe Stunde bis zu dem Termin mit ihrem Verleger blieb.

Schade, dass Lisa nicht näher beim 1. Bezirk, wo der Verlag beheimatet war, wohnte, ansonsten hätte sie diesen herrlichen Apriltag dazu verwendet, gemütlich zu Fuß zu ihrem Treffen zu schlendern. Bestimmt würde sie diese Gelegenheit eines Tages noch ausnützen, nahm sie sich zumindest im Moment fest vor.

Mit einem rundum zufriedenen Gesichtsausdruck startete Nele ihren Wagen, verließ den 19. Bezirk und steuerte Richtung Innenstadt. Die Gegend und der Weg waren ihr so vertraut, dass sie sogar blind nicht vom Weg abkommen würde. Sie liebte ihre Heimatstadt Wien auf eine ganz besondere Weise, was sich vor allem daran zeigte, dass sie nach jeder Rückkehr aus dem Ausland das Gefühl hatte, sie hätte einen Teil ihrer selbst inzwischen in Wien zurückgelassen, um völlig sicherzugehen, wieder zurückzukehren. Und kaum betrat sie Wiener Boden kam es ihr vor, als würden diese getrennten Teile wieder zu einem Ganzen verschmelzen. Ein Fortgehen für immer wäre undenkbar, schließlich war sie ein Kind dieser Stadt und würde dies auch für alle Zeiten bleiben.

Beschwingt summte Nele die Melodie nach, die aus dem Radio drang, und setzte sich eine Sonnenbrille auf, um von dem strahlenden Sonnenschein nicht geblendet zu werden. Ohne zu wissen, warum, war Nele heute bei bester Laune und hätte am liebsten die ganze Welt vor Glück umarmt. Und sie genoss dieses Glücksgefühl, da sie nur allzu gut wusste, dass es zu den selteneren Dingen des Lebens gehörte. Viel zu oft musste sie sich normalerweise mit Problemen herumärgern und nicht selten mit Schicksalsschlägen beschäftigen.

Mit Geschicklichkeit und kompetentem Fahrstil schlängelte sich Nele durch den Stadtverkehr am späten Vormittag, bis sie schließlich ihr Ziel erreichte. Nachdem sie ihren Wagen eingeparkt hatte, spazierte sie gemütlich zum Verlag und fragte sich dabei insgeheim, aus welchem Grund wohl der Verlagsleiter, Herr Moser, sie zu sich bestellt hatte. Bisher hatte sie lediglich fünf Mal mit ihm zu tun gehabt, und das immerhin in einem Zeitrahmen von sechs Jahren. Also musste es etwas von großer Bedeutung sein, dessen war sie sich sicher. Dennoch sah sie diesem Treffen mit Gelassenheit entgegen.

Ruhig betrat sie das Gebäude, stieg in den Aufzug und verließ diesen im sechsten Stock. Leichtfüßig und ohne jegliche Eile ging sie den Gang entlang, bis sie vor der gewünschten Türe zum Stehen kam. Mit einem Klopfen trat sie ein und fand sich im Vorraum seines Büros wieder. Seine Sekretärin tippte beschäftigt in ihren Computer und schien dankbar über eine Unterbrechung zu sein.

„Ja, bitte?", fragte sie mit sopraner Stimme und einem freundlichen Gesichtsausdruck.

„Guten Tag! Hohenberg, ich habe einen Termin", erwiderte Nele mit freundlicher Bestimmtheit.

„Ach, Frau Hohenberg, Herr Moser erwartet Sie bereits. Treten Sie bitte ein!", forderte die Sekretärin sie auf und wies mit einem Lächeln auf die linke Türe.

„Danke!", entgegnete Nele freundlich und trat unverzüglich in den Raum.

Vom ersten Moment an war sie von dem Büro fasziniert. Die riesige Glasfront, die einen umwerfenden Blick auf Wien freigab, und die in Mahagoni gehaltenen Möbel erzeugten eine beeindruckende Atmosphäre. Nele war derart von der Räumlichkeit und der Einrichtung angetan, dass sie darüber den Verlagsleiter vergaß, der bequem in einem schwarzen Ledersessel thronte.

„Schön, dass Sie kommen konnten, Frau Hohenberg!", begrüßte er sie in tiefer Stimmlage, ohne sich jedoch zu erheben.

Nele nickte ihm zu und musterte den teilweise kahlköpfigen, leicht untersetzten Mann um die Ende 50 mit der dunklen Brille. Sie wünschte, sie besäße die Gabe, aus dem Gesicht der Menschen lesen zu können. Aber leider war sie nicht mit der geringsten Spur dieser Fähigkeit gesegnet worden.

„Nehmen Sie doch Platz!", forderte er sie höflich auf und wies auf einen Stuhl, der sich auf der anderen Seite seines edlen Schreibtisches befand.

Nele folgte wunschgemäß seiner Aufforderung und ließ sich auf dem stylischen Stuhl nieder. „Darf ich fragen, aus welchem Grund Sie mich hierher bestellt haben?", wollte Nele ohne Umschweife wissen und ging somit in die Offensive über.

Ein kleines Lächeln enthuschte ihm. „Verzeihen Sie mir, Nele! Ich darf Sie doch beim Vornamen nennen?" Nach einem Nicken ihrerseits fuhr er wohl getrost fort. „Aber ich dachte, eine persönliche Unterredung wäre vorteilhafter, am Telefon kann man so etwas nicht gut besprechen."

Hellhörig runzelte sie ihre Stirn. „Da bin ich grundsätzlich Ihrer Meinung, aber dennoch weiß ich noch nicht, worum es eigentlich geht."

Moser schob sich seine heruntergerutschte Brille wieder zurecht und sah seine Besucherin unverhohlen an. „Diese Nele Hohenberg ist eine verdammt attraktive Frau", dachte er bei sich. Ihr schulterlanges kastanienfarbenes Haar hatte einen seidigen Schimmer und ihre dunkelbraunen Augen drückten Intelligenz, Wachsamkeit und Durchsetzungsvermögen aus. Auf den ersten Blick würde er bei ihr nie vermuten, dass sie so eine fantasievolle, romantische und einfühlsame Ader besaß, wie es sich in ihren Romanen zeigte. Dafür vermittelte sie einen viel zu unabhängigen, selbstbewussten und emanzipierten Eindruck. Auf jeden Fall war sie eine beeindruckende Person, dessen war sich Wilhelm Moser sicher.

Deshalb bedauerte er es auch sehr, sie kritisieren zu müssen.

„Wie lange stehen Sie mit uns jetzt schon in Verbindung?", wollte er wissen und machte ein ernstes Gesicht.

„An die sechs Jahre. Wieso?" Ihr schwante nichts Gutes und ein mulmiges Gefühl beschlich sie.

Plötzlich erhob er sich und machte einige Schritte zu einem Schrank hinüber, den er öffnete und aus dem eine kleine Zimmerbar ersichtlich wurde.

„Möchten Sie auch einen Drink?", erkundigte er sich höflich, während er sich selbst bereits ein Glas Sherry einschenkte.

„Nein, danke!", lehnte sie ungeduldig ab und ihre innere Ruhe begann allmählich zu schwinden.

Mit einem halb vollen Glas kehrte er zurück und glitt beschwerlich in seinen Stuhl.

„Ich mag Ihre Romane sehr, sie haben etwas Besonderes an sich, einen besonderen Charme, würde ich sagen", begann er nach einem großen bedächtigen Schluck.

„Das freut mich natürlich, aber um mir das zu sagen, haben Sie mich sicherlich nicht hierher bestellt, oder? Da steckt doch etwas anderes dahinter, habe ich recht?"

„Ich schätze Ihren Scharfsinn, Nele. Darum will ich auch gleich zur Sache kommen. Bisher haben Sie sieben Romane bei uns verlegen lassen, wobei die ersten fünf wahre Bestseller waren, aber die letzten beiden verkaufen sich leider nur mehr mittelmäßig."

„Daher weht der Wind also!", stellte Nele nüchtern fest. „Ich bin als Ertragsquelle nicht mehr gut genug und deshalb möchten Sie unseren Vertrag lösen." Ein eingeschnappter Unterton in ihrer Stimme ließ sich nicht verbergen und demonstrativ verschränkte sie die Arme vor der Brust.

Vehement schüttelte der Verlagsleiter den Kopf. „Sie verstehen mich falsch! Ich möchte Sie weder verlieren noch soll das eine Kritik an Ihrem Schreibstil sein, der nach wie vor brillant ist. Das eigentliche Problem am Verkaufsrückgang liegt an der Geschmacksveränderung des Publikums."

„Ach ja, das habe ich wohl vergessen zu berücksichtigen", kommentierte Nele sarkastisch und presste missgelaunt die Lippen zusammen.

Ein tadelnder Blick von Moser folgte ihrer Bemerkung. „Es soll keine Kritik sein, aber Ihre Romane haben einen überdeutlichen Hang zur Melancholie entwickelt. Schreiben Sie doch einmal etwas Lustiges! Das ist es auch, was die Leute lesen wollen, keine Geschichten über schicksalsgebeutelte Menschen."

Ärger stieg in Nele auf und ihre vormals gute Laune war wie weggeblasen. Unterstellte er ihr doch, dass ihre Werke zu trübsinnig wären, worauf die Leser ihr Interesse verlieren würden.

„Bisher waren Sie sehr zufrieden damit", erwiderte sie in beleidigtem Tonfall.

Moser stellte sein Glas auf den Tisch und stand erneut auf, um näher an Nele heranrücken zu können. Er setzte sich auf die Kante des Tisches und sah sie besorgt an. „Ich habe Ihr neues Manuskript durchgelesen, es ist wirklich gut, aber …"

„Zu melancholisch und trübsinnig", ergänzte Nele mit ärgerlicher Miene.

„Nun, das kann ich nicht leugnen, deshalb möchte ich, dass Sie Ihr Manuskript überarbeiten. Lassen Sie die traurigen Szenen weg! Wissen Sie, eine Liebesgeschichte muss nicht immer tragisch enden", versuchte er ihr gut zuzureden und hoffte, sie damit überzeugen zu können.

Doch weit gefehlt, denn bezüglich ihrer Werke entwickelte Nele eine ungewöhnliche Halsstarrigkeit und sah jede Kritik als persönlichen Affront an.

„Ich mag den Roman so, wie er ist!", verteidigte sie ihr Manuskript vehement und dachte nicht im Ernst daran, auch nur eine Zeile zu ändern.

Wilhelm Moser seufzte gequält. „Ich befürchte, ich muss darauf bestehen. Und damit Sie nicht wieder den gleichen Fehler begehen, stelle ich Ihnen unseren erfahrensten Lektor zur Seite, mit dem Sie fortan zusammenarbeiten werden."

Nele sprang auf und warf ihm einen finsteren Blick zu. „Ich denke nicht im Traum daran!", rief sie entrüstet aus. „Der Roman bleibt so, wie er jetzt ist, und wenn Ihnen das nicht passt, dann wird wohl eine Trennung unvermeidbar sein!", erklärte sie mit Nachdruck.

Aber auch der Verlagsleiter erwies sich als hartnäckig und unnachgiebig. Er drückte auf die Sprechanlage und sprach: „Fräulein Müller, schicken Sie bitte Herrn Schönburg herein." Anschließend wandte er sich wieder Nele zu und meinte versöhnlich: „Versuchen Sie es wenigstens! Herr Schönburg ist wirklich einer der Besten und ich verspreche Ihnen, nach dieser Zusammenarbeit werden alle Seiten zufrieden sein."

„Sie vielleicht, ich aber nicht!", warf Nele unnachgiebig ein und verzog missmutig den Mund.

Im nächsten Augenblick trat ein athletisch gebauter Mann ein und zog alle Blicke auf sich. Sie schätzte ihn auf Anfang 30 und seine atemberaubende Attraktivität versetzte sie in Erstaunen. Dennoch würde ihm dies bei ihr auch nichts nutzen, stellte Nele in Gedanken mit Genugtuung fest.

„Fabian, darf ich Ihnen eine unserer besten Schriftstellerinnen vorstellen, nämlich Frau Hohenberg", begrüßte Moser ihn und führte ihn zu Nele hinüber.

„Es ist mir eine Ehre, Sie kennenzulernen!", sagte dieser voller Freundlichkeit und streckte ihr seine Hand entgegen, aber Nele machte keine Anstalten die Geste zu erwidern, sondern musterte ihn lediglich mit einem distanzierten und feindseligen Blick. Sein Gesicht war ebenmäßig mit weichen Zügen und sein hellbraunes Haar hing ihm locker in die Stirn. Er war wahrlich eine reine Augenweide und sich dessen sicherlich bewusst, mutmaßte sie insgeheim. Sie bemerkte, wie seine graugrünen Augen einen enttäuschten Ausdruck annahmen, als er seine Hand wieder zurückzog.

Moser beobachtete diese unterkühlte Begrüßung mit Unbehagen. Ihm kam der Gedanke, dass Fabian für diese Aufgabe womöglich doch nicht der Richtige wäre, jedenfalls nicht bei Nele Hohenberg. Normalerweise konnte sich keiner dem herzlichen und sympathischen Wesen von Fabian entziehen, aber bei Nele war er sich dessen nicht so sicher. Obwohl er sie als freundliche und umgängliche Person kannte, zeigte sie durchaus auch Unnachgiebigkeit und Kaltherzigkeit.

„Nun, dann kommen wir am besten gleich zum geschäftlichen Teil", schlug Moser vor, um den misslungenen Anfang noch so gut wie möglich zu retten.

Nele fühlte sich auf das Äußerste hintergangen. Gegen ihren Willen drängte man ihr diesen Lektor auf. Am liebsten hätte sie alles hingeschmissen und sich nach einem neuen Verlag umgesehen, aber ihr war bewusst, dass dies nicht so einfach wäre. Und sie war keine Närrin, alles auf einen momentanen Impuls hin aufzugeben, da war es doch wesentlich klüger, einstweilen gute Miene zum bösen Spiel zu machen und nebenbei nach besseren Möglichkeiten Ausschau zu halten. Sollten sie sich nur über ihren jetzigen Sieg freuen, denn diese Schlacht hatten sie für sich entschieden, aber damit wäre der Krieg noch lange nicht gewonnen, denn schlussendlich würde der Triumph alleine ihr gehören.

Mit vorgetäuschtem Lächeln verließ Nele 20 Minuten später das Büro und eilte fluchtartig den Gang entlang. Doch scheinbar nicht schnell genug, denn plötzlich hörte sie, wie jemand ihren Namen rief. Widerwillig blieb sie stehen und wandte sich um.

Mit großen Schritten steuerte Fabian auf sie zu, und Nele konnte sich über ihn nur wundern, denn obwohl sie mehr als unfreundlich zu ihm gewesen war, schien dieser Umstand seiner Freundlichkeit keinen Abbruch zu tun.

„Verzeihen Sie mir, aber ich dachte, wir sollten uns gleich einen Termin für die erste Besprechung ausmachen", meinte er mit einem Lächeln auf den Lippen und wartete eine dementsprechende Antwort ihrerseits ab.

Nele seufzte leicht. „Das Beste wird wohl sein, Sie geben mir Ihre Karte und ich rufe Sie an." „Oder auch nicht", ergänzte sie in Gedanken.

„Oh ja, daran hätte ich auch denken können!", erwiderte er leicht aus dem Konzept gebracht. In seinem ganzen Leben war ihm wohl noch nie eine derart unfreundliche Person über den Weg gelaufen, die dabei so reizend aussah. Das Bild, das er sich während des Studiums ihrer Werke gemacht hatte, entsprach so überhaupt nicht der realen Person der Nele Hohenberg. Er hatte eine freundliche und warmherzige Frau erwartet und nicht eine unkooperative Kratzbürste.

Nach kurzem Durchwühlen seiner Geldbörse zog Fabian eine Visitenkarte aus eben jener und reichte sie ihr.

Nele nahm sie mit einem Nicken entgegen und setzte ohne ein Wort des Abschieds ihren Weg fort. Sie konnte sich sein verdutztes Gesicht gut vorstellen und dieser Gedanke zauberte ihr ein Lächeln auf die Lippen. Mit ihr würden sie kein leichtes Spiel haben, wie sie sich das womöglich vorgestellt hatten. „Nicht mit mir", dachte Nele voller Kampfgeist und schlug zielstrebig den Weg zu ihrem Wagen ein.

# 2.

Fünf Tage später hatte Nele den Ärger bezüglich ihrer Schriftstellerei vergessen, da der Tag von Tessas Hochzeit vor der Tür stand.

Beim Ankleiden ließ Nele in Gedanken ihre Jugend und Freundschaft Revue passieren. Wer hätte es damals nach bestandener Matura je für möglich gehalten, dass sie nach all den Jahren nach wie vor Freunde sein würden. Lisa und sie hatten schon beim Eintritt ins Gymnasium das zarte Band der Freundschaft geknüpft und in der 5. Klasse waren dann Nina und Tessa zu ihrem Freundeskreis hinzugestoßen. Von da an waren sie nur mehr zu viert unterwegs gewesen und man hatte sie scherzhaft die vier Amazonen genannt: Lisa, die gut Gelaunte, Nina, die Verführerische, Tessa, die Kluge, und Nele, die Kühle. Damals hatten sie wahrlich viel Spaß gehabt und aus der einstmals zarten Pflanze der Freundschaft war ein kraftvolles, tief verwurzeltes Gewächs erwachsen.

Nele wusste, dass sie im Notfall immer auf ihre Freundinnen zählen konnte, so unterschiedlich jede von ihnen auch war.

Lisa war in einem fürsorglichen Heim aufgewachsen und hatte alle Liebe ihrer Eltern mit auf ihren Lebensweg erhalten. Daraus resultierte auch ihr gutes und frohes Wesen, da das Böse der Welt bewusst von ihr abgeschirmt worden war. Lisas Optimismus war für die Gruppe immer sehr tröstlich gewesen, auch wenn ihr manchmal Naivität unterstellt wurde. Ihr zeichnerisches Talent wollte sie einst als Grafikerin umsetzen, aber während ihrer Ausbildung hatte sie Peter kennen- und lieben gelernt und sich für einen anderen Weg entschieden. Und als Familienmensch ging sie natürlich in der Rolle der Hausfrau und Mutter auf.

Nina indes war das genaue Gegenteil. Verantwortung und eine feste Bindung fand sie unerträglich, was daher rührte, dass sie nach der Scheidung ihrer Eltern stets nur hin und her gereicht worden war. Obwohl sie das Leben in vollen Zügen zu genießen wusste, hatte sie doch eine negative Einstellung dem Leben gegenüber. Ihre berufliche Laufbahn schlug sie als Flugbegleiterin ein, wodurch sie ihr unabhängiges Wesen voll ausleben konnte. Dabei stürzte sie sich in unzählige Affären, die gewöhnlich nie lange andauerten, denn bevor etwas Ernsthaftes entstehen konnte, ergriff sie stets die Flucht.

Tessa war von ihnen allen die Wohlhabendste, wenn auch nach finanziellen Aspekten und nicht nach Liebe gemessen. Sie führte ein gutbürgerliches Leben und war überaus intelligent. So arbeitete sie als Kunstexpertin in einer vornehmen Kunstgalerie, wobei sie auch den wohlhabenden Industriellen und Kunstsammler Hannes Hagen kennenlernte, mit dem sie seit nun mehr drei Jahren verlobt war.

Nele selbst hatte sich nach einer weniger erfreulichen Jugend im Laufe der Jahre einen harten Schutzpanzer zugelegt und verbarg ihr Inneres unter einem Schutzmantel aus Ironie und Sarkasmus. Durch ihren Erfolg als Schriftstellerin führte sie ein finanziell sorgenfreies Leben und ihre Freundinnen sah sie als ihre Familie an.

Während Nele noch ihren Gedanken nachhing, herrschte im Hause der Altbachs bereits helle Aufregung. Ein Dienstmädchen half Tessa beim Ankleiden des Hochzeitskleides, einem wahren Traum aus Spitze und Seide, das ein kleines Vermögen gekostet hatte. Tessas langes blondes Haar war kunstvoll hochgesteckt, und ihre hellblauen Augen strahlten vor Freude und Aufregung.

Endlich war es so weit, endlich würde ihr Traum in Erfüllung gehen und Hannes und sie würden für immer vereint sein. Von Kindheit an hatte sie sich stets ein glückliches Familienleben gewünscht, aber ihr Vater, ein viel beschäftigter Anwalt und angesehener Politiker, hatte nie Zeit für sie gehabt ebenso wenig wie ihre Mutter, die sich lieber gesellschaftlichen Verpflichtungen als ihrer Tochter widmete. Obgleich es ihr nie an materiellen Zuwendungen gefehlt hatte, vermisste sie doch schmerzlich die Wärme und Liebe ihrer Familie.

Doch mit Hannes würde dieser Wunsch endlich in Erfüllung gehen, denn obwohl auch er ein beschäftigter Mann war, fand er immer Zeit für seine Liebste und schenkte ihr all seine Liebe und seinen Respekt. Immer, wenn sie an ihn dachte, begann sie automatisch zu schwärmen und wurde von einem unbeschreiblichen Glücksgefühl heimgesucht. Ihre Kinder würden niemals so vernachlässigt werden wie sie selbst, das schwor sich Tessa.

Ungeduldig trieb sie das Mädchen, das ihr beim Ankleiden zur Hand ging, zur Eile an, da sie den Moment, mit ihrem Liebsten vor den Altar zu stehen, kaum mehr erwarten konnte.

Ihre Eltern kontrollierten mittlerweile, ob im Haus alles für den anschließenden Hochzeitsempfang perfekt war, und verursachten dadurch noch eine zusätzliche Hektik.

Erwartungsvoll schritt Tessa in ihrer weißen Traumrobe die Stufen hinab und nahm zufrieden wahr, dass die Anwesenden vor Bewunderung den Atem anhielten. In einer Ecke entdeckte sie ihre beiden Freundinnen Lisa und Nele und spontan streckte sie am Treppenabsatz ihre Hände nach ihnen aus. Mit jeder Hand ergriff sie die einer Freundin und drückte diese fest.

„Ich kann es kaum glauben, dass es nun so weit ist!", frohlockte Tessa aufgeregt und strahlte dabei überglücklich über das ganze Gesicht.

„Du siehst wirklich traumhaft aus! Hannes kann sich wahrlich glücklich schätzen", bemerkte Lisa, die sich von all dem Freudentaumel regelrecht anstecken ließ.

„Da hast du absolut recht!", pflichtet Nele ihr bei und wünschte Tessa alles Gute.

„Wo steckt eigentlich Nina?", fragte Tessa plötzlich beunruhigt und sah von einer Freundin zur anderen.

„Keine Ahnung, aber sie kommt bestimmt noch. Um nichts in der Welt würde sie schließlich deine Hochzeit versäumen wollen", versuchte Nele sie zu beruhigen und unterstrich ihre Worte mit einem zuversichtlichen Lächeln.

„Ich kann nicht ohne meine drei Freundinnen heiraten!" Leichte Panik schwang in Tessas Stimme mit, da sie unbedingt wollte, dass ihr großer Tag einfach perfekt war.

Lisa tätschelte verständnisvoll ihren Arm. „Keine Sorge, Liebes, ich bin davon überzeugt, dass sie rechtzeitig kommen wird", versuchte sie die nervöse Braut aufzumuntern. „Du hast uns noch überhaupt nicht verraten, wo ihr eure Flitterwochen verbringen wollt."

Plötzlich leuchteten Tessas Augen wieder und voller Begeisterung antwortete sie: „An der Côte d'Azur! Ist das nicht herrlich? Drei Wochen lang nur Sonne, Strand und Meer und wir beide alleine im Paradies. Klingt das nicht traumhaft?!"

Lisa und Nele stimmten in das freudige Lachen ihrer Freundin mit ein.

„Es ist an der Zeit, Tessa!", unterbrach ihr Vater die heitere Stimmung.

Tessa nickte pflichtbewusst, lächelte ihren Freundinnen ein letztes Mal zu und hakte sich schließlich bei ihrem Vater ein, der sie würdevoll zu der Limousine geleitete.

Kurz vor der Trauung erschien dann auch noch rechtzeitig Nina, wodurch Tessa in vollkommener Glückseligkeit neben Hannes vor den Traualtar treten konnte.

Die Hochzeit war schon ein Erlebnis für sich gewesen, aber noch nichts gegen das, was sich Tessas Vater für die anschließende Hochzeitsfeier hatte einfallen lassen. Das Haus war prachtvoll geschmückt und überfüllt mit den herrlichsten Blumenarrangements, im Speisesaal war ein überwältigend köstliches Buffet errichtet und im Salon spielte eine grandiose Band. Das Haus war zum Überquellen voll, dennoch herrschte eine angenehme, entspannte Stimmung.

Nele, in ein langes cremefarbenes Kleid gehüllt, machte es sich im Salon auf einem bequemen Stuhl gemütlich, lauschte den melodischen Klängen der Musik und beobachtete interessiert die Paare auf der Tanzfläche. Lisa, die ein mintfarbenes knielanges Chiffonkleid trug, wirkte mit ihrem Lockenkopf wie ein junges Mädchen und sah in Peters Armen ungemein zart und zerbrechlich aus. Tessa und Hannes waren das Traumpaar schlechthin: der blonde Engel und ihr dunkelhaariger Beschützer.

Nele wünschte ihnen von ganzem Herzen eine glückliche Zukunft und so eine perfekte Ehe, wie Lisa und Peter sie führten. Unwillkürlich fragte sie sich, wo Nina schon wieder steckte. Vom Wesen her waren sich Nele und Nina am ähnlichsten, obwohl sie zugeben musste, dass Nina weit begabter im Täuschen von Gefühlen war. Ihre Freundin spielte immer die Charmante, die Verführerische, auch wenn es in ihrem Inneren weit anders aussah. Darin lag auch die Besorgnis Neles begründet, denn normalerweise stand Nina stets im Mittelpunkt einer Gesellschaft, doch heute schien sie wie vom Erdboden verschluckt. Deshalb erhob sich Nele mit ihrem Sektglas in Händen und begab sich auf die Suche nach ihrer Freundin.

Durch Zufall erblickte sie Nina auf den Stufen der Terrasse sitzend, deshalb trat sie ins Freie und bewegte sich auf sie zu.

„Hey du!", sprach Nele sie an und setzte sich an ihre rechte Seite.

Es dämmerte schon langsam und der Himmel war in ein verträumtes Rosa getaucht. Obwohl es erst Mitte April war, fühlte sich die abendliche Luft warm an und lud zum Verweilen im Freien ein.

Mit einem Seitenblick musterte Nele ihre Freundin und konnte gut verstehen, warum die Männerwelt Nina so anziehend fand. Ihre Figur war fantastisch mit den denkbar besten Proportionen, ihr schwarzes Haar war zu einer neckischen Kurzhaarfrisur verwandelt worden, ihre grauen Augen wirkten verführerisch ebenso wie ihr sinnlicher Mund. Darüber hinaus war Nina eine wahre Expertin in der Kunst des Flirtens und sehr erprobt im Umgang mit Männern.

Doch an diesem Abend machte sie eher einen miserablen Eindruck. Wenn auch nicht nach ihrer äußeren Erscheinung nach, aber Nele vermisste diesen „Alle Zeit bereit"-Ausdruck in ihren Augen.

„Kannst du mir sagen, warum du hier draußen sitzt, wenn doch drinnen eine tolle Party im Gange ist?", fragte Nele in ihrer gewohnt offenen Art und spielte mit der Sektflöte in ihrer Hand.

„Mir steht heute nicht der Sinn nach Party", antwortete Nina leise mit einem müßigen Lächeln.

Wie sollte sie ihrer Freundin erklären, dass sie dieses Herumziehen satthatte, allen voran diese Einsamkeit, die sie immer mehr in Beschlag nahm? Ihr genügten diese flüchtigen Abenteuer, die ihre Leidenschaft und Begierden stillten, nicht mehr. Sie sehnte sich nach Liebe und Geborgenheit und nach einem einzigen Mann, der ihr all das geben konnte. Unglücklicherweise hatte sie aber Angst vor zu viel Nähe, die einen verletzlich machte. Das Problem war nur, dass ihr Inneres zunehmend von einer unstillbaren Leere eingenommen wurde, die sie nicht länger ertragen wollte. Deshalb hatte sie auch diesen Schritt gewagt.

„Willst du mir nicht die Wahrheit sagen, was mit dir los ist?", bohrte Nele nach, da sie instinktiv spürte, dass etwas nicht stimmte.

Nina seufzte. „Fühlst du dich manchmal einsam?", wollte sie dann wissen und sah ihrer Freundin tief in die Augen.

„Eigentlich nicht! Ich bin rundum zufrieden mit meinem Leben und kann mit dem Alleinsein gut leben."

Nina schüttelte den Kopf. „Das habe ich nicht gemeint. Sehnst du dich nie nach einem Mann, der deinem Leben einen Sinn gibt, der deine Existenz mit Liebe ausfüllt, mit wahrer Liebe?", fragte sie mit unbekannter Inbrunst.

Nele bedachte sie mit einem sorgenvollen Blick. Sie fand es ziemlich bedenklich, dass Nina, die bisher ebenso wenig wie sie einen Mann als lebensnotwendig erachtet hatte, solche Fragen äußerte. „Das Schreiben füllt mein Leben aus, wenn du es wissen willst. Ich brauche keinen Mann an meiner Seite, um mich vollständig zu fühlen."

„Ich wünschte, ich hätte auch diese Einstellung!", seufzte Nina voller Wehmut und getrieben von innerer Sehnsucht.

Betroffen schwieg Nele einen Augenblick und sprach dann: „Auf jeden Fall hast du drei Freundinnen, die immer zu dir stehen werden. Das solltest du nie vergessen!" Tröstend legte sie eine Hand auf Ninas Arm, was dieser ein Lächeln entlockte.

„Nele, da gibt es noch etwas, was zu sagen wäre", begann Nina vorsichtig und senkte ungewiss, wie sie es sagen sollte, den Kopf.

„Nur raus mit der Sprache!", ermutigte Nele sie mit vertrauenserweckendem Tonfall.

Kaum hörbar flüsterte ihre Freundin daraufhin: „Ich bin schwanger!"

„Was!", entfuhr es Nele augenblicklich und mit großen Augen starrte sie ungläubig ihre Freundin an, die mittlerweile ihre Unschuldsmiene aufgesetzt hatte. „Wie konnte das nur passieren? Ich meine, du hast doch sonst immer aufgepasst."

Über Neles Verwunderung musste Nina erheitert schmunzeln. „Es war volle Absicht."

Ungläubiges Kopfschütteln folgte dieser Aussage. „Du meinst, du hast es geplant? Ja aber, warum?"

Nina erhob sich geschmeidig und ihre Traurigkeit wich ihrer gewohnten Lässigkeit. „Nun, man sagt, Mütter seien besonders begehrenswert", meinte sie mit einem schelmischen Lächeln und warf sich gekonnt in eine verführerische Pose.

„Hör auf zu scherzen! Immerhin geht es hier um eine ernste Angelegenheit", forderte Nele sie brüsk auf und stellte ihr Glas auf die Brüstung, nachdem sie sich erhoben hatte.

„Ich will einfach jemandem meine Liebe geben, ohne Gefahr zu laufen, verletzt zu werden. Zufrieden?"

Nun war es an Nele aufzuseufzen, da sie diesen Punkt sehr gut nachvollziehen konnte. Doch bevor sie ihr Verständnis zum Ausdruck bringen konnte, trat Lisa beschwingt auf die Terrasse.

„Was macht ihr denn hier draußen? Ich habe euch schon gesucht!"

„Es gibt Neuigkeiten", verlautbarte Nele in ihrer nüchternen Art und spielte Nina den Ball zu.

„Ach ja? Worum handelt es sich denn?", fragte Lisa neugierig nach und schaute in die Runde.

„Ich bin schwanger!", verkündete Nina zum zweiten Mal an diesem Abend.

Ungläubig blickte Lisa von der einen Freundin zur anderen, dann hellte sich ihr Gesicht auf und spontan fiel sie Nina freudig um den Hals. „Ich freue mich so für dich! Das ist ja wirklich eine tolle Überraschung! Im wievielten Monat bist du?"

„Im vierten Monat", antwortete Nina lächelnd, nachdem sie sich aus der stürmischen Umarmung gelöst hatte.

„Schon! Warum hast du uns nicht schon früher etwas davon erzählt?", beschwerte sich Lisa, aber ohne jeglichen Tadel. „Und warum in aller Welt machst du so ein böses Gesicht, Nele? Wir müssen die Neuigkeit unbedingt noch Tessa mitteilen, bevor sie fährt." Lisas Begeisterung war nicht mehr zu bremsen. So schnappte sie die beiden bei den Händen und zog sie bestimmt hinter sich her ins Innere des Hauses.

Kaum waren sie auf Tessa gestoßen, sprudelte es schon aus Lisa heraus und voller Freude erzählte sie ihr von Ninas Schwangerschaft. Erwartungsgemäß war auch Tessa hellauf begeistert, bedauerte lediglich die Tatsache, dass sie schon in die Flitterwochen aufbrachen, wodurch ihr keine Zeit mehr blieb, Genaueres darüber zu erfahren.

Zum Schluss umarmte Tessa ihre Freundinnen noch einmal, bevor sie mit Tränen des Glücks in die Limousine stieg.

Nach der berührenden Abfahrt der Brautleute begann sich die Gesellschaft allmählich aufzulösen und erst jetzt bemerkte Lisa das lange Gesicht von Nele, als Nina sich frisch machen ging.

„Kannst du mir sagen, warum du so ein missmutiges Gesicht machst?"

Nele fühlte sich ein wenig ertappte, da sie ihre fehlende Begeisterung nicht verbergen konnte. „Ich mache mir Sorgen um Nina. Diese Schwangerschaft ist doch wirklich eine Schnapsidee."

„Finde ich nicht!", protestierte Lisa vehement. „Vielleicht hat sie bisher einen sehr leichtlebigen Weg eingeschlagen, aber ich bin mir hundertprozentig sicher, dass Nina die Mutterrolle gut meistern wird. Und unsere Rolle ist es nicht sie zu kritisieren, sondern ihr beizustehen. Dazu sind Freunde schließlich da!"

Schuldbewusstsein stellte sich aufgrund Lisas Vortrags bei Nele ein und sie machte eine betretene Miene. „Du hast ja recht! Ich möchte Nina doch nur vor falschen Hoffnungen bewahren und ihr Schmerz ersparen."

„Das möchte ich doch auch, aber Nina muss ihren eigenen Weg gehen. Das können wir nicht für sie tun. Aber wir können für sie da sein, das ist auch viel wert."

Geschafft von den Geschehnissen des Tages ließ Nele sich auf einen Stuhl gleiten. Sie entfernte die Haarnadeln von ihrem Haupt, ließ ihr Haar auf ihre Schultern hinabgleiten und schüttelte sanft ihren Kopf, um die Anspannung, die durch die Hochsteckfrisur verursacht worden war, zu lockern. Anschließend wandte sie sich wieder Lisa zu. „Das weiß ich doch! Ich befürchte nur, dass sie annimmt, ein Kind würde die Leere in ihrem Leben ausfüllen."

„Und wenn das tatsächlich der Fall wäre?", gab Lisa gerechtfertigt zu bedenken und in ihrem Gesicht spiegelte sich Sorge, aber auch Zuversicht. „Also meine Kinder füllen mich voll und ganz aus."

„Aber du bist nicht Nina!", wandte sie wehmütig ein. Viel zu oft hatte sie schon den traurigen Ausdruck in Ninas Augen gesehen, auch wenn sie diesem Gefühl nie mit Worten Ausdruck verliehen hatte. Durch das Herumgereichtwerden durch ihre Eltern hatte Nina Geborgenheit nie kennengelernt und Nähe stellte ein offenes Feld von Verletzlichkeit dar, das war ihr schon seit frühester Jugend eingetrichtert worden. Und irgendwann hatte diese Gehirnwäsche zu fruchten begonnen.

„Ist es nicht tragisch, wie sehr Menschen in der Kindheit für ihr gesamtes Leben geprägt werden?", dachte Nele melancholisch und zugleich voller Ärgernis.

Das Gespräch der Freundinnen wurde durch die Rückkehr Ninas frühzeitig beendet. Diese hatte mittlerweile wieder ihre charmante Freundlichkeit aufgesetzt; bei diesem Anblick würde man nie auf den Gedanken kommen, welch heftigen Gefühlsstürme in ihr tobten.

„Ist euch eine Laus über die Leber gelaufen?", erkundigte sie sich mit einem bezaubernden Lächeln, das ihre strahlend weißen Zähne preisgab. Mit vielsagendem Blick sah sie die beiden an. „Ach, Mädels! Ich weiß, was ich tue. Und jetzt möchte ich gefälligst wieder ein freundliches Gesicht von euch beiden sehen, verstanden!", befahl Nina mit schmeichelnder Stimme. „Wo steckt übrigens dein Göttergatte, Lisa?"

„Er holt den Wagen", kam als knappe Antwort, der ein sanftes Lächeln folgte.

„Dann sollten wir ihm wohl entgegengehen", schlug Nina vor, hängte sich bei beiden ein und veranlasste sie somit, ihr unweigerlich zu folgen.

# 3.

Eine Woche war seit ihrer Vermählung vergangen und Tessa konnte ihr Glück noch immer nicht fassen. Sie aalte sich genüsslich in dem großen Himmelbett, schob einen Arm unter ihren Kopf und träumte mit offenen Augen vor sich hin. Immer tauchte dabei das Bild ihres frisch angetrauten Gemahls vor ihrem inneren Auge auf: sein verschwenderisch attraktives Antlitz, sein dunkles Haar, seine verständnisvollen braunen Augen, sein bezauberndes Lächeln und sein muskulöser Körper. Entzückt seufzte sie auf und fragte sich, wie es je möglich gewesen war, auch nur eine Sekunde ohne ihn verbracht zu haben. Er war ihr Ein und Alles, der Sinn ihres Lebens, nein, er war vielmehr ihr Leben selbst. In seinen Armen zu liegen bedeutete ihr die Welt, in seinen Augen seine Liebe zu ihr zu erkennen, schien jedes Problem bezwingbar zu machen. Selbst wenn sie es probieren würde, könnten Worte nie ausdrücken, wie tief ihre Gefühle für Hannes gingen.

Auf einmal öffnete sich die Türe des Hotelzimmers und Hannes trat in einem schicken hellen Anzug gekleidet ein. Bei seinem Anblick erschien unwillkürlich ein verliebtes Strahlen auf Tessas Gesicht und ihre Augen bekamen einen besonderen Glanz, den nur die Liebe hervorzurufen vermochte. Mit einem verheißungsvollen Blick kniete sie sich auf das Bett und erwartete beinahe ungeduldig sein Näherkommen.

„Bist du noch immer nicht aufgestanden?", tadelte er sie in scherzhaftem Ton und überraschte sie mit einem riesigen Rosenstrauß.

Begeistert lachte Tessa auf und nahm die Blumen freudig entgegen. „Die sind herrlich! Aber langsam sieht unser Zimmer wie der reinste Blumenladen aus." Rings um sie herum türmten sich die wunderbarsten Blumensträuße, da es sich Hannes zur Aufgabe gemacht hatte, seine vielgeliebte Gattin täglich mit einem frischen Strauß zu beschenken.

Hannes lächelte nur und begnügte sich mit dem bezaubernden Anblick, den ihm seine angebetete Gattin bot. Ihre zerwühlte blonde Mähne umrahmte ihre feinen, ebenmäßigen Gesichtszüge und das kurze silberne Negligé betonte ihre zarte Figur, was sehr reizvoll auf ihn wirkte.

Nachdem sich Tessa einen Moment lang dem Duft der Rosen hingegeben hatte, sah sie auf und registrierte den begehrlichen Blick ihres Mannes.

„Sagst du mir, woran du gerade denkst?", fragte sie mit Unschuldsmiene, obwohl sie es sich durchaus vorstellen konnte.

„Du bist das wunderbarste Geschöpf, das mir je begegnet ist!", gestand er voller Liebe, worauf Tessa derart stürmisch die Arme um ihn schlang, wodurch beide das Gleichgewicht verloren und rücklings auf das Bett fielen. Liebevoll zog er sie an sich und küsste sie leidenschaftlich, währenddessen sie behutsam die Rosen auf den Boden gleiten ließ.

Als Tessa mit flinken Fingern sein Hemd öffnete und an seiner Brust zärtlich mit ihren Fingerspitzen entlangstrich, besann sich Hannes eines Besseren und umschloss ihre Finger mit seinen Händen.

„Ich denke, wir sollten eine kleine Pause einlegen. Schließlich sind wir schon seit einer Woche hier und haben bisher noch gar nichts von der traumhaften Gegend gesehen", gab er ihr zu bedenken, obwohl es ihm außerordentlich schwerfiel, ihren Reizen zu widerstehen.

Tessa machte ein enttäuschtes Gesicht, beugte sich nach vorne und berührte sanft mit ihren Lippen die seinen. Als er auf die Liebkosung reagierte und den Kuss intensivieren wollte, löste sie sich, wenn auch schweren Herzens, von ihm und schwang sich aus dem Bett. Mit Genugtuung bemerkte sie an seinem irritierten Gesichtsausdruck, dass er die Unterbrechung bedauerte.

„Wenn wir die Gegend besichtigen wollen, sollten wir aufstehen, oder?", neckte sie ihn bewusst und zwinkerte ihm spitzbübisch zu.

Hannes lachte amüsiert auf und stütze sich auf einen Ellbogen. „Du bist unglaublich, meine Liebste!"

„Dann ist es ja gut!", bemerkte Tessa sichtlich zufrieden und begab sich mit einem absichtlich verführerischen Hüftschwung ins Bad.

Ihr Glück hätte nicht größer sein können, sie hatte einen Mann an ihrer Seite, den sie anbetete und der sie geradezu auf Händen trug. Tief in ihrem Herzen war sich Tessa sicher, dass es immer so sein würde, dass es das Schicksal zweifellos gut mit ihr meinte und dies der Anbeginn eines unendlich schönen Lebens sein sollte.

# 4.

Ein schrilles Läuten ließ Nele geradezu aus dem Schlaf fahren. Unnachgiebig läutete es immerzu, sodass ein Ignorieren unmöglich war. Nele stieß einen Fluch aus und verdammte diese hartnäckige Lärmquelle. Mürrisch schlug sie schließlich die Bettdecke zurück, setzte sich schlaftrunken auf und stellte mühselig ihre Beine neben das Bett. Danach warf sie einen flüchtigen Blick auf die Uhr ihres Nachtkästchens, sobald sie das Licht eingeschaltet hatte. Fünf Uhr morgens! Ein übellauniges Murren war ihre erste Reaktion auf diese Uhrzeit. Wer um alles in der Welt wollte um diese Uhrzeit etwas von ihr?! Auf jeden Fall könnte sich diese Person auf etwas gefasst machen, dachte Nele voller Ärger über diese frühmorgendliche Störung. Mit müden Gliedern erhob sie sich notgedrungen, schlüpfte in ihre Hausschuhe und warf sich ihren Morgenmantel über. Verschlafen machte sie sich auf den Weg die Treppen hinab und verwünschte den Störenfried, der sie von ihrem wohlverdienten Schlaf abhielt.

Verärgert riss Nele die Haustüre auf und bereitete sich in Gedanken schon auf eine saftige Strafpredigt vor, stattdessen sagte sie lediglich in mürrischem Tonfall zu dem Besuch: „Lisa, du? Was willst du um diese Zeit?"

Mit halb offenen Augen musterte sie ihre Freundin, die mit unordentlicher Kleidung und roten, verweinten Augen vor ihrer Türe stand. Vor allem fiel ihr Blick aber auf zwei Koffer, die links und rechts von Lisa standen. Und diese Tatsache ließ ihre Alarmglocken läuten.

„Ich hasse ihn, diesen Mistkerl!", brach es aus Lisa heraus und eine wahre Flut von Tränen folgte.

Sie machte so einen jämmerlichen Eindruck, dass Nele ihren Ärger beiseiteschob und die Türe mit folgenden Worten weit öffnete: „Na, komm schon rein und erzähl mir alles!"

Niedergeschlagen trat Lisa ein und stellte ihre Koffer im Vorraum ab.

„Was hältst du von Kaffee?"

Als ihre Freundin bejahend nickte, schlugen sie gemeinsam den Weg zur Küche ein. Während Nele Kaffee und Tee aufsetzte, nahm Lisa beim Esstisch Platz und schniefte leise vor sich hin.

Zwar versuchte sie angestrengt ihre Tränen zu unterdrücken, was aber leider erfolglos war, und so fuchtelte sie hilflos mit einem Taschentuch vor ihrem Gesicht herum.

Nachdem Nele ihre Tätigkeit beendet hatte, gesellte sie sich zu ihrer Freundin und offerierte ihr eine gut duftende Tasse Kaffee, während sie sich selbst eine heiße Tasse Schwarztee zu Gemüte zog.

„Also, wo liegt das Problem? Lass mich raten, es hat mit einem Mann zu tun!", mutmaßte sie mit leichtem Sarkasmus.

Lisa verzog unglücklich das Gesicht und verkündete trotzig: „Ich gehe nie wieder zu ihm zurück! Nie wieder!" Und auf den fragenden Blick ihrer Freundin ergänzte sie jammervoll: „Dieser Mistkerl betrügt mich!"

„Bist du dir da sicher? Hast du Beweise dafür? Vielleicht deutest du nur etwas falsch", gab Nele ihr in ihrer rationalen Art zu bedenken und machte einen vorsichtigen Schluck von ihrem Tee.

Zornig blitzten Lisas Augen auf. „Für wie blöd hältst du mich? Als ich gestern nach einem Besuch bei seinen Eltern auf dem Heimweg war, sah ich ihn bei einem leidenschaftlichen Kuss mit einer kühlen Blondine am Hinterausgang seiner Arbeit."

„So kühl dürfte die Blondine dann doch nicht gewesen sein", entfuhr es Nele, worauf sie einen bitterbösen Blick erntete. „Tut mir leid! Es war nur so ein Gedanke."

„Also, ich finde das Beweis genug", fuhr Lisa fort. „Wer weiß, mit wie vielen Frauen er sich sonst noch eingelassen hat, während ich das Heimchen am Herd spielen konnte! Jetzt wundert es mich auch nicht mehr, warum er mir gegenüber so lustlos war, hat er sich doch seine Befriedigung anderswo geholt."

Mit einem Seufzer stand Nele auf und schenkte Lisa sowie auch sich selbst nach. Sie fühlte aufrichtig mit ihrer Freundin mit, wenngleich ihr alles noch wie ein schlechter Traum erschien. Dies lag aber höchstwahrscheinlich an der unwirtlichen Morgenstunde.

„Männer sind Schweine, aber dass Peter auch dazugehört, hätte ich nicht gedacht", gestand Nele offen ein, als sie sich wieder setzte.

„In dieser Beziehung ist er ein richtiger Mann!", stellte Lisa aufgebracht fest und trank einen kräftigen Schluck Kaffee, der ihre angespannten Nerven beruhigen sollte.

Sie hätte es nie für möglich gehalten, dass ihr das passieren könnte. Sie waren doch so glücklich, oder hatte sie sich das nur eingebildet? Wie lange mochte ihre Beziehung schon nicht mehr das Gelbe vom Ei sein? Na ja, so toll wie am Anfang war es eigentlich schon länger nicht mehr, musste sie sich ehrlich eingestehen. Sie kümmerte sich hauptsächlich um die Kinder und den Haushalt, während Peter sich zunehmend in seine Arbeit zurückzog. Seit dem letzten romantischen Abend zu zweit waren sicherlich schon Monate vergangen. Oder waren es schon Jahre? Sie konnte sich nicht mehr daran erinnern. Warum hatte sie nur nie bemerkt, wie sehr sich der Alltag bei ihnen eingeschlichen hatte? War sie blind und naiv durch das Leben gegangen? Wie lange betrog er sie schon, ohne dass sie es bemerkt hatte?

„Was willst du nun machen?", riss Nele sie mit ihrer Frage aus den trüben Gedanken.

Lisa zuckte ratlos mit den Schultern. „Ich weiß es nicht, aber keinesfalls gehe ich zu ihm zurück, nicht nachdem, was er mir angetan hat! Ich werde mir einen Job und eine Wohnung suchen und meine Kinder alleine aufziehen. Warum auch nicht? Schließlich machen das unzählige Frauen, warum sollte ich es dann nicht auch schaffen?", sprach sie sich selbst Mut zu.

„Du willst dich also scheiden lassen?"

„Ja! Er soll sehen, dass er mit mir nicht so umgehen kann."

„Grundsätzlich stimme ich dir ja zu, aber du solltest deine Entscheidung nicht voreilig treffen, immerhin geht es dabei auch um die Zukunft der Kinder", fand Nele und wärmte sich die Hände an der heißen Teetasse. Nina kam ihr diesbezüglich in den Sinn und sie wollte Lisas Kindern ein ähnliches Schicksal ersparen.

„Die Kinder vergesse ich schon nicht!", beruhigte Lisa sie. „Aber einmal im Leben möchte ich nur an mich denken. Das tun, wozu ich Lust habe, einfach leben. Deshalb habe ich einstweilen die Kinder bei meinen Eltern abgeliefert."

„Und wo willst du wohnen?", erkundigte sich Nele vorsichtig, von einer bösen Vorahnung heimgesucht.

„Bei dir, wenn du nichts dagegen hast. Ich liebe zwar meine Eltern, aber manchmal sind sie ganz schön spießig und wahrscheinlich würden sie mir die ganze Zeit damit in den Ohren liegen, wie froh ich doch sein sollte, so einen guten Mann wie Peter zu haben. Und das würde ich keinen einzigen Tag aushalten!"

Nele nickte verständnisvoll, denn, obwohl sie Lisas Eltern wirklich mochte, konnten diese manchmal eine anstrengende und nervende Art entwickeln. Obgleich sie selbst die Ruhe und Einsamkeit in ihren vier Wänden bevorzugte, was ihr nicht selten den Vorwurf der Einsiedelei einbrachte, gab sie ihrer besten Freundin folgende Antwort: „Bleib so lange, wie du möchtest, und fühle dich wie daheim! Das Haus ist ja Gott sei Dank groß genug für uns beide."

„Ich danke dir, Nele!" Sichtbar erleichtert stellte sich ein mattes Lächeln auf Lisas Gesicht ein.

„Aber tu mir bitte einen Gefallen. Vermeide es, mich zu so frühmorgendlicher Stunde zu wecken, denn sonst kann ich für nichts garantieren." Nele war ein Morgenmuffel und dementsprechend nicht bei bester Laune, wenn man sie vor ihrer Zeit aus dem Bett holte.

Lisas Lächeln wurde breiter und sie versprach mit hoch erhobener Hand: „Du hast mein Wort darauf."

Nachdem dies geklärt war, wies sie Lisa das schönste Gästezimmer zu und gönnte ihrer Freundin Ruhe, damit sich diese in ihrem vorübergehenden Zuhause eingewöhnen konnte.

Nele selbst kleidete sich an und beschloss, da sie nun schon einmal wach war, an die Arbeit zu gehen. So zog sie sich mit ihren Schriftsachen in ihr Arbeitszimmer zurück und kauerte leicht verschlafen über ihrem Computer.

Es war noch keine Stunde vergangen, als erneut die Glocke ein Lebenszeichen von sich gab. Mittlerweile hatte die Uhr zwar schon acht Uhr geschlagen, aber dennoch war es viel zu früh für weiteren Besuch.

„Irgendetwas kann heute nicht stimmen", dachte Nele und legte den Stift, den sie in Händen hielt, zur Seite. Normalerweise bekam sie so gut wie nie Besuch, aber an diesem Tag war einem keine ruhige Minute vergönnt. Wenig erfreut bewegte sie sich erneut zur Tür und öffnete diese. Ein strahlendes Gesicht lächelte ihr entgegen, und am liebsten hätte sie die Türe einfach wieder zugeschlagen, aber das würde gegen jegliche Höflichkeit verstoßen.

„Herr Schönburg, was treibt Sie denn in diese Gegend?", fragte sie ohne einen Hauch von Freundlichkeit und erinnerte sich daran, dass sie sich seit ihrem ersten Aufeinandertreffen im Verlag kein einziges Mal bei ihm gerührt hatte. Aus voller Absicht.

„Guten Morgen, Frau Hohenberg! Schön, Sie so wohlauf zu sehen!", begrüßte er sie zuvorkommend und hielt ihr geradewegs eine Papiertüte vor das Gesicht. „Da Sie so beschäftigt sind, dachte ich mir, dass wir die Einladung zum Frühstück am besten hier abhalten."

Nele runzelte etwas irritiert die Stirn, da sie sich beim besten Willen nicht an eine Einladung zum Frühstück erinnern konnte. „Er scheint hartnäckig zu sein", kam es ihr in den Sinn und zugleich, dass es äußerst mühselig sein würde, ihn loszuwerden.

„Kommen Sie herein!", gab sie sich vorläufig resignierend geschlagen und führte ihn in die Küche.

„Sie haben es sehr nett hier! Haben Sie Ihr Haus selbst eingerichtet?", erkundigte sich Fabian aufrichtig interessiert und sah sich genau um. Die Küche war eine Mischung aus rustikalen und modernen Elementen und schloss mit einer Durchreiche an das elegante und zugleich gemütliche Speisezimmer an. In beiden Räumen war Ebenholz vorherrschend, dessen Dunkelheit aber durch helle Tapeten und Vorhänge aufgehellt wurde. Alles in allem war es sehr stilvoll eingerichtet, wobei man jedoch den Hang zur Gemütlichkeit nicht leugnen konnte.

Da Nele nicht den Wunsch hegte, ein wirkliches Gespräch mit ihm zu beginnen, brachte sie lediglich ein einfaches Ja heraus.

„Haben Sie noch andere verborgene Talente?" Er lächelte sie bewundernd an und nahm den ihm angebotenen Stuhl dankbar an.

„Nicht, dass ich wüsste!" Unbeirrt gab sie das mitgebrachte Gebäck in ein Frühstückskörbchen und stellte es vor ihm auf den Tisch. „Kaffee?"

„Da sage ich nicht Nein!" Er folgte ihr mit seinen Blicken und trotz ihrer fehlenden Liebenswürdigkeit schien es ihr an Gastfreundlichkeit nicht zu mangeln. Sie reichte ihm eine Tasse Kaffee, wobei sich ihre Finger leicht berührten.

Schnell zog Nele ihre Hand zurück, als hätte sie sich verbrannt, und lehnte sich an der Durchreiche an, um Distanz zu wahren.

„Möchten Sie denn nichts essen?", erkundigte sich Fabian vor den Kopf gestoßen und sie konnte die Enttäuschung, die in seinen Worten mitschwang, deutlich heraushören.

„Morgens genehmige ich mir nur eine Tasse Tee, die ich heute schon hatte."

In diesem Moment kam Lisa hereingeweht und blickte überrascht den Gast an.

„Ich wusste nicht, dass du Besuch erwartest", entschuldigte sie sich für die Störung und warf Nele einen fragenden Blick zu.

„Ich auch nicht!", versuchte diese etwaige Missverständnisse aus dem Weg zu räumen.

In ihrer offenen, herzlichen Art ging Lisa auf den Gast zu und stellte sich den Regeln der Höflichkeit folgend vor: „Ich bin Lisa Lichtenfels, eine gute Freundin von Nele. Es freut mich, Sie kennenzulernen! Bitte verstehen Sie meine Überraschung, denn Männerbesuch bei Nele ist etwas äußerst Seltenes."

Auf diese Bemerkung hin warf er Nele einen verwundert-belustigten Blick zu, worauf diese peinlich berührt zart errötete, was normalerweise selten geschah.

„Herr Schönburg und ich arbeiten beruflich zusammen", stellte sie sogleich gleich, um Lisa von dem Gedanken abzubringen, er könnte ihr Liebhaber oder dergleichen sein. „Wolltest du nicht in die Stadt?"

Prompt folgten ein Nicken und ein gespieltes Seufzen. „Ich hatte so gehofft, du würdest mich begleiten, aber leider bist du anderweitig beschäftigt", meinte Lisa mit einem schelmischen Blick.

„Ich begleite dich zur Tür!", sprach Nele entrüstet, packte ihre Freundin am Arm und zog sie bestimmt aus dem Zimmer, um sich weitere Peinlichkeiten zu ersparen.

„Der ist aber süß!", rief Lisa im Vorraum angetan aus und bedachte Nele mit einem neugierigen Blick. Als sie jedoch keine Reaktion auf ihre Feststellung erhielt, ergänzte sie fragend: „Ist er noch frei?"

„Ich weiß es nicht! Und ehrlich gesagt ist es mir auch völlig egal, denn am liebsten würde ich ihn lieber heute als morgen loswerden."

„Dann nehme ich ihn!", entfuhr es ihrer Freundin spontan, worauf Nele ein erschüttertes Gesicht machte. Dies wiederum ließ sie verschmitzt lächeln. „Keine Angst! Ich habe zwar vor, Peter eine Lektion zu erteilen, aber nicht auf diesem Wege. Jetzt jedenfalls noch nicht! Viel schmerzlicher trifft ihn sicherlich der Verlust seiner Kreditkarte und seines Geldes", fügte sie mit einem diabolischen Grinsen hinzu.

Jetzt verstand Nele, wie Lisas Rache aussah. „Dann wünsche ich dir viel Vergnügen beim Einkaufen!"

„Das werde ich haben!", war sich Lisa sicher und verließ eifrig das Haus.

Mit einem sanften Schmunzeln kehrte Nele notgedrungen in die Küche zurück, wo sie sogleich bei Fabians Anblick wieder eine ernste Miene aufsetzte.

Ihr Besuch schien inzwischen sein Frühstück beendet zu haben und war gerade dabei, sein benutztes Geschirr abzuwaschen.

„Das brauchen Sie nicht zu tun!", rief sie ihm abwehrend zu, doch Fabian meinte nur, es wäre kein Problem, und spülte fertig ab.

Immer mehr überkam Nele das Gefühl, dass sich hinter seiner Liebenswürdigkeit und Freundlichkeit ein durchaus starker Wille verbarg. Sehr zu ihrem Leidwesen.

„Ihre Freundin scheint sehr nett zu sein", unterbrach er die Stille und kehrte zum Esstisch zurück. „Wohnt sie auch hier?" Fabian lag daran, mehr über Nele in Erfahrung zu bringen, um sie besser einschätzen zu können, leider war sie ziemlich wortkarg und verschlossen. Obwohl ihm allmählich der Verdacht kam, dass dies unwillkürlich mit ihm zusammenhing.

„Nur vorübergehend." Dies war ihre knappe Antwort, da sie nicht einsah, dass ihn dies etwas anging.

Fabian nickte milde und schenkte ihr bewusst ein herzliches Lächeln, das normalerweise selbst einen Eisberg zum Schmelzen gebracht hätte. Doch bei Nele war das verlorene Mühe, ihr war keine freundlichere Miene zu entlocken.

„Hätten Sie etwas dagegen, wenn wir gleich an die Arbeit gehen würden?"

Nele schüttelte den Kopf und führte ihn wohl oder übel in ihr Heiligstes, ihr Arbeitszimmer. Dort hielt sie sich die meiste Zeit des Tages auf, dementsprechend gemütlich war es auch eingerichtet. Der Raum war überdurchschnittlich groß und wurde auf der einen Seite von einem überdimensionalen Bücherregal geprägt, vor dem eine beige-samtige Sitzliege mit einer Stehlampe stand, vor der Fensterfront war ein edler Schreibtisch aus dunklem Ebenholz platziert, auf dem der Computer, ein Telefon und diverse Schreibutensilien untergebracht waren. Zur Verwahrung ihrer Unterlagen waren an der Vorderfront noch zwei Schränke positioniert. Obwohl das Inventar eher dunkel gehalten war, wirkte der Raum überraschenderweise hell und lichtdurchflutet.

An ihren Lesegewohnheiten interessiert begab sich Fabian zuallererst zum Bücherregal und überflog die Namen der Autoren: Sophokles, Euripides, Aristophanes, Ovid, Catull, Machiavelli, Shakespeare, Molière, Corneille, Schiller, Goethe, Lessing, Büchner, Hauptmann, Bachmann und eine Vielzahl von moderner Literatur und Belletristik.

„Sie lesen Racine?", fragte er beeindruckt nach und zog die Ausgabe aus dem Regal heraus. Ihre Belesenheit fand er bewundernswert und zusehends keimte der Verdacht in ihm, dass sie eine sehr interessante Persönlichkeit war, wenn sie dazu bereit war, sich zu öffnen.

„Ja! Bérénice hat mich sehr beeindruckt. Dieser Kampf zwischen Pflicht und Gefühl war sehr inspirierend", gestand Nele mit leuchtenden Augen.

Über ihre Leidenschaft sprechen zu können, beflügelte sie auf ungewöhnliche Art und Weise. Stunden könnte sie damit zubringen, über Bücher und die darin dargestellten Figuren zu philosophieren.

„Ebenso faszinierend finde ich Phädra", tat Fabian seine Freude über eine gefundene Gemeinsamkeit kund. „Sie lesen sehr gerne, nicht wahr?"

„Es ist ein wichtiger Bestandteil meines Lebens. Von Jugend an habe ich Schriftsteller bewundert, ihre Art, wie sie die Menschen mit ihren Werken in eine andere Welt entführen und fesseln können. Und manchmal auch Unsterblichkeit dadurch erlangen", erklärte Nele offen und begegnete dabei dem Anteil nehmenden Blick seiner graugrünen Augen.

„Und nun sind Sie selbst eine begnadete und bewunderte Schriftstellerin."

Ihr Blick verfinsterte sich daraufhin und sarkastisch erwiderte sie: „Weshalb ich auch mein neuestes Werk mit Ihnen überarbeiten muss."

„Ist der Gedanke für Sie so unerträglich?"

Nele wandte sich ab und schlenderte nachdenklich zu ihrem Schreibtisch hinüber. Kritik vertrug sie nicht gut, dafür fehlte es ihr an genügend Selbstvertrauen und Selbstbewusstsein, und viel zu schnell setzten dann plagende Selbstzweifel ein. Darum versuchte sie auch, die dünne Schicht ihrer Selbstsicherheit mit allen Mitteln zu schützen. Bisher hatte sie ihre Romane für durchaus akzeptabel gehalten, zwar nicht brillant, aber immerhin für gut. Doch seit der Bemerkung ihres Verlagsleiters kam ihr immer öfter in den Sinn, dass ihre Werke nicht mehr als mittelmäßig wären, auch wenn das niemand ausgesprochen hatte. In ihr lebte eine uralte innere Angst, dass sie – wie konnte es wohl am besten beschreiben – einfach nicht über Mittelmäßigkeit hinauskam, dass sie immer ein Versager bleiben sollte. Deshalb fühlte sie sich auch persönlich angegriffen, selbst wenn kein Grund dazu bestand.

Da Fabian keine Antwort erhielt, folgte er Nele und bemerkte ihren besorgten Gesichtsausdruck.

„Ihr Roman ist wirklich ausgezeichnet und das alles sollten Sie nicht als persönliche Kritik auffassen, okay?", versuchte er sie instinktiv zu beruhigen und wollte ihr schon tröstend seine Hand auf die Schulter legen, zog sie aber, noch bevor er sein Vorhaben verwirklichen konnte, wieder zurück.

„Sagen Sie mir nicht, was ich tun soll oder nicht!", fauchte Nele ihn an. „Ich habe mich zu den Änderungen bereit erklärt, das sollte doch genügen." Es war schlimm genug, dass sie seine Belehrungen in Bezug auf ihren Roman über sich ergehen lassen musste, keinesfalls würde sie es aber dulden, dass er ihr noch Ratschläge für ihr Verhalten erteilte. Dieser Typ ging ihr jetzt schon gewaltig auf die Nerven!

Beschwichtigend hob Fabian die Hände und sah voraus, dass die Zusammenarbeit äußerst kompliziert verlaufen würde. Er hatte schon mit so einigen schwierigen Autoren zusammengearbeitet, aber bisher hatte sich noch keiner als so widerspenstig und kratzbürstig erwiesen.

Drei Stunden später, kurz nachdem Fabian gegangen war, kehrte Lisa vollbepackt heim und traf Nele im Wohnzimmer an.

„Wie es scheint, war dein Einkaufsbummel erfolgreich", schloss sie aus den zahlreichen Tüten und Taschen.

Ein befriedigendes Lächeln zeichnete sich auf Lisas Gesicht ab. „Mehr als das! Wenn Peter die Abrechnung präsentiert bekommt, wird ihn bestimmt der Schlag treffen. Schade, dass ich dann sein Gesicht nicht sehen kann."

„Du solltest nicht so fies sein!", tadelte Nele sie ironisch, obgleich sie in gewisser Weise Mitleid mit Peter bekam. Zwar verurteilte sie auf das Schärfste sein untreues Verhalten, aber ihre Lebenserfahrung sagte ihr, dass jeder einmal einen Fehler begehen konnte. Natürlich verschwieg sie ihre liberalen Gedanken vor Lisa, da diese im Moment ihre vollste Unterstützung benötigte.

„Jeder bekommt das, was er verdient!" Lisa schien nicht das geringste Erbarmen mit ihrem Gemahl zu kennen, vor allem, nachdem er sie so verletzt hatte.

Als sich die Türglocke wieder zu Wort meldete – an diesem Tag stellte die Klingel eine wahre Plage dar –, erbarmte sich Lisa, um einen weiteren Besuch zu empfangen.

Allerdings vernahm Nele wenige Sekunden später nichts außer dem kraftvollen Zuschleudern der Türe, weshalb sie sich neugierig ins Vorzimmer begab.

„Wer war es denn?", fragte sie irritiert.

„Niemand von Bedeutung!", war Lisas knappe Antwort und erzürnt verschränkte sie die Arme vor der Brust.

Im nächsten Moment vernahm sie das Schreien einer männlichen Stimme, das von draußen hereindrang, was ihre Freundin allerdings absichtlich zu ignorieren schien.

Da Nele das Geschrei mit Sicherheit bald auf die Nerven gehen würde, biss sie in den sauren Apfel und ging hinaus. „Was soll dieses Gebrülle?", stellte sie den vor Verzweiflung aufgebrachten Peter zur Rede.

„Ich muss mit ihr reden, ihr alles erklären!", forderte er verzweifelt und wollte ins Innere des Hauses, woran Nele ihn jedoch hinderte, vor allem da Lisa ihren Frust nun auch noch lauthals im Hintergrund kundtat.

„Das hätte heute wohl keinen Sinn, da ihr beide zu aufgebracht seid. Komm lieber in ein paar Tagen nochmals!", wehrte sie ihn ab und appellierte an seine Vernunft. Dabei hatte sie ziemliche Mühe, ihn am Eindringen abzuhalten, und musste sich mit gehöriger Kraft gegen seine Brust stemmen.

„Sie kann nicht einfach gehen, ich muss das mit ihr klären!", beharrte Peter auf die Notwendigkeit seines Besuches.

Neles Geduld platzte allmählich. „Aber nicht jetzt! Sei vernünftig! Verdammt, Peter, sie will dich jetzt nicht sehen, versteh das doch endlich!", blieb sie unnachgiebig und drängte ihn mit Aufbietung all ihrer Kräfte zurück. „Nächstes Mal sollte ich einen Kurs für Bodyguards besuchen, um unerwünschte Ehemänner effizienter fernzuhalten", dachte sie genervt.

„Ich brauche sie doch!", begehrte Peter mit resignierender Stimme auf. Da er einsah, dass sein Unterfangen an diesem Tag erfolglos bleiben würde, da Nele den Eingang wie ein Zerberus hütete, trat er nachgebend einige Schritte zurück. „Sag ihr das bitte, Nele!"

Seine braunen Augen sahen sie so flehentlich an, dass sie beinahe Mitgefühl für ihn entwickelte. „Das werde ich, aber jetzt geh bitte!"

Peter nickte stumm und verdrossen, machte am Absatz kehrt und ging zu seinem Wagen.

Nele schloss erleichtert die Türe und warf einen besorgten Blick auf Lisa, die sich auf der Treppe niedergelassen hatte. Sie wirkte niedergeschmettert und konnte nicht verheimlichen, dass ihr die Angelegenheit zu schaffen machte.

Nele setzte sich zu ihr und legte tröstend einen Arm um sie. „Das wird schon wieder!", versuchte sie ihr Mut und Zuversicht zuzusprechen.

Doch Lisa schüttelte trübsinnig den Kopf und sagte mit leiser, bedrückter Stimme: „Das glaube ich nicht! Ich liebe ihn zwar noch immer, aber der Schmerz über seinen Betrug und seine Demütigung ist weit größer." Sie legte ihren Kopf auf die Schulter ihrer Freundin und schluchzte jammervoll vor sich hin.

Nele hielt sie fest und wünschte, sie könnte etwas tun, das hilfreicher als diese Umarmung des Trostes wäre, aber sie wusste ehrlich gesagt nicht, was das sein sollte. Um verletzte Gefühle zu lindern, bedurfte es weit mehr als dahingesagte Worte. So versuchte Nele durch ihre Nähe und ihre Anteilnahme, zumindest einen kleinen Zoll an Trost zu spenden.

# 5.

Die nächsten beiden Tage verbrachte Lisa in einer melancholischen, trüben Stimmung, obgleich sie während der Anwesenheit von Nele versuchte, ein fröhliches Gesicht aufzusetzen. Doch dieser Täuschungsversuch verfehlte seine Wirkung, denn Nele kannte ihre Freundin schon zu viele Jahre, als dass sie ihre Gefühle nicht erkennen konnte. Trotzdem beließ sie es dabei und sprach Lisa nicht darauf an. Wenn ihre Freundin so weit war, würde sie offen über ihre Empfindungen sprechen, bis dahin musste sie sich damit begnügen, für sie da zu sein.

Eines Nachts klingelte unerwartet das Telefon und verschlafen nahm Nele den Hörer ab. Zuerst begriff sie aufgrund ihrer Verschlafenheit das Gesagte nicht, erst langsam drangen die Worte zu ihrem Bewusstsein durch: Tessa und Hannes hatten bei ihrer Rückkehr aus den Flitterwochen bei Salzburg einen schweren Autounfall gehabt. Da die Ärzte bei ihren Eltern niemanden erreicht hatten, hatte ihnen die Haushälterin die Telefonnummer von Nele gegeben.

Obwohl Nele den Sinn der Aussage verstand, konnte sie es dennoch nicht fassen. Ohne viele Überlegungen sagte sie ihr Kommen zu und legte geschockt auf. Für einen Moment stand sie völlig fassungslos im Raum, ohne im ersten Moment zu wissen, was zu tun war. Nachdem sie sich nach einigen Sekunden wieder gefasst hatte, suchte sie ihre Garderobe auf, zog sich Jeans und einen leichten Pullover über und schrieb eine kurze Nachricht für Lisa, da sie beschlossen hatte, sie nach dieser schweren Zeit schlafen zu lassen und nicht zu beunruhigen, schließlich konnte sie im Moment noch nichts über den Zustand ihrer Freunde sagen.

Danach stieg Nele in ihren Wagen und machte sich in einer dreistündigen Fahrt auf nach Salzburg. Die Autofahrt war nervenzehrend und Nele versuchte ihr ungutes Gefühl zu unterdrücken und sich nur auf die Straße zu konzentrieren, aber unweigerlich schweiften ihre Gedanken ab.

Kurz vor sechs Uhr morgens erreichte Nele ihr Ziel, wo sie bereits erwartet wurde.

„Es ist gut, dass Sie kommen konnten!", begrüßte sie der zuständige Arzt mit müder Miene. Er sah mitgenommen aus, wahrscheinlich hatte er schon lange keinen Schlaf mehr bekommen, kam es ihr in den Sinn.

„Wie geht es den beiden?", fragte sie geradeheraus, schließlich war sie keine drei Stunden gefahren, um unnötige Floskeln zu schwingen.

Sein Blick bekam einen matten, mitleidigen Ausdruck und in seinem Zögern schien er nach den richtigen Worten zu suchen. „Frau Hagen geht es den Umständen entsprechend, sie hat eine schwere Gehirnerschütterung, einige Prellungen und einen Armbruch davongetragen. Aber Herr Hagen …" Er stockte, denn es fiel ihm schwer, die Todesnachricht offen mitzuteilen.

„Es geht ihm doch gut, oder?", fragte Nele vorsichtig nach, machte sich aber bereits auf das Schlimmste gefasst.

Mitfühlend schüttelte er den Kopf. „Es tut mir leid, aber wir konnten nichts mehr für ihn tun! Er muss auf der Stelle tot gewesen sein."

Nele verschlug es die Sprache, lediglich ungläubig schüttelte sie ihr Haupt. Das konnte, nein durfte, nicht wahr sein! Tessa war so sensibel, sie würde diesen Verlust nicht verkraften, dachte Nele entsetzt und eine schreckliche Machtlosigkeit durchfuhr sie.

„Möchten Sie es Ihrer Freundin sagen?", erkundigte sich der Arzt hoffnungsvoll.

Nach kurzem Zögern erwiderte sie: „Vielleicht wäre dies das Beste."

„Dann bringe ich Sie zu ihr. Momentan schläft sie noch, aber sie wird sicherlich bald aufwachen", mit diesen Worten entließ er sie in Tessas Krankenzimmer, das im Halbdunkeln lag.

Auf leisen Sohlen schritt Nele zum Bett hinüber und blickte besorgt auf ihre schlafende Freundin hinunter. Tessa wirkte so zart und zerbrechlich, einfach viel zu schwach, um einen derartigen Schicksalsschlag verkraften zu können. Auf jeden Fall würde eine Welt für sie zusammenbrechen. Umso größer die Liebe war, desto größer war auch der Fall in die unendlichen Tiefen des Schmerzes, dachte Nele bitter. Und Tessa hatte Hannes sehr geliebt, mehr als ihr eigenes Leben vielleicht. Nele wurde bange zumute und um die aufkommende Anteil nehmende Trauer zu unterdrücken, bewegte sie sich zum Fenster hinüber und starrte gedankenverloren in den dämmernden Morgen hinaus. Dann schloss sie ihre Augen und versuchte angestrengt an nichts zu denken, alle Gefühle beiseitezuschieben. Sie durfte sich keine Schwäche erlauben, sie musste stark für Tessa sein.

Sie sollte außerdem Lisa und Nina verständigen, doch im Moment wollte sie Tessa nicht alleine lassen, also verschob sie die Pflicht auf einen späteren Zeitpunkt.

Nele wusste nicht, wie lange sie am Fenster gestanden und darüber nachgedacht hatte, wie sie ihrer Freundin am schonendsten beibringen sollte, dass sie ihren heiß geliebten Mann verloren hatte, als die Patientin erwachte.

„Nele?", ertönte auf einmal eine schwache Stimme fragend.

Nele öffnete die Augen, drehte sich um und schritt zum Bett, wo sie sich auf der Kante niederließ. Dann nahm sie Tessas rechte Hand und drückte sie sanft. „Wie geht es dir?", erkundigte sie sich mit zittriger Stimme und brachte mit aller Kraft ein schwaches Lächeln zuwege.

„Mein Kopf schmerz höllisch, so als hätte man mir kräftig einen Schlag übergezogen", erwiderte sie und stöhnte gequält auf, als sie ihr Haupt leicht bewegte. Sie sah ihre Freundin an und der Ausdruck in deren Augen war ihr unbekannt, machte ihr aber unerklärlicherweise Angst. „Wo ist Hannes?", wollte sie mit einem Male aus einer bösen Vorahnung heraus wissen und versuchte sich aufzusetzen, ließ es aber vor Schmerzen bleiben.

Nele seufzte tief und holte Luft. „Er ist …", begann sie, brach aber ab, um nochmals von vorne zu beginnen, „das Schicksal ist manchmal unfair und gnadenlos und aus einem unerklärlichen Grund heraus hat es sich entschieden, dir das Liebste auf Erden zu nehmen."

„Ich verstehe nicht!", stöhnte Tessa leise und sah ihre Freundin mit großen Augen an.

Nele drückte ihre Hand fest und wünschte sich, von dieser leidvollen Aufgabe entbunden zu werden. Lisa wäre viel geeigneter in dieser unglückseligen Situation Tessa beizustehen. „Hannes hat den Unfall leider nicht überlebt", offenbarte sie mit bedrückter Stimme die Todesnachricht und in ihrem Gesicht zeichneten sich aufrichtige Betroffenheit und Mitgefühl aus.

„Nein!", schrie Tessa panisch auf und ein verzweifeltes Kopfschütteln folgte. Die letzte Spur von Farbe wich augenblicklich aus ihrem Gesicht und ihre hellblauen Augen bekamen einen entrückten, fassungslosen Ausdruck. Tessa hatte das Gefühl, als hätte man ihr mit einem Satz das Herz aus dem Leibe gerissen und ihr Leben zertrümmert. Ihr Inneres fühlte sich an, als wäre es zu Eis erstarrt, denn das Licht in ihrem Leben war ausgelöscht worden.

„Sag, dass es nicht wahr ist!", forderte sie Nele mit gebrochener Stimme auf und warf einen bittenden, tränenverhangenen Blick auf Nele.

Diese konnte den Schmerz ihrer Freundin fühlen, als wäre er ihr eigener. „Das kann ich leider nicht. Es tut mir so leid!", erwiderte sie voller Bedauern.

Daraufhin brach Tessa in ein herzzerreißendes Schluchzen aus, das ihren gesamten Körpern erzittern ließ.

Tröstend nahm Nele sie in ihre Arme, und Tessa klammerte sich an sie wie eine Ertrinkende. Sie weinte so bitterlich, dass Nele all ihre Selbstbeherrschung aufbringen musste, um nicht ebenso loszuheulen. Beruhigend strich sie ihrer Freundin über das Haupt und ignorierte die Tatsache, dass ihr Pullover an der Schulter bereits völlig durchnässt war.

Tessa war froh, dass Nele ihr beistand und Trost spendete, obgleich dieser Riss in ihrem Herzen nie heilen würde. Was sollte sie bloß ohne Hannes tun? Verzweiflung und abgrundtiefe Trauer stiegen in ihr hoch und sie fürchtete, dieser unbeschreibliche Schmerz, der durch Hannes Tod hervorgerufen worden war, würde sie noch in den Wahnsinn treiben. Was bedeutete ihr denn jetzt noch das Leben, wenn sie es nicht mehr mit ihm zubringen konnte? Ihr Glück und all ihre Träume waren auf ihn begründet und mit einem Schlag war das alles zunichtegemacht worden. Sie würde kein harmonisches Familienleben führen und keine spielenden Kinder würden das Haus mit Freude und Ausgelassenheit erfüllen. Nein, ihre Wünsche würden nie in Erfüllung gehen, denn nach Hannes würde es nie mehr einen Mann in ihrem Leben geben. Ihre Liebe gehörte für alle Zeiten ihm alleine und kein anderer Mann würde an ihn heranreichen können.

Ihre Tränen flossen in einem unaufhaltsamen Strom und wollten nicht versiegen. Insgeheim bewunderte sie Neles Selbstbeherrschung. Seltsam, wenn sie so zurückdachte, dann konnte sie sich nicht erinnern, sie je weinen gesehen zu haben.

Tessa löste sich aus der Umarmung und wurde mit einem sorgenvollen Blick von Nele bedacht.

„Was hältst du davon, vorübergehend bei mir zu wohnen?", schlug Nele vor, da ihr der Gedanke Sorgen bereitete, ihre Freundin ohne wirkliche Fürsorge zu wissen, und das wäre im elterlichen Haus sicherlich der Fall. Bei ihr daheim könnten Lisa und sie sich jedoch eindringlich um Tessa kümmern und ihr wieder auf die Beine helfen.

„Ich hätte absolut nichts dagegen."

Nele erhob sich und teilte in ihrer praktischen Art Tessa das weitere Vorgehen mit: „Da sich deine Verletzungen in Grenzen halten, steht meiner Meinung nach einer baldigen Entlassung nichts im Wege. Ich werde das abklären und Lisa über alles informieren. Glaubst du, ich kann dich so lange alleine lassen?"

Ein leichtes Nicken war die Antwort darauf und Nele war schon bei der Türe, als Tessa ihr nachrief: „Danke, dass du da bist!"

# 6.

Am Vormittag des nächsten Tages befanden sich die beiden Frauen auf dem Heimweg zu Neles Domizil, wo sie von Lisa bereits erwartet wurden. Warmherzig schloss diese Tessa in die Arme und führte sie beistehend in das hergerichtete Gästezimmer.

Nele indes begann sich um die organisatorischen Angelegenheiten zu kümmern, sie beauftragte ein Bestattungsunternehmen, verständigte die Vorstände von Hannes' Firma und etwaige Bekannte, die ihr geläufig waren. Mit dieser Arbeit kam sie wesentlich besser zurecht als mit dem Trösten ihrer Freundin. Denn die Beschäftigung lenkte sie von ihrer eigenen Rührseligkeit ab, in die sie keineswegs verfallen wollte. Sie mochte es nicht, wenn ihre Empfindungen offen lagen, und Tränen vergoss sie lediglich in absoluter Einsamkeit, denn ihre Schwäche sollte nie sichtbar werden. Sie wusste, dass Lisa das nicht verstand, dafür war ihre Freundin viel zu sehr ein Gefühlsmensch. Ihr hingegen machten überschwängliche Gefühle Angst, und so suchte sie Zuflucht in ihrem Verstand. Es gab nur eine einzige Stelle, an der sie ihre Gefühle frei auslebte, und das war in ihren Romanen.

Nele seufzte und lehnte sich in ihrem Drehstuhl vor ihrem Schreibtisch zurück. Sie fühlte sich energielos und in ihrem Kopf pochte es unerträglich, weshalb sie ihre Schläfen massierte, was ihr eine geringe Besserung einbrachte.

„Kann ich hereinkommen?", fragte Lisa vorsichtig an der Türe mit hineingestrecktem Kopf, da sie wusste, dass Nele Störungen bei der Arbeit nicht ausstehen konnte.

„Natürlich!"

Bedächtig betrat Lisa das Heiligtum und nahm auf dem neben dem Tisch stehenden Stuhl Platz. Ihre Augen waren verweint, da die Tragödie auch sie mitgenommen zu haben schien.

„Wie geht es Tessa?", erkundigte sich Nele mit sorgenvoller Miene und war ehrlich erfreut über die Unterbrechung.

„Na ja, im Moment schläft sie. Ich denke, das ist zurzeit das Beste für sie." Eine kurze Pause folgte. „Es war gut, dass du sie hierher gebracht hast. Ihre Eltern würden ihr doch nicht die nötige Aufmerksamkeit schenken. Arme Tessa! Warum musste es gerade sie so hart treffen? Sie hätte das Glück wirklich verdient gehabt!"

„Ich hoffe nur, dass sie die Kraft hat, diese schwere Zeit zu überstehen. Sie ist doch so zart besaitet."

Lisa nickte zustimmend, denn auch sie war der Ansicht, dass ihre Freundin für so einen Schicksalsschlag viel zu feinfühlig war. Nicht jeder hatte schließlich so eine massive, beständige Gemütsverfassung wie Nele, die so gut wie nichts aus der Fassung oder aus dem Konzept bringen konnte. Tessa hingegen war wie ein Blatt im Wind, von zartem und empfindlichem Gemüt, das durch den Tod eines geliebten Menschen leicht aus dem Gleichgewicht gebracht werden konnte.

„Sie schafft das, mit unserer Hilfe", gab sich Lisa zuversichtlich. „Ich habe versucht, Nina zu erreichen, aber das ist alles andere als einfach. So konnte ich ihr nur eine Nachricht auf der Mobilbox hinterlassen."

„Dann wird sie sich sicherlich melden." Nachdenklich runzelte Nele die Stirn und spielte sich dabei mit einem Stift.

„Übrigens, bevor ich es vergesse, Herr Schönburg hat angerufen, als du in Salzburg warst. Ich habe ihm die Situation erklärt, woraufhin er gemeint hat, du hast jetzt bestimmt keinen Kopf für dein Manuskript, und er meldet sich erst in einigen Tagen wieder", richtete Lisa ihr unter genauer Beobachtung aus. Aber wider Erwarten zeichnete sich auf Neles Gesicht keine Regung ab, sie nahm diese Mitteilung einfach nur zur Kenntnis.

„In gewisser Weise sind wir alle vom Leben enttäuscht, findest du nicht?", sinnierte Lisa nach einer kurzen Schweigeminute und schob sich eine lästige Haarsträhne hinter das Ohr.

„Sozusagen! Aus den vier Amazonen sind die vier Trauergestalten geworden", pflichtete Nele ihr in sarkastischem Ton bei.

„Kannst du nicht einmal ernst sein!", beschwerte sich ihre Freundin mit traurigem Blick. „Das Leben von Tessa, Nina und mir hat schließlich eine drastische Wendung genommen. Und bei dir?" Ein Stirnrunzeln folgte. „Was dein Problem ist, weiß ich nicht so recht. Du öffnest dich nicht, nicht einmal deinen Freundinnen gegenüber. Du lebst dein Leben unter dem Motto ‚komme, was kommen mag', ohne auch nur einmal unsere Hilfe in Anspruch zu nehmen. Deine Verschlossenheit ist manchmal beängstigend, weißt du das?"

„Du neigst zur Übertreibung! Ich komme eben sehr gut alleine zurecht, deshalb besteht nicht die Notwendigkeit, jemandem mein Herz auszuschütten", wich Nele geschickt aus und registrierte den ungläubigen Blick ihrer Freundin.

„Glaubst du das selbst oder willst du das nur uns anderen weismachen?"

Resignierend hob Nele die Schulter. „Weder das eine noch das andere. Aber du scheinst sowieso nicht bereit zu sein, mir zu glauben, deshalb schlage ich vor, wir verschieben diese Problemerörterung auf ein anderes Mal." Sie erhob sich und streckte ihre müden Glieder. „Ich bin müde und brauche dringend Schlaf. Also sei mir nicht böse, wenn ich mich zurückziehe." Mit diesen Worten verließ sie ihre Freundin, um ihr Schlafgemach aufzusuchen.

Lisa sah ihr wenig zufriedengestellt nach. Mit jedem Jahr verschloss sich Nele zunehmend und gestattete niemandem einen Blick auf ihre Gefühle. Sie lebte ihr Leben, war für die anderen zwar bedingungslos da, ließ sie aber eigentlich nicht an ihrem eigenen Leben teilhaben. Es grenzte ja schon an ein kleines Wunder, dass sie ihre Freundinnen bei sich wohnen ließ, da ihr ihre Privatsphäre grundsätzlich heilig war. Vielleicht war es unbegründet, sich Sorgen um sie zu machen, aber Lisa tat es dennoch.

# 7.

Als Nele erwachte, fielen bereits die ersten Sonnenstrahlen in ihr Schlafgemach. Genüsslich streckte sie sich in ihrem Bett aus und kuschelte sich anschließend wieder in ihre weichen Kissen. Der vorherige Tag hatte sie ganz schön geschafft und mit geschlossenen Augen ließ sie ihn Revue passieren. Es war ein trüber Tag gewesen, die Wolken hatten den Himmel gänzlich verdeckt und ein kalter Wind hatte den Menschen um die Ohren geblasen. In gewisser Weise äußerst passend für ein Begräbnis! Unzählige Personen hatten Hannes die letzte Ehre erwiesen, die Aufbahrungshalle war gestopft voll gewesen. Tessa war erschreckend blass und den Anstrengungen des Tages nicht gewachsen gewesen, sodass Lisa und sie ihre trauernde Freundin oftmals stützen hatten müssen. Nina hatte es noch gerade rechtzeitig zur Beerdigung geschafft, auch Peter hatte sie abseitsstehend erblickt.

Ein tiefer Seufzer löste sich aus ihrer Kehle, und Nele verdrängte den Gedanken an den unglückseligen Tag. Genug Leid, Schmerz und Tränen! Hannes war tot, so tragisch dies auch war, aber dennoch ging das Leben weiter, das musste auch Tessa begreiflich gemacht werden. Die Sonne war noch genauso strahlend, die Blumen ebenso herrlich und die Zukunft weiterhin rosig, wenn sie es nur zuließe. Plötzlich musste Nele über sich selbst lächeln, denn ihre Gedanken strotzten nur so voll Optimismus. Und das, wo sie doch für ihren Pessimismus berüchtigt war, vor allem in den Bereichen, die sie selbst betrafen. Vielleicht fruchtete schon Lisas Gehirnwäsche, da ihre Freundin ständig optimistischen Lebensmut versprühte.

Mit einem Sprung verließ Nele das Bett, da sie entschied, zum faulen Herumliegen wäre der Tag wahrhaft zu schön. Am liebsten würde sie alle Probleme hinter sich lassen und einige Tage fortfahren, aber schließlich hatte sie eine gewisse Verantwortung ihren Freundinnen gegenüber. Also müsste ein Stadtbummel ausreichen. Vielleicht sollte sie sich ein paar nette Dinge kaufen. „Mal sehen", dachte sie sich.

Nele genoss die heiße Dusche und cremte sich anschließend mit einer wohlriechenden Körpermilch ein. Als Garderobe wählte sie eine schicke schwarze Hose und eine dreiviertelärmelige, bordeauxfarbene, taillierte Bluse, ihr kastanienfarbenes Haar ließ sie sanft ihr Gesicht umschmeicheln.

Da im Hause noch Ruhe herrschte, hinterließ sie eine Nachricht über ihren Verbleib und düste mit ihrem Wagen auf und davon.

Nachdem sie einige Kleidungsstücke auf der Mariahilfer Straße erworben hatte, spazierte Nele gemächlich auf der Kärntner Straße entlang. Der zarte Wind in ihrem Haar verlieh ihr ein Gefühl der Unbeschwertheit und Freiheit und mit leichtem Schritt flanierte sie an den Schaufenstern entlang.

Auf einmal tippte ihr jemand auf die Schulter und neugierig drehte sie sich um, wodurch sie in das vertraute Gesicht von Peter Lichtenfels blickte. Wie es sich für den Filialleiter einer Bank gehörte, trug er einen dunklen, eleganten Anzug mit Hemd und Krawatte. Trotz seiner kantigen Gesichtszüge konnte man ihn durchaus als attraktiv bezeichnen und seine braunen Augen zeichneten sich durch einen schlauen und vertrauenserweckenden Ausdruck aus. Prinzipiell fand Nele ihn sympathisch, denn er war ein anständiger Kerl und angenehmer Geselle, einmal abgesehen von der Geschichte mit dem Seitensprung.

„Ich hoffe, du verzeihst mir, dass ich dich anspreche", entschuldigte sich Peter zurückhaltend und mit leicht ängstlichem Blick.

Nele musste unwillkürlich lächeln, da er den Eindruck erweckte, als hätte er soeben den Kampf mit einem gefährlichen Ungeheuer aufgenommen und nicht die Freundin seiner Frau angesprochen. Ihre Wirkung auf andere Menschen war manchmal schon merkwürdig. Zwar hatte sie einige sogenannte ungünstige Eigenschaften eines Künstlers, so war sie exzentrisch, unberechenbar und Stimmungsschwankungen unterworfen, aber grundsätzlich hatte sie einen ruhigen, freundlichen und ausgeglichenen Charakter. Nele erinnerte sich daran, wie Nina einmal gemeint hatte, dass sie mit ihrer kühlen Unnahbarkeit die Menschen einschüchtern würde. Absurder Gedanke! Bis jetzt hatte Peter beispielsweise keine Anzeichen von Angst ihr gegenüber gezeigt, auch wenn seine Art Tessa und Nina gegenüber offener und herzlicher war.

„Ich habe kein Problem damit", erwiderte Nele wahrheitsgemäß in freundlichem Ton und schenkte ihm sogar ein kleines Lächeln, das seine Befangenheit reduzierte. „Wie geht es dir so?"

Peter seufzte auf und sein Blick wurde traurig. „Ich vermisse Lisa und die Kinder! Das Haus ist schrecklich leer ohne sie. Und mein Leben auch", ergänzte er leise und senkte betrübt den Blick.

„Du hast ihr mit dem Seitensprung sehr wehgetan. Es war doch nur der eine, oder?", forschte sie interessiert an der Wahrheit nach, vergaß darüber jegliches Taktgefühl und musterte ihn eindringlich.

Sein Kopf schnellte in die Höhe, als hätte sie ihn auf das Ärgste beleidigt. „Natürlich, wo denkst du denn hin! Es war nur ein fataler Ausrutscher, der mir in einer schwachen Stunde passiert ist und für den ich teuer büßen muss. Ich würde Lisa ja alles erklären, wenn sie mir nur die Chance dazu geben würde, aber sie straft mich mit ihrer Ignoranz", erklärte Peter mit sichtlicher Enttäuschung. „Könntest du nicht mit ihr sprechen?" Bewusst setzte er einen Dackelblick ein, um Nele zu erweichen und auf seine Seite zu ziehen.

„Ich weiß nicht, ob das etwas bringen würde", zweifelte sie ernstlich, aber sein kummervoller Eindruck ließ sie eine Spur erweichen. „Aber wenn ich mir absolut sicher sein könnte, dass du den gleichen Fehler kein zweites Mal begehst und Lisa somit weiterer Kummer erspart bleiben würde, könnte ich es mir womöglich anders überlegen."

„Ich gebe dir mein Ehrenwort, dass ich Lisa nie wieder so etwas antäte, falls sie zu mir zurückkäme", schwor er mit sichtlichem Ernst, sodass Nele geneigt war, ihm Glauben zu schenken.

„Also gut, ich werde versuchen, ihr deinen Standpunkt klarzumachen, aber ich kann nicht garantieren, dass sie dann zu einem Gespräch bereit sein wird."

„Du bist meine einzige Chance, Nele! Und wie immer die Sache ausgehen wird, ich werde dir für deine Unterstützung ewig dankbar sein", versicherte Peter ihr und schien froh zu sein, sie als Komplizin gewonnen zu haben.

„Schon gut!" Allzu viel Überschwänglichkeit fand sie stets peinlich.

Peter schüttelte ihr voller Dankbarkeit die Hand und machte sich schließlich zuversichtlich wieder auf den Weg.

Während Nele zu dem Café spazierte, wo sie sich mit Nina verabredet hatte, dachte sie über die zufällige Begegnung mit Lisas Gemahl nach. Er schien seinen Fehltritt aufrichtig zu bereuen, war über alle Maßen zerknirscht über den Verlust seiner Familie. Sie sollte sich schon sehr täuschen, hätte er ihr seine Verzweiflung nur vorgespielt, denn normalerweise besaß sie eine gute Menschenkenntnis und in all den Jahren, in denen sie Peter nun kannte, konnte sie ihm weder Falschheit noch Scheinheiligkeit vorwerfen. Ihrer Meinung nach war er in Ordnung, wie sonst hätte sich Lisa auch vor acht Jahren für ihn entscheiden können. Obwohl sie seinen Seitensprung auf das Härteste verurteilte, war sie dennoch der Überzeugung, dass er eine zweite Chance verdient hatte. Jeder sollte die Möglichkeit haben, einen Fehler wiedergutzumachen. Ja, sie würde mit Lisa darüber sprechen, nahm sie sich fest vor.

Zehn Minuten später betrat Nele das kleine Café, in dem Nina bereits wartete und gelangweilt an ihrem Cappuccino nippte.

Als sie Nele erblickte, winkte sie ihr zu und stellte ihre Tasse ab. „Ich dachte schon, du hättest mich vergessen!", beschwerte sich Nina vorwurfsvoll und rückte auf der Sitzbank etwas zur Seite, um Platz zu machen.

Nele ließ sich neben ihr nieder und orderte eine Tasse Tee. „Tut mir leid, aber ich wurde aufgehalten! Wie fühlst du dich?"

„Frage lieber nicht! Ich könnte die meiste Zeit über Essen in mich hineinstopfen, wodurch ich langsam wie ein Germteig aufgehe. Kein Mann wird sich mehr nach mir umdrehen, wenn ich weiter so zulege."

„Das kann ich mir nicht vorstellen!", beschwichtigte Nele sie und nahm dankbar ihre Bestellung entgegen.

„Du brauchst mir nicht zu schmeicheln, denn es ist nur eine Frage der Zeit, bis sich das ändern wird", beharrte Nina und ihre roten Lippen formten sich zu einem Schmollmund.

„Sind schwangere Frauen nicht besonders begehrenswert?", stellte Nele in den Raum, um die Stimmung ihrer Freundin aufzuheitern, und nahm einen kräftigen Schluck von ihrem Tee.

„Ich hasse dich für dein Gedächtnis!", erwiderte Nina lachend. „Du liebst es anscheinend, mich mit meinen eigenen Waffen zu schlagen? Ich sollte nicht jammern, schließlich habe ich mir die Sache selbst eingebrockt und nun muss ich sie eben auslöffeln."

„Eine praktische Sichtweise!", kommentierte Nele und lehnte sich gemütlich zurück.

„Wie geht es Tessa?", wechselte Nina das Thema und ihr fröhliches Gesicht betrübte sich.

„Leider nicht gut!"

„Das habe ich schon befürchtet. Du und Lisa könnt euch nicht ständig um sie kümmern, ihr braucht unbedingt Hilfe. Deswegen und wegen meiner fortschreitenden Schwangerschaft habe ich mich auf den Boden versetzen lassen."

„Wirklich?" Nele war sehr verwundert über diese Tatsache, da Nina bisher nichts vom Bodendienst gehalten hatte.

Bewusst überging Nina die Verwunderung ihrer Freundin und fuhr unbeeindruckt fort: „Leider ist es in meiner Wohnung alles andere als heimelig, deshalb finde ich es von Vorteil, wenn ich zu dir ziehe. Erstens um für Tessa zur Stelle zu sein und euch unter die Arme zu greifen und zweitens sollte man schwangere Frauen nicht alleine lassen. Also, was sagst du dazu?" Enthusiasmus schwang unverhohlen in ihrer Stimme mit.

Nele hatte sich während des Vorschlages verschluckt und versuchte mühsam wieder zu Atem zu gelangen. Ninas offene und direkte Art war auch heute noch etwas gewöhnungsbedürftig für sie. Obwohl sie grundsätzlich darauf vorbereitet war, traf sie die heutige Direktheit doch überraschend.

Nina klopfte ihr auf den Rücken, was zu einer Besserung führte.

„Mein Haus steht dir allezeit offen", antwortete Nele konsterniert und völlig überrumpelt.

Auf Ninas Gesicht erschien ein zufriedenes Lächeln und voller Vorfreude bestellte sie sich ein großes Stück Torte.

Gleich am folgenden Morgen zog Nina mit Sack und Pack bei ihrer Freundin ein und stieß damit bei Lisa auf große Zustimmung.

Da Nele einen geschäftlichen Termin hatte, konnte sie beim Einzug nicht behilflich sein. Am späten Nachmittag kehrte sie heim und fand Lisa und Nina kichernd beim Kochen in der Küche vor.

„Hattest du einen schönen Tag?", erkundigte sich Nina amüsiert und schmeckte den Salat ab.

„Es ging so. Euch hingegen scheint das Kochen ja direkt Spaß zu machen."

Beide kicherten daraufhin verschwörerisch, worauf Nele verständnislos die Stirn runzelte, da sie ihre Aussage keineswegs belustigend fand.

„Wir haben heute übrigens einen Gast zum Abendessen. Ich nahm mir die Freiheit ihn einzuladen", erwähnte Lisa beiläufig, während sie einen selbst gemachten Marillenkuchen aus dem Backofen zog.

„Kenne ich ihn?", erkundigte sich Nele und schenkte sich ein Glas Limonade ein. Anschließend lehnte sie sich an den Kühlschrank und beobachtete ihre beschäftigten Freundinnen, die ein wahres Festmahl herzurichten schienen.

„Ja, aber wie gut, wissen wir noch nicht", entgegnete Nina nun geheimnisvoll, aber mit einem breiten Grinsen auf den Lippen.

Ahnungslos blickte Nele von der einen zur anderen. „Aha!"

„Sag bloß, du weißt nicht, wen wir meinen?", deutete Lisa den Gesichtsausdruck ihrer Freundin.

„Ich habe nicht die geringste Ahnung", gestand sie. „Also seid so gut und sagt es mir."

„Dein Lektor kommt, der nach Lisa ja ein Prachtexemplar von einem Mann sein soll", gab Nina erwartungsvoll preis. „Und wie weit bist du schon mit ihm?"

Für eine Sekunde blieb Nele der Mund vor Entrüstung offen stehen, dann gewann sie aber ihre Gelassenheit wieder zurück. „Erstens ist er nicht mein Lektor und zweitens habe ich rein gar nichts mit ihm vor!", stellte sie mit Nachdruck klar.

„Wenn du jede Chance vergibst, wundert es mich nicht, dass du keinen Mann hast, vor allem kein Vergnügen", musste Nina nicht ohne Tadel feststellen und nahm ihre Kochschürze ab, da die Zubereitung der Speisen beendet war.

Mit einem lauten Krachen stellte Nele ihr Glas ab. „Ich bin mit meinem Leben so zufrieden, wie es ist. Könnt ihr euch endlich damit abfinden!", fauchte sie ihre Freundinnen an und verließ die Küche, nicht ohne die Türe zuzuknallen.

Verärgert blieb sie im Vorraum stehen und stemmte ihre Hände in die Hüften. Sie konnte es nicht ausstehen, wenn man sich in ihr Leben einmischte, schließlich war sie kein kleines Kind mehr, sondern eine erwachsene Frau, die genau wusste, was sie tat. Andererseits kannte sie ihre Freundinnen lange genug, um zu wissen, dass sie sie bezüglich ihres eisernen Singledaseins gerne aufzogen, was diese allerdings keineswegs böse meinten. Und zu allem Unglück hatten sie auch noch ihren erklärten Feind eingeladen. Sie atmete ein paar Mal kräftig durch, um ihr inneres Gleichgewicht zu finden, als es an der Türe klingelte.

Nele öffnete und sah vorerst nichts als einen monströsen Blumenstrauß. Erst als dieser gesenkt wurde, erblickte sie Fabians strahlendes Gesicht. Unwillkürlich fragte sie sich, ob er jemals schlechte Laune hatte. Insgeheim fand sie solche Frohnaturen verdächtig. Wer konnte schon immer gut gelaunt sein? Sie selbst sicherlich nicht.

„Guten Abend, Nele! Das ist ein kleines Präsent für Sie und Ihre Freundin", begrüßte er sie freundlich und trat ein.

Nele nahm die Blumen entgegen, leicht abwesend, da sie über die Vertrautheit, wie er ihren Namen ausgesprochen hatte, grübelte.

Fabian bemerkte ihre Nachdenklichkeit und musterte sie eingehend. „Ich hoffe, es stört Sie nicht, dass ich der Einladung Ihrer Freundin ohne Ihr Einverständnis gefolgt bin."

Ihre Augen ruhten durchdringend auf ihm und machten ihr klar, dass er ihre geistige Abwesenheit wahrgenommen, aber falsch gedeutet hatte. „Nein, Herr Schönburg!" Ihre Stimme drückte Gleichgültigkeit aus, schloss jegliche Freude an einem Wiedersehen aus.

„Fabian", besserte er sie aus, da er die formelle Komponente aufzuheben versuchte.

Nele nickte und führte ihn in das Speisezimmer, wo der Tisch bereits festlich gedeckt war und ihre Freundinnen erwartungsvoll dem Erscheinen des Gastes entgegensahen.

„Herr Schönburg, Fabian", verbesserte sie sich steif, „Lisa kennen Sie ja schon und das ist Nina, ebenfalls eine gute Freundin von mir", stellte sie ihm die Anwesenden vor und gab im Anschluss die Blumen in eine Vase, welche sie in der Mitte des Tisches platzierte.

„Ich habe schon viel von Ihnen gehört, mein Lieber", gestand Nina mit zuckersüßer Stimme und verführerischem Lächeln.

„Ach ja?", wunderte er sich und zog eine Augenbraue in die Höhe.

„Aber nicht von mir", stellte Nele sogleich klar, „sondern von Lisa, bei der Sie einen bleibenden Eindruck hinterlassen haben."

„Hören Sie nicht auf sie!", beschwor Nina ihn und wies ihm einen Platz an ihrer Seite zu, auf den er sich folgsam niederließ. „Sie ist bestimmt ebenso von Ihnen beeindruckt, auch wenn sie Ihnen die kalte Schulter zeigt. Das ist so ihre Masche."

„Das habe ich gehört!", rief Nele als Einwand von der Küche aus, wo sie Lisa beim Garnieren half. „Außerdem lasse ich niemanden im Unklaren darüber, ob ich ihn sympathisch finde oder nicht."

„Ja, ja!", bezweifelte Nina ihr Gerede an und setzte sich dicht neben Fabian. „Und was halten Sie von unserer Nele?"

„Sie ist eine sehr begabte Schriftstellerin", antwortete er wahrheitsgemäß und musterte Ninas feine Gesichtszüge. Sie war eine aparte Schönheit mit weiblichen Reizen und bezirzte damit sicherlich sogleich jeden Mann.

„Das wissen wir wohl alle. Aber meine Frage galt eher Ihrem persönlichen Interesse, immerhin ist Nele eine sehr attraktive Frau. Also, haben Sie irgendwelche Hintergedanken?", wollte Nina wissen und wirkte dabei so ungerührt, als sprächen sie über das Wetter. Aufmerksam schenkte sie ihm Wein ein und warf ihm einen durchdringenden Blick zu.

Etwas verlegen aufgrund dieser sehr persönlichen Frage fuhr er sich durch seinen hellbraunen Schopf und fühlte sich sichtlich unwohl in seiner Haut. Er öffnete gerade, um etwas zu erwidern, als Nele mit einer Platte zu ihnen trat.

„Wenn Nina Sie mit heiklen Fragen nervt, ignorieren Sie sie einfach", ergriff Nele unerwartet seine Partei und stellte die Ente á l'orange in die Mitte des Tisches. An Nina gewandt sagte sie tadelnd: „Und du, hör auf, unseren Gast mit peinlichen Fragen zu belästigen." Denn ohne sich etwas anmerken zu lassen, hatte sie das Gespräch Wort für Wort mit angehört.

Fabian schenkte ihr ein erleichtertes Lächeln und lobte auf das Höchste die köstlich aussehende Speise.

Während des Mahls hielten sie sich an unverfängliche Themen, was sowohl Nele als auch Fabian mit einer gewissen Erleichterung aufnahmen. Zu Kaffee und Kuchen schickte Nele ihre Freundinnen und ihren Gast in den Salon, sie hingegen schenkte ihre Aufmerksamkeit dem Abwasch in der Küche. Nicht dass dies zu ihren Lieblingstätigkeiten zählen würde, ganz im Gegenteil, aber noch weniger stand ihr der Sinn danach, von ihren Freundinnen aufgezogen zu werden. Und das alles nur wegen Fabian. Ihr Leben war momentan wahrlich kompliziert genug, als dass sie sich zu allem Übel noch einen Mann aufhalsen würde. Schon gar nicht diesen Ausbund an Gutgelauntheit. Das wäre doch wirklich gegen jede Vernunft!

Tief in Gedanken versunken säuberte sie das Geschirr und bemerkte deshalb nicht, wie Fabian neben sie trat, um die Dessertteller abzustellen.

Nele zuckte erschrocken zusammen, als er ihren Arm berührte, um die Teller ins Abwaschbecken geben zu können. In ihren dunkelbraunen Augen blitzte für einen kurzen Moment Verwirrung auf, aber sogleich wurde ihre Verletzlichkeit von einer kühlen Undurchdringbarkeit abgelöst.

„Haben Sie die Flucht ergriffen?", deutete Nele sein Erscheinen mit einer Spur von wissendem Lächeln.

Fabian nickte. „Sozusagen. Ihre Freundin Nina hat eine sehr offene und direkte Art", meinte er vorsichtig, da er sie keinesfalls beleidigen wollte.

„Was hat sie Sie Schamloses gefragt?", wollte sie voller Neugierde wissen, da schon allein der Gedanke an die Frage eine leichte Röte seine Wangen überziehen ließ.

Ein ausweichender Blick auf den Boden folgte. Er schien dabei abzuwägen, ob er ihr davon erzählen sollte oder nicht. Aber in diesem Moment strahlte sie eine derart verständnisvolle Ruhe aus, dass er sich durchrang, ihr von der Unverschämtheit ihrer Freundin zu erzählen.

„Na ja, sie fragte mich geradeheraus, ob ich nicht Lust hätte, ihr einige Nächte zu versüßen", gestand Fabian nicht ohne Verwirrung, da ihm noch nie zuvor ein ähnliches unmoralisches Angebot gemacht worden war, schon gar nicht bei Kaffee und Kuchen.

Nele grinste mit einem Male über das gesamte Gesicht, selbst ihre dunklen Augen wurden davon erfasst und funkelten vergnügt. „Nina hat Sie tatsächlich gefragt, ob Sie mit ihr ins Bett wollen?", schmunzelte sie, über die Dreistigkeit ihrer Freundin erstaunt.

Erneut trieb es ihm zu seinem eigenen Leidwesen die Schamesröte ins Gesicht, da er sich wie ein pubertierender Schuljunge fühlte. Wenigstens hatte er mit dieser Episode Nele ein amüsiertes Lächeln abgerungen, wodurch sie wie ein zauberhafter Engel erschien. Leider steckte auch ein kleiner Teufel in ihr, dachte er unwillkürlich mit Bedauern.

Fabian beantwortete ihre Frage mit einem deutlichen Nicken und Nele nahm seine Betretenheit mit einer gewissen Genugtuung wahr, schließlich war es ihrer Freundin gelungen, ihn aus seiner frohsinnigen Selbstsicherheit zu reißen.

„Sie dürfen Nina deswegen nicht böse sein, denn ihre Direktheit benutzt sie, um Menschen zu testen", versicherte sie ihm mit einem Schmunzeln. „Ansonsten ist sie aber eine wunderbare Person, das müssen Sie mir glauben."

„Wenn Sie das sagen!" Ihre Erklärung schien ihn nicht ganz zu überzeugen, auch wenn er Nina auf den ersten Blick durchwegs sympathisch fand. Er warf Nele einen misstrauischen Blick zu, was diese aber amüsant fand.

„Und wie lautete Ihre Antwort?", neckte sie ihn auf einmal, wobei sie das Geschirr abtrocknete.

Um seine peinliche Berührtheit zu verbergen, ergriff Fabian ein Geschirrtuch und tat es ihr gleich. Sie war wirklich gerissen darin, ihn aus dem Konzept zu bringen, stellte er fest, dachte aber nicht daran, ihr einen leichten Sieg zu lassen. „Ich habe natürlich abgelehnt. Dachten Sie etwa, ich hätte so wenig Nachfrage, dass ich das erstbeste Angebot ohne Zögern annehme?"

Augenblicklich verschwand ihr amüsiertes Lächeln, stattdessen kehrte ihr ernster, abweisender Gesichtsausdruck zurück. Wie jeder blendend aussehende Mann schien auch er sich dessen vollends bewusst zu sein und erlag seiner eigenen Arroganz, fand Nele angewidert.

Fabian bereute diesen Schlag, mit dem er sie in ihr Schneckenhaus zurückgetrieben hatte. Nun trat sie ihm wieder distanziert gegenüber. Mit eisigem Schweigen räumte sie das Geschirr, das er ihr reichte, in die Küchenkästchen, ohne ihm weitere Beachtung zu schenken. Ihr angespanntes Gesicht verriet ihm, dass ihr seine Anwesenheit unbehaglich war. Sie war wahrhaft eine ungewöhnliche Frau, sinnierte er in Gedanken. Ihren Freundinnen gegenüber zeigte sie sich fürsorglich und herzlich – fast wie in ihren Romanen, die eine tiefe Empfindungsstärke und ein leidenschaftliches Herz verrieten –, aber Fremden, und dazu zählte er für sie zweifellos, gegenüber verhielt sie sich kühl und distanziert, was ihr unwillkürlich Respekt einbrachte. Ihr Verhalten schien sehr ambivalent zu sein, ebenso wie ihr Charakter, schloss er daraus und musterte die feinen Linien ihres Gesichtes. Ob sie sich überhaupt bewusst war, wie attraktiv sie war, vor allem wenn sie ungezwungen lächelte? Ihre kühle Ausstrahlung wirkte durchaus faszinierend auf ihn, womöglich auch deshalb, weil er sein Geheimnis dahinter witterte.

Denn seiner Meinung nach musste es einen Grund für ihre unnahbare Zurückhaltung geben.

Vor lauter Grübeln wurde Fabian sich nicht gewahr, wie Nele ihre Betätigung beendet hatte und nun an ihrem Tee nippte, während sie ihn einer Musterung unterzog. Obgleich sie ihm nicht viel Sympathie entgegenbrachte, konnte sie seine anziehende Attraktivität nicht abstreiten. Seine graugrünen Augen waren diesbezüglich herausragend: ausdrucksstark und voller Wärme. Ja, ihm mangelte es sicherlich nicht an Verehrerinnen!

„Einen Cent für Ihre Gedanken", sprach sie ihn schließlich an und begegnete seinem abwesenden Blick.

„Wie bitte?"

Ihr Mund verzog sich zu einem kleinen Lächeln. „Sie scheinen in eine Sache vertieft zu sein, die äußerst interessant zu sein scheint. Jedenfalls Ihrem Blick nach zu urteilen."

Fabian hatte das Gefühl, als hätte man ihn soeben bei einem unerlaubten Streich ertappt. Da ihm aber bewusst war, dass sie seine Gedanken nicht lesen konnte, beruhigte sich sein Pulsschlag augenblicklich wieder und er gewann seine Sicherheit zurück.

„Ich glaube, das Interesse liegt nur im Auge des Betrachters", antwortete er mit leicht verträumtem Blick.

„Da haben Sie wohl recht!", pflichtete sie ihm bei, ohne einen blassen Schimmer, dass es um sie selbst ging.

„Wie steht es übrigens mit dem Roman? Haben Sie schon Änderungen vorgenommen?", wechselte er bewusst das Thema, da er befürchten musste, sie könnte danach fragen, was ihm durch den Kopf gegangen war.

Ihre lockere Haltung, die sie auf die Kredenz gelehnt einnahm, versteifte sich auf die Frage hin und auch der Griff um die Teetasse festigte sich.

Fabian entging ihre Anspannung nicht und er fragte sich insgeheim, warum ihr das Thema so unangenehm war. Bezüglich ihrer Arbeit schien sie extrem empfindlich zu sein.

„Bisher noch nicht. Die letzten Tage waren dafür nicht geeignet", erwiderte Nele ruhig, um nicht zu verraten, wie sehr sie die vergangenen Tage mitgenommen hatten. Lisa hatte Peter verlassen, Tessas Mann war verstorben und Nina hatte sich bei ihr eingenistet, das alles griff auch ihre Substanz an, auch wenn sie das nie jemanden freiwillig gestanden hätte. Schließlich erwartet man von ihr Stärke, was wiederum eine gewisse Gefühllosigkeit voraussetzte.

„Was halten Sie davon, wenn wir uns morgen zusammensetzen? Ich habe einige Veränderungsvorschläge bereit", schlug Fabian vor.

Nele überlegte einen Moment. „Morgen habe ich in der Stadt zu tun."

„Dann kommen Sie einfach einen Sprung bei mir vorbei." Ein charmantes Lächeln unterstrich seinen Vorschlag.

Ein Anflug von Skepsis machte sich auf ihrem Gesicht breit und sie schien sein Unterbreiten in Gedanken abzuwiegen.

„Ich verspreche auch, mich wie ein, Gentlemen zu unternehmen", versuchte er ihre Bedenken mit einem Scherz auszuräumen, und sein vertrauenserweckender Gesichtsausdruck verfehlte seine Wirkung nicht.

„Also gut. Wann wäre es Ihnen recht?"

„So gegen 10.00 Uhr, falls Sie nichts dagegen haben."

Nele nickte und Fabian konnte ein Lächeln über beide Ohren nicht unterdrücken, da er sich auf das morgige Wiedersehen ehrlich freute.

# 8.

Der Blick auf ihre Armbanduhr löste einen unerfreulichen Seufzer bei Nele aus. Dass etwas nach Plan funktionierte, wäre wahrscheinlich zu viel verlangt gewesen. Grundsätzlich konnte sie davon ausgehen, dass in der Stadt ein Stau ihr Fortkommen verzögerte. Nicht so an diesem Tag! Das war auch der Grund, warum sie ihren Wagen schon eine gute halbe Stunde vor dem verabredeten Termin in der Nähe von Fabians Wohnung einparkte. Ein wenig ratlos warf sie einen Blick aus dem Autofenster. Sie hatte keine Lust, eine halbe Stunde im Wagen zuzubringen, allerdings wäre ein zu frühes Erscheinen auch nicht das Gelbe vom Ei. Aber es wäre das kleinere Übel, entschied sie nach kurzem Abwägen. Deshalb stieg Nele entschlossen aus dem Auto und marschierte mit festem Schritt in Richtung der Adresse, die auf der Visitenkarte angegeben war.

Insgeheim war sie schon gespannt auf sein Heim, denn sie vertrat die Meinung, dass die Wohnlichkeiten durchaus etwas über den Besitzer aussagen konnten.

Sie drückte den Knopf der Sprechanlage und wartete geduldig ab.

„Ja?", ertönte eine Stimme aus der Anlage heraus.

„Nele Hohenberg", erwiderte sie laut und deutlich, worauf sie ein erstauntes „Oh!" vernehmen konnte. Gleichzeitig wurde ein Summen hörbar und Nele drückte gegen die Türe, die sich öffnete und sie eintreten ließ.

Mit flinken Schritten erklomm sie die Stufen zum ersten Stock, wo sich seine Wohnung befand. Fabian erwartete sie bereits an der Türe, lediglich ein Handtuch um seine Hüften gewickelt. Seine nassen hellbraunen Haare waren schnell zurückgekämmt worden und in seiner spärlichen Bekleidung wirkte er wie ein junger griechischer Gott, der gerade dem Olymp entstiegen war.

Diese Tatsache konnte selbst Nele unmöglich übersehen. Sie hätte es verstanden, wenn er sie unerfreut angeschnauzt hätte, schließlich war sie 30 Minuten zu früh, aber sein Gesicht spiegelte aufrichtige Freundlichkeit und ein umwerfendes Lächeln umspielte seinen Mund.

„Es tut mir leid, dass ich schon so zeitig komme", entschuldigte sich Nele mit schuldbewusster Miene.

Fabian strahlte sie an und ließ sie in seine Wohnung treten. „Schon gut! Das ist kein Problem!"

Mit eleganter Geschmeidigkeit führte er sie in das Wohnzimmer, und sie musste wohl oder übel eingestehen, dass er einen sehr gut gebauten Körper hatte. Aber bekanntlich war sie gegen jede Versuchung immun.

„Machen Sie es gemütlich, während ich mich anziehe!", bat er sie und bewegte sich Richtung Bad. „Falls Sie Kaffee oder etwas anderes möchten, bedienen Sie sich bitte!", bot er ihr freundlich an, als er noch einmal den Kopf aus dem Badezimmer schob.

„Danke!", rief sie ihm zu und sah sich interessiert im Raum um.

Das Wohnzimmer war sehr hell gehalten: ein weißbeiger Wandschrank, eine weiß geblümte Sitzgruppe, eine Unmenge von Zimmerpflanzen und ein schwarzer Flügel in einer Ecke. Die pastellfarbenen Wände wurden von ansehnlichen Aquarellen verziert und putzten die Räumlichkeit auf. Alles in allem strahlte das Zimmer Harmonie und Gemütlichkeit aus. Aus Neugier suchte Nele die Küche auf, die zwar klein, aber fein war. Der frische Kaffee roch genüsslich, sodass sie kaum widerstehen konnte. Sie schenkte sich ein wenig in eine bereit gestellte Tasse ein, gab eine Unmenge Milch und Zucker, die bereits auf der Anrichte bereitstanden, hinzu.

Gut versorgt kehrte sie in das Wohnzimmer zurück und beäugte die eingerahmten und ausgestellten Fotos auf dem Klavier. Ein Foto zeigte anscheinend die gesamte Familie: ein älteres Paar, eine junge Frau mit hellbraunen Locken, ein ernst blickender Jüngling und Fabian. Da die jungen Leute dieselbe Augenfarbe aufwiesen, schloss Nele daraus, dass sie Geschwister waren. Ein zweites Bild zeigte Fabian und eine bildschöne Blondine in inniger Umarmung, und beiden war ihre Liebe zueinander überdeutlich anzusehen. Nachdenklich nippte Nele an ihrem Milchkaffee. Dieses engelsgleiche Mädchen war eindeutig seine Freundin. Wie hätte es auch sein können, dass so ein Prachtexemplar – jetzt verwendete sie schon Lisas Ausdrücke – ungebunden war? Nicht dass sie ein persönliches Interesse an ihm entwickelt hätte, es war einfach eine neutrale Feststellung.

Eigentlich wusste sie gar nichts über ihn, kam es ihr in den Sinn. Und das widersprach im Prinzip ihrem neugierigen Wesen. Aber anstatt die Menschen mit direkten Fragen zu bombardieren, so wie Nina es tat, zog sie Beobachtung und gutes Zuhören vor. Doch bisher hatte sie bei Fabian eine genaue Analyse vermieden, da sie in Ärger und Beleidigtheit schwelgte. Natürlich sah sie ihn nach wie vor als Feind an, aber warum sollte sie ihn deshalb nicht studieren? Darin bestand schließlich kein Widerspruch.

Langsam bewegte sie sich im Raum auf und ab, um alles genau wahrnehmen zu können. Die Landschaftsaquarelle zogen sie schließlich in ihren Bann und fasziniert blieb sie vor ihnen stehen. Sie waren ausgezeichnete Arbeiten und machten ein großes zeichnerisches Talent sichtbar.

Nele unterzog das eine Aquarell einer so genauen Betrachtung, dass sie nicht bemerkte, wie Fabian hinter sie trat.

„Es ist großartig, nicht wahr?", meldete er sich mit sanfter Stimme zu Wort.

Nele spürte seinen warmen Atem auf ihrem Nacken und ein kalter Schauer lief ihr augenblicklich über den Rücken. Wohlweislich trat sie zur Seite, um sich seiner Nähe zu entziehen, und wandte sich anschließend ihm zu.

„Eine hervorragende Arbeit", pries sie das Bild und registrierte mit Verwunderung den traurigen Ausdruck seiner Augen. Ansonsten machte er in den dunklen Jeans und dem dunkelgrünen Langarmshirt eine ebenso tolle Figur wie zuerst in dem Handtuch, schoss es ihr spontan durch den Kopf, was sie selbst verärgerte. „Ist es Ihre Arbeit?"

Ein Kopfschütteln folgte und Fabian ließ sich auf ein Sofa in der Nähe gleiten. „Leider besitze ich kein Talent für die Malerei." Die unterschwellige Traurigkeit in seiner Stimme ließ sie aufhorchen und unwillkürlich fragte sie sich nach dem Grund für seine trübe, schwermütige Stimmung. Es war wahrlich unerwartet, hinter seine Maske aus Frohsinn zu blicken und zu erkennen, dass auch er nicht von Schmerz und Trauer verschont zu werden schien. Wie mit einer instinktiven Antenne ahnte sie, dass sein Gemütszustand etwas mit dem Gemälde zu tun hatte, und unterdrückte deshalb die Frage nach dem Maler.

Sie nahm auf dem gegenüberliegenden Sofa Platz und stellte die Tasse auf den Tisch. „Wie sehen also Ihre Vorschläge für die Veränderungen aus?", wollte sie wissen und lehnte sich entspannt zurück.

Überraschung blitzte in seinen Augen auf und insgeheim war er erleichtert darüber, dass sie ihn nicht nach dem Maler des geliebten Aquarells gefragt hatte. Die Erinnerung schmerzte nach wie vor, obgleich seit Kathrins Tod drei Jahre vergangen waren. Seine tiefen Gefühle für seine große Liebe waren ungebrochen und an manchen Tagen bezweifelte er, dass die Zeit dazu imstande war, seine Wunden vollends zu heilen. Sie war sein Herz gewesen und seit ihrem Tod hatte er sein Leben allein der Arbeit gewidmet, um nicht den Verstand vor Schmerz zu verlieren. Natürlich fühlte er sich mittlerweile weit besser, aber noch lange nicht ganz wiederhergestellt.

Fabian verdrängte den Gedanken an Kathrin, da ihn eine Woge der Trauer zu überwältigen drohte. Und er wollte Nele seine Gefühle nicht auf dem Silbertablett präsentieren. Schließlich konnte man ihre Reaktion nicht abschätzen, vor allem bei menschlichen Regungen. Denn in gewisser Weise schien sie über derartige Empfindungen erhaben zu sein, obwohl schwer zu sagen war, ob dies wirklich den Tatsachen entsprach oder ob der Schein trug.

Tapfer schenkte Fabian ihr ein mattes Lächeln und holte seine Aufzeichnungen hervor, damit sie mit der Arbeit beginnen konnten.

Zur gleichen Zeit betrat Lisa das Gästezimmer, in dem Tessa untergebracht war. Der Raum, der eine schmucke hellrosafarbene Blümchentapete hatte und von einem massiven Messingbett geprägt wurde, lag in völliger Finsternis. Lisa durchschritt das Zimmer und zog die hellen Brokatvorhänge energisch zur Seite, sodass der Raum mit Licht durchflutet wurde.

Ein gequältes Stöhnen wurde hörbar. Unbeeindruckt dessen öffnete sie das Fenster und ließ frische Luft herein. Danach drehte sie sich um und richtete ihre Blicke in Richtung des alten hölzernen Schaukelstuhls, der mit rotem Samt gepolstert war und in dem eine Frau in weißem Nachtgewand traurig kauerte. Ihre Gesichtsfarbe war erschreckend weiß und ihre ausdruckslosen Augen waren verweint und blau unterlaufen.

Mit sorgenvoller Miene ging Lisa zu ihrer Freundin hinüber und kniete sich neben den Schaukelstuhl. Behutsam nahm sie eine von Tessas Händen in die ihre und spürte deutlich die Kälte. Ihr Blick schwenkte anschließend auf das unberührte Frühstück, das wieder einmal verschmäht worden war.

„Ach, Tessa!", seufzte Lisa bedrückt auf, denn der jämmerliche Zustand ihrer Freundin zerriss ihr geradezu das Herz. „Wie soll das nur weitergehen? Du kannst dich doch nicht für alle Zeiten in diesem Zimmer einschließen."

Sie erwartete eine Antwort, wurde aber bitter enttäuscht, wie schon so oft zuvor, denn seit Hannes' Begräbnis war kein Wort mehr über Tessas Lippen gekommen. Sie verschloss sich vor Trauer und verharrte in einer undurchdringbaren Lethargie.

Wie könnten die anderen auch je ihren Verlust verstehen? Die unsagbare Leere hatte Tessa in Besitz genommen und ihr Herz mit einem eisigen Mantel umhüllt. Sie hatte das Gefühl, in einen dichten Nebel geraten zu sein, aus dem es kein Entrinnen gab, denn er hatte ihr gnadenlos die Sicht geraubt und trieb sie nun Stück für Stück in den Wahnsinn, da ihr mit Ohnmacht die Hände gebunden waren.

Doch was auch immer sich in Tessas tiefstem Inneren abspielte, nichts drang davon an die Oberfläche. Lisa blickte in ein versteinertes Gesicht mit starrem Blick, das keine Gefühlsregung vermuten ließ. Der Druck ihrer Hand verstärkte sich, ohne jedoch eine Reaktion zu erhalten. Lisa verzweifelte, da sie ihre Freundin nicht aus ihrer Starre zu reißen vermochte. Sie fühlte sich allmählich hilflos und überfordert, glaubte aber fest daran, dass ihre Freundschaft Tessa wieder auf die Beine helfen würde. Es war nur eine Frage der Zeit.

Widerwillig gab Lisa ihre Hand frei, stand auf, nahm das Tablett mit dem Frühstück und verließ mit ratloser Miene das Zimmer.

In der Küche stellte sie das Tablett ab und warf einen Blick, der aufrichtige Besorgnis ausdrückte, aus dem Fenster.

„Gibt es etwas Interessantes zu sehen?", erkundigte sich Nele, die gerade heimkam und ihre Tasche auf einer Kommode abstellte.

„Nein", kam als Antwort zurück. Lisa wandte sich ihrer Freundin zu und lehnte sich an das Spülbecken. In dem langen mohnroten Baumwollkleid sah sie wirklich hübsch aus. Der Eindruck wurde durch ihre offene dunkelblonde Mähne, die ihr Gesicht umrahmte, verstärkt.

Nele konnte bei ihrem Anblick wahrlich nicht verstehen, warum sich Peter einer anderen zugewandt hatte, auch wenn ihr völlig bewusst war, dass dabei nicht auf die äußere Erscheinung ankam.

„Wie geht es Tessa?", erkundigte sie sich, während sie sich etwas zu trinken besorgte.

Ein tiefer Seufzer löste sich aus Lisas Kehle. „Sie isst nicht, sie spricht nicht, sondern schließt sich lediglich in ihrem Zimmer ein und weint sich die Augen aus." Ihre Worten klangen wie eine Anklage, doch war der sorgenvolle Unterton nicht zu überhören. „Ich weiß nicht, was aus ihr werden soll, wenn sie so weitermacht."

Nele nippte an ihrer Limonade und legte ihre Stirn nachdenklich in Falten. Sie war ebenso ratlos wie Lisa, doch musste sie ihre Rolle als Fels in der Brandung erfüllen. „Sie braucht einfach Zeit, um darüber hinwegzukommen, das hat auch ihr Hausarzt gemeint. Zeit heilt schließlich alle Wunden, nicht wahr?"

Lisa blickte ihre Freundin skeptisch an. „Mag sein. Aber einfach abwarten und hoffen, kann nicht alles sein. Hier geht es um das wirkliche Leben, nicht um einen deiner Romane."

„Dessen bin ich mir bewusst!", erwiderte Nele mit angespannter Miene. Pessimismus aus Lisas Mund war etwas Unerwartetes und versetzte sie in Unruhe. Stand es um ihre beiden

Freundinnen wirklich so schlimm, dass sie sich ernste Gedanken machen musste? Nun ja, sie waren zweifellos von zarterem Wesen als sie selbst, denn sie würde auch noch nach dem schwersten Schicksalsschlag wieder aufstehen, selbst wenn sie dies übermenschliche Kräfte kosten würde. Sie war eben eine Kämpferin, vom Leben dazu gemacht. Deshalb musste sie nun einen Teil ihrer Stärke auf ihre Freundinnen übertragen. „Aber das heißt auch nicht, dass im wirklichen Leben – wie du es nennst – alles tragisch enden muss. Außer, wir lassen es zu. Und das tun wir doch nicht, oder?"

Resignierend hob Lisa die Schultern, schlenderte zum Esstisch und ließ sich dort auf einem Stuhl nieder. „Verzeih mir meine negative Einstellung, aber im Moment fehlt mir der Glauben an ein gutes Ende."

Nele gesellte sich zu ihr und sah sie ernst an. „Ich verstehe deine Verzagtheit, aber ich bin mir sicher, dass alles wieder gut wird. Für Tessa und für dich!"

Dass ihre Freundin plötzlich optimistische Töne anschlug und sich zuversichtlich gab, entlockte Lisa ein zaghaftes Lächeln. „Was würden wir wohl ohne dich tun?", sagte sie betont locker. „Übrigens hätte ich da noch eine riesengroße Bitte an dich", führ sie zögerlich fort.

„Sollte ich mich besser setzen oder verkrafte ich es im Stehen?"

Lisas Lächeln wurde breiter und sie gewann an Selbstsicherheit. „Ich vermisse die Kinder, weißt du, deshalb …"

„Dachtest du, sie könnten ebenfalls hier wohnen", ergänzte Nele todernst, sodass Lisa befürchtete, ihre Bitte könnte abgelehnt werden.

Sie nickte und ihre Augen bekamen für einen kurzen Augenblick einen bangen Ausdruck.

„Du bewohnst das gelbe und Tessa das rosa Gästezimmer, während Nina im Kinderzimmer untergebracht ist. Ich weiß nicht, wo ich sie unterbringen soll", überlegte Nele laut mit undeutbarer Miene und distanzierter Stimme.

Für einen Moment blieb Lisa vor Enttäuschung das Herz stehen und ihre Empfindung musste sich deutlich auf ihrem

Gesicht abzeichnen, denn auf einmal lachte Nele auf. Verständnislos wurde sie von ihrer Freundin angesehen, da sie die Bedeutung des Auflachens nicht erkannte.

„Hältst du mich wirklich für so ein Ungeheuer, Lisa, dass ich deinen Wunsch ablehne?", fragte sie in Mischung aus Erheiterung und Entrüstung. „Deine Kinder sind hier ebenso willkommen wie du. Und wegen des Platzproblems, da denke ich, wird uns nichts anderes übrig bleiben, als dass wir einen Teil der Mansarde als Kinderzimmer herrichten. Falls du damit einverstanden bist?"

Begeistert sprang Lisa auf und fiel ihrer Freundin außer sich vor Freude um den Hals. „Das wäre wirklich großartig! Ich werde es sofort den Kindern sagen." Sie strahlte über das ganze Gesicht und eilte freudig aus der Küche, um einen Telefonanruf zu tätigen.

Neles heitere Miene verschwand, als wäre sie nur eine Illusion gewesen. Der enttäuschte Ausdruck in Lisas Augen und das Anzweifeln ihrer Gutherzigkeit hatten sie tief getroffen. Wie kam Lisa nur auf die Idee, dass sie ihren Wunsch abschlagen könnte? Sie war ja schließlich kein Unmensch. Dieser Verdacht der Herzlosigkeit, den ihre beste Freundin gehegt hatte, hinterließ eine bittere Wunde in ihrer Seele. „Welchen schrecklichen und Furcht erregenden Eindruck muss ich auf Menschen machen?", dachte sie erschüttert und zugleich verletzt. Am meisten traf es sie, dass selbst Lisa Angst vor ihr zu haben schien. Wie sollte man es sonst nennen? Nele wusste zwar, dass ihre Unnahbarkeit und Zurückgezogenheit meist als Arroganz ausgelegt wurden, und zugegebenermaßen hatte sie sich des Irrtums auch oft bedient, aber sie hatte nie gedacht, dass ihre Freundinnen dies womöglich ebenso sehen könnten. Das tat weh! Vielleicht war es ihr Schicksal, von den Menschen, die sie liebte, hoffnungslos verkannt zu werden. In diesem Moment fühlte sich Nele schrecklich einsam und verlassen und fluchtartig stürzte sie aus dem Hause, damit niemand die Tränen, die sich in ihren Augen sammelten, sehen konnte. Sie konnte es sich einfach nicht erlauben, schwach zu sein, das würde sie sich nie zugestehen.

# 9.

Gleich am folgenden Morgen machte sich Lisa auf den Weg, um Malfarbe, das nötige Zubehör und ein Stockbett zu besorgen, während Nele inzwischen den Mansardenteil entrümpelte. In alten, verwaschenen Jeans, einem aufgekrempelten Hemd und mit zu einem Pferdeschwanz zusammengebundenen Haaren ging sie energiegeladen an die Arbeit. Die Musik, die aus dem Radio drang, beschwingte ihre Tätigkeit und mit Sorgfalt räumte sie die gelagerten Gegenstände von einem Mansardenteil in den anderen.

Nicht dass Nele körperlicher Arbeit grundsätzlich etwas abgewinnen konnte, aber manchmal konnte sie durchaus ein unbestimmtes Gefühl der Zufriedenheit auslösen. Vor allem aber lenkte die Betätigung von Problemen ab, da man sich voll und ganz auf die Arbeit konzentrieren musste. Darüber hinaus konnte sich Nele nicht ständig in ihre Fantasiewelt zurückziehen, irgendwann musste sie schließlich auch den realen Dingen des Lebens nachgehen.

Nachdem Nele die Mansarde im Laufe des Vormittags vollständig entrümpelt hatte, nahm sie einen Besen zur Hand und beseitigte eifrig den Staub und Dreck, der sich auf dem Boden breitgemacht hatte. Zu diesem Zeitpunkt wirkte der Raum noch nichtssagend und unwohnlich, aber Nele hatte bereits ihre Vorstellungen, wie er auszusehen hatte. Darum hatte sie auch Lisa mit klaren Forderungen losgeschickt: Die Wandfarbe sollte in einem zarten Grün sein, dazupassende Klebefliesen würden den grauen Beton verdecken und ein Stockbett sollte den Kindern als Schlafplatz dienen. Eine alte Kommode von nebenan könnte noch zur Aufbewahrung der Kleidung nützlich sein, überlegte Nele und klopfte mit ihrem Vorderfuß im Takt der Musik. Weitere Einrichtungsgegenstände würde sie dann nach und nach hinzufügen.

Wie herrlich es doch war, wenn Ruhe im Hause eingekehrt war, dachte sie mit einer gewissen Zufriedenheit. Nina war in der

Arbeit, Lisa machte die nötigen Besorgungen und Tessa verlor sich in stiller Trauer in ihrem Zimmer. Mit einem Wort: Es waren Ruhe und Stille eingezogen, wenn auch nur kurzzeitig. Doch diesen Moment des ruhigen Alleinseins genoss Nele in jeder Beziehung. Denn ihr war klar, dass es sich dabei um die sogenannte Ruhe vor dem Sturm handelte. Wären erst einmal die Kinder eingezogen, würden Lärm und Unruhe vorherrschend sein. Nele seufzte bei diesem Gedanken und tadelte sich im nächsten Moment selbst dafür, immerhin mochte sie Martin und Eva von ganzem Herzen.

Nachdem sie den Besen beiseitegestellt hatte, warf sie einen prüfenden Blick auf den gefegten Boden und entschied, dass seine Reinheit akzeptabel wäre und nun der Moment für eine Pause gekommen war.

Nele kam gerade die Treppen hinunter, als Lisa mit Fabian in die Eingangshalle trat. Die beiden scherzten vergnügt und bemerkten vorerst ihre Anwesenheit nicht. Erst beim Erreichen des Treppenabsatzes registrierte Lisa ihre Freundin.

„Hallo Nele! Sieh mal, wenn ich mitgebracht habe! Ich bin Fabian zufällig im Baumarkt begegnet, und er hat sich spontan dazu bereit erklärt, uns bei der Renovierung unter die Arme zu greifen", teilte sie ihr nicht ohne Freude über eine weitere Hilfskraft mit.

Obwohl Nele ansonsten über sein Erscheinen genörgelt hätte, schien ihr an diesem Tag seine Hilfsbereitschaft äußerst willkommen zu sein. Was zweifellos mit der Tatsache zu tun hatte, dass Lisa alles andere als ein handwerkliches Talent besaß. Weiters war ein kräftiger Mann für das Tragen schwerer Gegenstände besser geeignet als eine Frau, vor allem wenn es sich dabei um sie selbst handelte.

„Sie kommen wie gerufen!", begrüßte sie Fabian deshalb freundlich und schenkte ihm überraschenderweise ein Lächeln. Das war mitunter das beste Mittel, um Männer dazu zu bewegen, das zu tun, was man von ihnen verlangte. „Möchten Sie zuerst eine kleine Stärkung, bevor wir ans Werk gehen?", fragte sie ihn mit Aufbietung all ihrer Höflichkeit, worüber Lisa sichtlich erstaunt war.

„Nein, danke! Ich habe ein kräftiges Frühstück hinter mir. Dürfte ich nur zuerst meine Kleidung wechseln?", bat er mit freundlicher Miene und streckte die Sporttasche in seiner Hand ein wenig in die Höhe.

„Kein Problem! Am besten gehen Sie in mein Arbeitszimmer, da sind Sie ungestört."

Fabian nickte und machte sich auf den Weg, während Nele gefolgt von Lisa in die Küche trottete.

Dort löschte Nele mit einem großen Schluck Eistee ihren Durst und lehnte sich anschließend an die Kredenz. Lisas Blick ruhte auf ihr und löste leichtes Unbehagen bei ihr aus.

„Bist du mir böse wegen gestern?", erkundigte Lisa sich bedrückt und aus ihren hellbraunen Augen sprach aufrichtige Reue.

Konsterniert zog Nele eine Augenbraue in die Höhe. „Wie kommst du darauf?"

Ein kleiner Seufzer entrang sich Lisas Kehle. „Ich kenne dich schon lange genug, um in etwa zu wissen beziehungsweise zu ahnen, wie du auf eine Sache reagierst." Ein kurzes Schweigen folgte. „Und dennoch bin ich so ein Trampel. Kannst du mir verzeihen, dass ich gestern für einen winzigen Moment lang angenommen habe, du könntest meine Bitte ablehnen? Ich weiß doch, dass du einer der herzensbesten Menschen bist, die ich kenne, aber die letzten Tage haben wohl meinen Verstand beeinflusst, ansonsten hätte ich mich wohl kaum so idiotisch benommen. Sind wir noch die besten Freunde?", wollte sie mit niedergeschlagener Miene wissen, nachdem sie ihr Gewissen erleichtert hatte.

Ein mildes Lächeln umspielte Neles weichen Mund und erfasste auch ihre dunklen Augen, wodurch sich die Zweifel ihrer Freundschaft in Luft auflösten. „Wo denkst du denn hin, natürlich!", erwiderte sie gelassen, um nicht die geringste Kleinigkeit über ihre Gefühle zu offenbaren. „Ich wusste nicht einmal, dass unsere Freundschaft gefährdet sei."

Lisa lächelte wissentlich, denn auch wenn Nele nicht zeigte, wie wichtig ihr diese Entschuldigung war, wusste sie doch, dass es für ihre Freundin von großer Bedeutung war. Denn Nele war nicht von jeher so verschlossen gewesen. Es hatte Zeiten gegeben, da konnte sie frei von der Seele über ihre Empfindungen sprechen. Damals war Nele ein kleines Mädchen gewesen. Im Laufe der Jahre aber hatte sie diese offene Art abgelegt und sich zu einer verschlossenen, zynischen Dame gewandelt. Lisa allein kannte die Gründe, mehr oder weniger jedenfalls. Tessa und Nina hatten die „alte" Nele nie kennengelernt und versuchten deshalb nicht, diese Schutzmauer zu durchbrechen. Aber sie konnte es nicht unterlassen, den inneren Kern ihrer Freundin erreichen zu wollen, auch wenn dieses Vorhaben einem Kampf gegen einen unsichtbaren Feind glich.

„Ist es nicht praktisch, dass ich Fabian über den Weg gelaufen bin?", wechselte Lisa das Thema. „Er wird sicherlich eine große Hilfe sein, im Gegensatz zu mir."

„Ich denke auch, dass seine Anwesenheit hilfreich sein wird. Und du bist für unser leibliches Wohl zuständig, denn auf diesem Gebiet bist du unübertrefflich."

Verlegen senkte Lisa den Kopf, obgleich sie dieses Kompliment sehr glücklich stimmte.

In diesem Moment trat Fabian in Jeans und einem dunkelgrauen Shirt in den Raum. Nele blickte zu ihm hinüber und ihr Blick verharrte auf ihm. Wie auch immer er gekleidet war – in einem Anzug, in ein Badetuch gewickelt oder einfach in Jeans – Fabian machte stets eine gute Figur darin, schoss es ihr durch den Kopf. Er war wahrhaft ein durch und durch attraktiver Mann, musste sie sich eingestehen. Aber Schönheit allein konnte sie noch lange nicht beeindrucken, dafür bedurfte es eines edlen Charakters.

Als sich ihre Blicke trafen, wandte sich Nele abrupt ab.

„Also, von mir aus kann es losgehen", meinte Fabian voll Elan und schob seine Hände in die Hosentaschen, was ihn lässig aussehen ließ.

Lisas Blick haftete sich auf ihn und ein seltsamer Ausdruck lag in ihren Augen. Nele bemerkte das mit Unbehagen und versuchte böse Vorahnungen zu vertreiben, was ihr allerdings nicht gänzlich gelang. Fabian stellte eine Versuchung dar, vor allem für Lisa, die auf den Gedanken kommen könnte, sich bei Peter auf die gleiche Weise zu revanchieren. Und hierfür könnte sie womöglich Fabian in Betracht ziehen. Dieser Umstand würde Nele gewaltig gegen den Strich gehen, da sie die zerstrittenen Eheleute wieder zusammenbringen wollte.

„Sehr gut. Sie können die Sachen gleich auf den Dachboden hinauftragen", befahl ihm Nele geradezu und ohne Zögern kam er ihrer Aufforderung nach. Lisa erteilte sie die Aufgabe zur Pflege von Tessa und zur Versorgung mit Speis und Trank.

Die nächsten beiden Stunden verbrachten Fabian und Nele damit, die Fliesen auf den Boden zu kleben. Seite an Seite arbeiteten die beiden in voller Konzentration, nur wenn sein Atem ihre Gesichtshaut unbeabsichtigt streifte, verkrampfte sie sich augenblicklich und rückte ein wenig von ihm ab, was aufgrund der Beengtheit des Raumes so gut wie unmöglich war. Deshalb war Nele mehr als erleichtert, als diese Tätigkeit beendet war. Während sie im Anschluss den Wänden mit der hellgrünen, tropffesten Farbe einen Anstrich verpasste, war es Fabians Aufgabe, das Stockbett, welches noch aus Einzelteilen bestand, zusammenzubauen. So stand also Nele auf einer Leiter, Fabian indes saß auf dem Fußboden, umgeben von etlichen Betteilen. Konzentriert studierte er die Beschreibung und schwang dabei lässig den Schraubenzieher in seiner rechten Hand.

Nele warf von oben einen skeptischen Blick zu ihm hinunter und fragte sich, ob ihn diese Aufgabe womöglich überforderte. Allerdings konnte sie sich nicht vorstellen, dass er etwas nicht zu meistern verstand. Er strahlte so viel Energie, Einsatzfreude und Willenskraft aus, und obwohl ihr dies einerseits imponierte, machte es ihr andererseits Angst. Er drängte sich kontinuierlich in ihren Lebensbereich mehr als gewollt hinein, ohne darauf Rücksicht zu nehmen, ob es ihr recht war oder nicht. Gut, in gewisser Weise war dies mit seinem Job verbunden, aber ihrer Meinung nach übte er ihn zu engagiert und hartnäckig aus.

„Kommen Sie damit zurecht, oder soll ich Ihnen helfen?", forschte sie nach, da er bisher seine Aufmerksamkeit nur der Anleitung zum Zusammenbau gewidmet hatte.

Fabian blickte zu ihr hoch, mit einem schelmischen Lächeln auf den Lippen. „Sie denken wohl, ich bin hilflos überfordert, nicht wahr? Aber ich schwöre Ihnen, dass ich mich mit Selbstmontagemöbel bestens auskenne, da meine halbe Wohnungsausrichtung aus solchen besteht. Damals habe ich für meine Erfahrungen ausreichend leiden müssen." Ein Schmunzeln stahl sich bei der Erinnerung auf seine Lippen und je ein Grübchen erschien auf beiden Gesichtshälften.

Geradezu automatisch stellte sich auch ein Lächeln auf Neles Gesicht ein. „Dann sind Sie gewissermaßen ein Selbstmontagespezialist."

„Sozusagen. Der Trick liegt darin, die Anleitung auf das Genaueste zu studieren und erst dann ans Werk zu gehen", klärte er sie auf und schob sich einige Haarsträhnen aus der Stirn.

„Warum haben Sie sich dazu bereit erklärt, uns bei der Renovierung zu helfen?", stellte ihn Nele mit einem Male zur Rede. Ihre Miene war ernst, verriet aber ehrliche Neugierde.

„Ich helfe nun einmal gerne", kam als schlichte Antwort zurück.

An die Leiter gelehnt und die Arme auf der obersten Treppe abgestützt sah sie ihn ungläubig und misstrauisch an. „Das kann keinesfalls der einzige Grund sein. Irgendwo ist da sicherlich ein Hintergedanke", mutmaßte sie und machte keinen Hehl daraus.

„Ihnen kann man wohl nichts vormachen. Ja, es gibt noch einen anderen Grund", gestand er offen und seine graugrünen Augen waren intensiv auf sie gerichtet.

„Ist es wegen meiner Freundinnen?"

Fabian grinste. „Lisa und Nina sind wirklich sehr sympathisch, aber ich habe kein Interesse an ihnen. Das ist es doch, was Sie wissen wollen, oder?"

Ihre Blicke begegneten sich und für einige Sekunden starrten sie sich gegenseitig an, als würden sie versuchen den anderen zu durchleuchten.

„Warum dann?"

Fabian erhob sich auf eine lockere Art und schlenderte zur Leiter hinüber. Dicht davor blieb er stehen und sah zu Nele hoch.

„Die Wahrheit ist, ich möchte mehr über Sie erfahren, um Ihre Romane besser verstehen zu können."

Ein höhnisches Auflachen entrang sich Neles Kehle und mit eisiger Miene teilte sie ihm mit: „Da gibt es nichts herauszufinden, jedenfalls nicht für Sie!"

Fabian seufzte, da sie ihn einmal mehr vor den Kopf stieß. Warum verhielt sie sich nur so unnahbar ihm gegenüber? Warum sah sie bloß einen Feind in ihn? Ihre Kühle würde ihn mit der Zeit noch in den Wahnsinn treiben! Schmollend verschränkte er die Arme vor der Brust. „Es wäre für meine Arbeit sehr hilfreich, wenn Sie ihr Feinddenken aufgeben würden."

„Ich habe Sie nicht darum gebeten, meinen Roman zu überarbeiten", fuhr sie ihn bissig an.

„Kein Wunder, dass man Sie im Verlag für eine arrogante Exzentrikerin hält", gab er zurück, ohne es jedoch böse zu meinen.

Mit blitzenden Augen stieg sie hastig von der Leiter und baute sich vor ihm auf. „Womöglich bin ich das ja", forderte sie ihn kampflustig heraus und funkelte ihn beleidigt an. Fabian hingegen war nach wie vor entspannt und in seinen graugrünen Augen schimmerte Neugierde. Seine Gelassenheit ärgerte sie und sie schnaubte verächtlich. Dieser Mann schaffte es auch jedes Mal, sie mit seiner Aufdringlichkeit auf die Palme zu bringen! Dabei hasste sie eigentlich Streitigkeiten. Sie sollte unbedingt an ihrer Beherrschung üben, dachte sie genervt und brachte ihren Ärger wieder unter Kontrolle. Mit Wutausbrüchen würde sie ihn unmöglich stoppen können, dagegen schien er immun zu sein. Also müsste sie ihn mit seinen eigenen Waffen schlagen.

„Mag sein, dass ich einen schlechten Charakter habe", änderte sie ihre Taktik, lächelte ihm gefährlich zu und trat einen Schritt näher. „Wie steht es mit Ihnen?"

„Ob ich einen schlechten Charakter habe, kann ich nicht einwandfrei sagen, da dies wahrscheinlich jeder anders sieht. Aber ich weiß, dass Sie keinen haben, ansonsten würden Sie sich nicht so uneigennützig um Ihre Freundinnen kümmern", antwortete Fabian aus vollster Überzeugung.

Seiner Wortgewandtheit und Rhetorik fühlte sich Nele nicht gewachsen, deshalb beschloss sie, ihre Energien lieber in die Arbeit zu investieren. Ohne ein weiteres Wort zu verlieren, wandte sie sich wieder dem Anstreichen zu und auch Fabian setzte die Montage fort.

Mit flinken und zugleich geschickten Bewegungen strich Nele die Wand und verzierte diese anschließend mit einer gemusterten Bordüre. Durch eine dumme Ungeschicklichkeit verlor Nele in einer Ecke das Gleichgewicht, als sie sich zu weit nach vorne beugte, um das Ende der Bordüre anzukleben.

Fabian bemerkte gerade noch rechtzeitig ihren Gleichgewichtsverlust und versuchte sie aufzufangen, rutschte jedoch unglückseligerweise auf der Montageanleitung aus und erwischte sie nur mehr am Arm, wodurch sie leicht herumgedreht wurde. Resultat war somit, dass Nele krachend auf den Rücken fiel und Fabian auf ihr zu liegen kam.

Vor Schrecken hatte sie die Augen geschlossen und konnte ihn dadurch nicht sehen, war sich aber durchaus bewusst, wo er sich befand, da sie sein Gewicht deutlich auf sich spüren konnte. Und er schien keine Anstalten zu machen, sich zu erheben. Deshalb öffnete sie die Augen, im Begriff, ihn heftig anzuschnauzen. Als sie jedoch seinen schockierten und verwirrten Gesichtsausdruck wahrnahm, musste sie ein Schmunzeln unterdrücken.

„Gedenken Sie bis zum Abendessen in dieser Position zu verharren?", zog sie ihn absichtlich auf und registrierte amüsiert seine Verlegenheit.

Rasch stützte er sich mit den Händen vom Boden ab und wollte gerade sein rechtes Bein anwinkeln, als er mit der Hand dummerweise ausrutschte und erneut auf Nele fiel, wobei sich ihre Wangen streiften. Sie spürte seinen warmen Atem auf ihrem Hals und allmählich fand sie die Situation weit komischer als unangenehm.

„Sind Sie immer so ungeschickt, wenn Sie auf einer Frau liegen, oder habe nur ich das Vergnügen?", flüsterte sie ihm neckisch zu. Seltsamerweise störte sie seine Nähe nicht, wobei sie jedoch keine abwegigen Gedanken hegte.

Nele bemerkte, wie ihm die Röte in die Wangen stieg, und stemmte ihre Hände gegen seine Brust, um ihn von sich zu schieben. Diesmal gelang es Fabian, sich mit etwas mehr Geschick aufzurichten und sich hinzuknien. Sein hellbraunes Haar hing ihm verworren in die Stirn, und er machte einen durcheinandergebrachten Eindruck.

Neles dunkelbraune Augen funkelten belustigt, als sie sich aufsetzte und ihre angewinkelten Beine mit den Armen umschlang. Seine konsternierte Miene drückte Unbehagen und peinliche Berührtheit aus und sichtlich nervös schob er sich sein Haar aus dem Gesicht. Seine Unsicherheit nach diesem Zwischenfall machte ihn noch sympathischer, fand Nele. Dieser ansonsten so selbstsichere Mann zeigte nun offen seine Unbeholfenheit in dieser doch peinlichen Situation. Sie bewunderte seine Natürlichkeit und Ungezwungenheit, denn für Nele selbst gab es kaum ein Ereignis oder eine Situation, in der sie völlig natürlich und gelöst agierte. Sie hatte es sich mit den Jahren angewöhnt, eine gespielte Gelassenheit und empfindungsverleugnende Kühle an den Tag zu legen.

„Es tut mir leid! Ich hoffe, ich habe Sie nicht verletzt." Er hielt den Blickkontakt aufrecht und in seiner Stimmung schwang leichte Betretenheit, aber auch Fürsorglichkeit mit. Fabian versuchte abzuwägen, wie sie auf dieses Missgeschick, das ihm durch ihre unerwartete Nähe den Atem geraubt hatte, reagierte. Mittlerweile kannte er ihre Unnahbarkeit, ahnte aber bereits, dass sich hinter dieser kühlen Fassade eine heiße Glut verbarg.

Ein weiches Lächeln erschien auf ihrem Antlitz. „Nein, obwohl Sie ganz schön schwer sind, wirklich. Bei Ihrer athletischen Figur hätte ich das nicht angenommen." Sie stemmte ihr Kinn auf ihre Knie und musterte gespannt seine Reaktion auf ihre Worte.

Fabian begann zaghaft zu grinsen. „War das nun ein Kompliment oder eine Beleidigung, Nele?" Er stützte sich mit den Händen auf seinen Oberschenkeln ab und blickte sie schelmisch mit hochgezogener Augenbraue an.

Nele hob und senkte unschlüssig die Schultern. „Ist das übrigens Ihre gewohnte Art, Menschen näher kennenzulernen?", neckte sie ihn einmal mehr und der Schalk blitzte in ihren dunklen Augen auf.

Fabian fuhr sich durch sein Haar, was als Zeichen für sein momentanes Unbehagen zu deuten war. Nele hatte eine Art, die ihn in jeder Beziehung aus der Fassung brachte, ein Chaos in ihm stiftete und auf eine paradoxe Weise süchtig machend war. „Nur bei Menschen, die mir äußerst sympathisch sind", entgegnete er voller Ernst und schenkte ihr ein vielfach deutbares Lächeln.

Mit dieser Aussage schien er allerdings Nele der guten Laune beraubt zu haben, denn sie erhob sich mit verschlossener Miene. „Es ist wohl besser, wir machen weiter, damit der morgige Einzug der Kinder nicht ins Wasser fällt."

„Und das wollen wir auf keinen Fall", fügte Fabian mit gewohnter Lockerheit hinzu und sah absichtlich über ihren Stimmungswechsel hinweg. „Nur gut, dass Ihr Haus so groß ist."

Nele nickte als Zustimmung, vertiefte sich gleichzeitig aber wieder in ihre Arbeit. Nebenbei gingen ihr einige Gedanken durch den Kopf. Was wollte Fabian wirklich? Und warum taten all ihre Gemeinheiten seiner Freundlichkeit keinen Abbruch? Da ging doch etwas nicht mit rechten Dingen zu! Sie grübelte eindringlich darüber nach, welche Beweggründe ihn zu so einer ungewöhnlichen Liebenswürdigkeit trieben. Dass er es nur des Geldes wegen tat, schien ihr eher unwahrscheinlich. Dafür war er einfach nicht der Typ. „Er muss hinter einer meiner Freundinnen her sein", schloss Nele wenig erfreut daraus, vor allem weil sie ihm eine Freundin zuschrieb. Einen anderen Grund konnte sie sich bei bestem Willen nicht vorstellen.

Nach einer weiteren Stunde harter Arbeit war das Zimmer endlich fertig. Voller Bewunderung ließ Nele ihren Blick durch die Mansarde streifen. Zugegebenermaßen stellten Fabian und sie ein gutes Team dar, wenn es um das Bewohnbarmachen von Räumen ging.

„Ich denke, nun haben wir uns ein gutes Essen verdient", erklärte Nele glücklich die Arbeit für beendet und schlug den Weg in Richtung Küche ein.

Mit einem ebenso zufriedenen Gesichtsausdruck folgte Fabian ihr. „Ich habe auch schon einen richtigen Bärenhunger."

Als sie in die Küche traten, schlug ihnen schon ein wohlriechender und schmackhafter Duft entgegen. Lisa stand hinter dem Herd und hantierte geschäftig herum. Nina hatte es sich indes mit einem Glas Rotwein am Esstisch gemütlich gemacht und musterte die beiden mit einem schelmischen Blick.

„Ihr seht ja ganz schön bekleckst aus!", rief sie aus und unterzog sie einer gründlichen Musterung. „Sieht beinahe so aus, als hättet ihr euch am Boden gewälzt."

Nele warf Fabian einen flüchtigen Seitenblick zu. Seine Jeans und sein Shirt hatten einige Farbflecken abbekommen und sein hellbrauner Schopf war zerwühlt. Er wirkte wie ein schelmischer Junge, der etwas ausgefressen hatte und darauf stolz war. Und er sah so verdammt gut aus. Gott sei Dank war sie keine Närrin, ansonsten hätte sie sich womöglich in ihn verliebt. Aber so bestand keine Gefahr.

„Ach, Unsinn!", schalt Nele ihre Freundin, „du hast eine viel zu lebhafte Fantasie."

„Und das sagt gerade eine Schriftstellerin", entgegnete Nina zuckersüß. Zu Fabian sagte sie: „Setzen Sie sich doch zu mir, mein Lieber! Hat Nele Sie sehr geschunden? Sagen Sie mir ruhig die Wahrheit!"

Zögerlich kam er ihrer Aufforderung nach. „Oh nein, sie ..."

„Schon gut, Sie brauchen uns nichts vorzumachen, wir kennen Neles sklaventreiberische Art, die sie manchmal anfällt", unterbrach sie ihn und zwinkerte ihm mit ihren grauen Augen verführerisch zu. Von Nele erntete sie indes einen bösen Blick, den sie geflissentlich überging.

Nele, die inzwischen zwei Gläser mit Eistee eingeschenkt hatte, stellte eines davon vor Fabian auf den Tisch, mit dem anderen spazierte sie zu Lisa und sah ihr neugierig über die Schultern.

„Das duftet wirklich köstlich! Was ist das denn?"

„Toskanischer Gemüseauflauf mit Parmesankruste." Ohne aufzusehen, nahm Lisa die Auflaufform aus dem Backofen. „Könntest du den Salat mitnehmen?", bat sie auf dem Weg zum Esstisch, wo sie den Auflauf abstellte.

Nele tat wie ihr geheißen und platzierte die Salatschüssel neben der Hauptspeise. Inzwischen schnitt Lisa ein Stück heraus, gab es auf ein Teller und stellte es auf ein Tablett, auf dem sich bereits ein Krug Limonade samt Glas und ein kleines Schüsselchen Salat befanden.

„Verlässt Tessa ihr Zimmer immer noch nicht?", erkundigte sich Nele sorgenvoll und die Blicke der drei Freundinnen trafen sich.

Mit sichtlicher Verzweiflung schüttelte Lisa den Kopf und nahm das Tablett.

„Darf ich es einmal probieren?", meldete sich Fabian zu Wort und sah bittend in die Runde.

„Ich glaube nicht, dass das, Sinn hätte", äußerte sich Nele ablehnend, „schließlich kennt sie Sie nicht einmal."

„Er kann es doch wenigstens versuchen", ergriff Lisa für ihn Partei.

„Ja! Wir haben bisher nichts ausgerichtet, also kann er ebenso gut einen Versuch wagen, sie aus ihrer Lethargie zu reißen", pflichtete Nina Lisa bei.

Alle drei warteten auf eine positive Antwort von Nele, also gab sie ein mürrisches „von mir aus!" von sich.

Lisa übergab Fabian das Tablett und erklärte ihm den Weg zu Tessas Zimmer.

Nachdem er gegangen war, ließ sich Nele auf einem Stuhl nieder und sagte: „Ich weiß nicht, was das nützen soll." Warum sollte gerade Fabian das gelingen, was sie und ihre Freundinnen schon seit Tagen erfolglos versuchten?

„Könntest du Tessa zuliebe einmal deine Abneigung gegen Fabian fallen lassen", bat Lisa fast flehentlich. Ihre hellbraunen Augen waren mit Kummer erfüllt, der sich auch in ihrem Gesicht widerspiegelte. „Stattdessen sollten wir alle innigst hoffen, dass er den Bann der Traurigkeit brechen kann."

Nele nickte stumm und verkniff sich einen widersprechenden Kommentar.

Bedächtig öffnete Fabian mit einem Ellbogen die Türe und trat auf leisen Sohlen ein.

Die untergehende Abendsonne tauchte das Zimmer in ein romantisches Abendrot und erzeugte eine unbeschreibliche Stimmung. Fabian wünschte, er könnte das aufkeimende Gefühl mit Worten beschreiben: Alles wirkte fast unwirklich, geheimnisvoll und malerisch. Würde er die Kunst des Malens beherrschen, würde er sogleich diese Stimmung in einem Bild einfangen.

Nur ungern riss er sich von der stimmungsvollen Himmelsmalerei los und suchte den Raum nach der jungen Frau ab. Sie saß in ihrem Schaukelstuhl, nur mit einem weißen Spitzennachthemd bekleidet, und starrte aus dem Fenster. Fabian stellte das Tablett auf das Beistelltischchen und ließ sich daraufhin auf dem Fußschemel zu Füßen des Schaukelstuhls nieder. Der versteinerte Ausdruck der hellblauen Augen in dem fein geschnittenen Gesicht erfüllte sein Herz mit Mitleid und weckte zugleich alte Erinnerungen an eine Zeit, in der er ebenso ausgesehen haben musste.

„Ich bin Fabian", stellte er sich mit sanfter Stimme und einem zurückhaltenden Lächeln vor. „Ich würde gerne ein wenig mit Ihnen plaudern; natürlich nur, wenn Ihnen das recht ist." Er machte eine Pause, erhielt aber keine Reaktion ihrerseits. „Ich kann Sie sehr gut verstehen, sollten Sie wissen, denn auch ich habe meine große Liebe verloren." Unwillkürlich senkte er den Blick aus Angst, die Erinnerung könnte ihn übermannen, und blickte auf seine Hände, die locker auf seinen Knien lagen.

„Ihre Frau?", hörte er eine leise Stimme fragend hauchen.

Fabian sah auf und begegnete ihrem Blick, der auf ihm lag. Er konnte den Ausdruck ihrer hellen Augen nicht deuten. War es Neugierde, Mitgefühl oder einfach nur Trauer?

„Sie war meine Verlobte", gab er zur Antwort, und als sich ihre Blicke erneut trafen, schien es, als hätten sie ein zartes Band des gegenseitigen Verständnisses geknüpft.

Tessa nickte leicht. „Es tut mir aufrichtig leid!"

Ein warmherziges Lächeln war sein Dank. „Es ist schon einige Jahre her, aber an manchen Tagen verspüre ich nach wie vor den Schmerz des Verlustes. Aber trotz all der Trauer geht das Leben weiter, das müssen Sie wissen." Auf ihren ungläubigen Gesichtsausdruck hin fuhr er fort: „Am Anfang hält man diese Phrasen für bloßes Geschwätz, ich weiß, aber sie entsprechen der Wahrheit. Nach Kathrins Tod dachte ich, ich könnte nicht ohne sie weiterleben, sie war schließlich mein Ein und Alles gewesen. Jeder Tag war eine Qual, und ich sah keinen Sinn in meinem Dasein. Aber Kathrin hätte nicht gewollt, dass ich in Gram und Kummer vergehe, dass ich mich von der Welt zurückziehe. Das war auch der Grund, warum ich mich zusammengerissen habe." Fabian nahm sanft Tessas Hand in die seine und sah sie durchdringend an. „Ich bin mir sicher, Ihr Mann hätte ebenso nicht gewollt, dass Sie sich selbst so quälen. Bestimmt würde er Sie viel lieber lächelnd sehen und wissen, dass Sie auch weiterhin zurechtkommen."

Tränen rannen Tessa über die Wangen und mühevoll versuchte sie, ihr Schluchzen zu unterdrücken.

Sanft drückte er ihre Hand und sagte weiters: „Ich weiß, wie weh es tut, wenn man seine Liebe verliert, aber vergessen Sie bitte nicht, dass Sie nicht alleine sind. Ihre Freundinnen machen sich große Sorgen um Sie. Schließen Sie sie nicht aus Ihrem Leben aus, Tessa!"

Mit den Fingern wischte sich Tessa die Tränen vom Gesicht und flüsterte: „Meine Freundinnen sind wunderbar, aber sie können nicht nachempfinden, wie ich mich fühle, auch wenn sie sich alle Mühe geben."

„Das mag sein, aber was zählt, ist doch, dass sie für Sie da sind."

Der mitfühlende Ausdruck seiner warmherzigen Augen unterstrich seine Worte, und Tessa gestand sich selbst ein, dass etwas Wahres in seiner Aussage lag. Seit Hannes' Tod hatte sie sich hemmungslos gehen lassen, der Schmerz hatte sie überwältigt und ihr Inneres eingefroren. Natürlich war ihr klar, dass sie den Rest ihres Lebens nicht in diesem Zimmer verbringen konnte. Aber es war so heilsam gewesen, ihren Gefühlen freien Lauf zu lassen und sich nicht zusammenzureißen zu müssen. Nicht vortäuschen zu müssen, es ginge ihr gut, obwohl sie sich elend fühlte.

In noch einem Punkt hatte dieser Fabian recht: Hannes hätte bestimmt nicht gewollt, dass sie sich so grämte. Also wollte Tessa für ihren verstorbenen Mann weiterleben, denn mit ihr würde auch ein Teil von ihm auf der Welt bleiben.

Tessa lächelte zaghaft. „Ich danke Ihnen, Fabian!" Und nach einer kurzen Schweigeminute: „Erzählen Sie mir eines Tages von Ihrer Verlobten?"

„Wann immer Sie möchten!"

# 10.

Nele warf einen weiteren Blick in den Wintergarten, wohin sich Tessa und Fabian seit über drei Stunden zurückgezogen hatten. Seit dem Gespräch mit ihm vor drei Tagen war ihre Freundin beinahe wie ausgewechselt: Sie verließ ihr Zimmer, aß wieder und war auch nicht mehr so weinerlich. Nicht dass Nele sich nicht gefreut hätte, ganz im Gegenteil. Das Einzige, das sie störte, war die Tatsache, dass gerade Fabian dieses Wunder zustande gebracht hatte. Immerhin war er ihr erklärter Feind! Warum, wusste sie zwar selbst nicht mehr so genau, aber im Moment stand ihr der Sinn nicht nach einer Meinungsänderung. Zugegeben, er war ein netter Kerl, aber sein aufdringliches und einmischendes Wesen konnte sie nicht ausstehen. Er verbrachte ja schon fast mehr Zeit bei ihr im Haus als bei sich selbst, mutmaßte Nele und beobachtete durch die Glasfront das Verhalten der beiden.

Fabian sah traurig aus, worauf Tessa eine Hand auf seine legte und ihn mit einem mitfühlenden Gesichtsausdruck bedachte. Nele hätte nur zu gerne gewusst, wovon die Rede war, und welcher Umstand die beiden so vertraut gemacht hatte.

„Spielst du mal wieder Spion?", ertönte eine Stimme hinter ihr, worauf sie leicht zusammenschreckte. Sie wandte sich um und blickte in das Gesicht der schmunzelnden Lisa.

Seltsam, aber seitdem ihre Freundin Peter verlassen hatte, war sie ein völlig neuer Mensch, dachte Nele bei sich und bezog sich dabei auf das neue Modebewusstsein von Lisa. Diese steckte an diesem Tag in einem dunkelroten Kostüm mit knielangem Rock, und der neue Haarschnitt unterstrich ihre feinen Gesichtszüge. Wenn Peter sie so sehen könnte, würde er mit Sicherheit keinen Gedanken mehr an einen Seitensprung verschwenden, war Nele überzeugt, sagte laut aber lediglich: „Ich mache nichts dergleichen!"

„Ach ja?" Ihre Aussage wurde massiv angezweifelt. „Warum magst du Fabian eigentlich nicht?"

Überrascht über diese Frage weiteten sich Neles dunkle Augen, während Lisa in ihrer Tasche wühlte und ihr kurzzeitig keine Beachtung schenkte. „Wer sagt denn so etwas?"

Lisa hob ihren Kopf und richtete ihren Blick auf ihre Freundin. „Selbst ein Blinder kann erkennen, dass du ihm gegenüber alle Regeln der Höflichkeit missachtest. Manchmal tust du gerade so, als wäre er ein gemeingefährlicher Schurke, den man in seine Schranken weisen muss. Dabei ist er der einfühlsamste und großartigste Mann, der mir je begegnet ist", schwärmte Lisa plötzlich und ihre hellbraunen Augen glitzerten verräterisch.

Nele verdrehte die Augen. „Ich glaube, mir wird von deiner Schwärmerei gleich übel. Dieser Mann nörgelt die meiste Zeit an meiner Arbeit herum. Wie würde dir das gefallen?"

„Das ist schließlich sein Job, er meint das doch nicht persönlich, Nele", widersprach Lisa vehement und betätigte den Verschluss ihrer Tasche, um sie zu verschließen.

„Ich gebe es auf!", gab sich Nele geschlagen und verschränkte die Arme. „Ich möchte bloß wissen, wie lange die beiden noch da drinnen bleiben wollen."

„Nicht mehr allzu lange."

„Wie kommst du darauf?"

„Weil Fabian und ich um 19.00 Uhr in der Tanzschule sein müssen."

Nele bedachte Lisa mit einem durchdringenden Blick, der bei Fremden durchaus Angst einflößend wirken hätte können.

„Sieh mich bitte nicht so an, schließlich mache ich nichts Verbotenes. Ich will mich nur ein wenig amüsieren. Du weißt außerdem ganz genau, wie gerne ich früher getanzt habe. Darum dachte ich mir, könnte ein Tanzkurs zur Auffrischung nicht schaden. Und Fabian hat sich freundlicherweise dazu bereit erklärt, mich als Tanzpartner zu begleiten. Um die Kinder brauchst du dir keine Sorgen zu machen, Nina wird nach ihnen sehen."

In diesem Moment trat Fabian aus dem Wintergarten und strahlte die beiden Freundinnen an. Lisa tat es ihm gleich und schien alles um sie herum augenblicklich zu vergessen.

„Sind Sie so weit?", erkundigte er sich aufmerksam und auf ihr Kopfnicken verließen sie nach einem Abschiedsgruß das Haus.

In gewisser Weise fassungslos sah Nele ihnen nach und hieß die neuen Entwicklungen nicht gut. Lisa war auf dem besten Wege, sich in Fabian zu verlieben. Gott, das hätte ihr gerade noch gefehlt!

Als ihr die Anwesenheit von Tessa gewahr wurde, fragte sie diese: „Möchtest du eine Tasse Tee?"

„Ich glaube nicht." Tessa schien abzuwägen, ob sie ihrer Freundin das anvertrauen konnte, was sie bedrückte. Zwar hatten Fabian und sie vertraulich gesprochen, aber womöglich würde es Nele milder stimmen. Andererseits würde sie damit sein Vertrauen brechen. Unschlüssig bewegte sich Tessa in Richtung Treppe. Dort angekommen drehte sie sich um und hielt sich am Geländer fest. „Weißt du, Nele, du solltest nicht so ungerecht Fabian gegenüber sein. Er hat deine Härte nicht verdient, denn er hat ein gutes Herz und schon zu viel gelitten."

„Du magst ihn", stellte Nele ohne Vorwurf fest und sah in ihre hellblauen Augen.

„Ich wünschte, du würdest ihn auch mögen! Könntest du mir zuliebe ein wenig netter zu Fabian sein? Es würde mir viel bedeuten!" Der flehende Ausdruck in Tessas Augen hätte sogar einen Eisberg erweicht.

Nele seufzte. „Ich werde mich bemühen, mein Wort darauf!"

Zufrieden über dieses Versprechen lächelte Tessa ihr zu und begab sich in das obere Stockwerk.

Nachdenklich sah Nele ihrer Freundin nach und ein tiefer Seufzer löste sich. Es war nichts Gutes im Anzug, verriet ihr ihre Intuition. Fabian hatte all ihre Freundinnen für sich eingenommen, sehr zu ihrem Leidwesen. Einerseits war es nicht verwunderlich, er hatte eine charismatische und charmante Art. Wie oft in ihrem Leben hatte sie sich schon gewünscht, ebenso aufgeschlossen und zugänglich zu sein und dadurch besser durchs Leben zu kommen, schneller Anschluss zu finden und Bekanntschaften zu knüpfen. Aber Extrovertiertheit widersprach nun einmal in jeder Linie ihrem Charakter. Sie war von Natur aus schüchtern, verletzlich und selbstunsicher, allerdings konnte sie diese Eigenschaften gut mit einem Panzer aus Unnahbarkeit und Distanziertheit kaschieren. Dass man ihre Kühle oft als Arroganz auslegte und sie für launenhaft, schwierig und egozentrisch hielt, war nur ein kleiner Preis, den sie zahlen musste. Das Unverständnis ihrer Person gegenüber traf Nele schon viel mehr. Das war mitunter ein Grund, warum sie keinen Kontakt zu ihrer Verwandtschaft pflegte. Ihre Verwandten waren sowieso nur der Ansicht, sie wäre eine Spinnerin, die mit unnötigen Dingen ihre Zeit vergeudete, anstatt sich der harten Arbeit zu widmen. Ein Seufzer löste sich bei diesen Gedanken aus ihrer Kehle. Diese Verständnislosigkeit schmerzte noch immer tief in ihrer Brust. Keiner in ihrer Familie verstand sie oder wollte es zumindest nicht.

Jetzt, wo sie das Glück und den Erfolg auf ihrer Seite hatte, konnte sie auf ihre Familie ausgezeichnet verzichten. Sie hatte ihre Arbeit und ihre Freundinnen, was brauchte sie mehr. Um ihre melancholischen Gedanken zu verscheuchen, beschloss Nele an die Arbeit zu gehen, denn das war eindeutig der beste Weg für sie.

Obwohl Nele tief in die Handlung eines neuen Romans versunken war, nahm sie das Knarren der Türe, die geöffnet wurde, wahr. Dennoch sah sie von ihrer Arbeit nicht auf, um den Störenfried willkommen zu heißen. Wenn sie Glück hätte, würde es sich die Person womöglich anders überlegen und sie ungestört ihrer Arbeit überlassen. Doch dem war nicht so.

„Kann ich behilflich sein?", fragte eine Stimme, die sie ohne Schwierigkeiten Fabian zuordnen konnte. Abrupt hielt Nele in ihrer Schreiberei inne und verwünschte ihn insgeheim, denn sie hatte wahrlich keine Lust, sich weitere Änderungsvorschläge anzuhören. Hatte dieser Typ nichts anderes zu tun, als ständig in ihrem Haus herumzuschleichen? Wären ihre Freundinnen nicht, dann würde sie ihn hochkantig hinauswerfen.

„Ich komme ausgezeichnet ohne Sie zurecht", wehrte sie seine Hilfe ab, ohne sich ihm zuzuwenden. Leise murmelte sie sarkastisch: „Ich frage mich bloß, wie ich es bis jetzt alleine geschafft habe, meine Romane zu schreiben."

Das Schweigen seinerseits zeigte Nele, dass sie mit ihrem Sarkasmus eventuell zu weit gegangen war. Mit ihrem Fuß stieß sie sich leicht ab, sodass sich ihr Drehstuhl in seine Richtung drehte. Wie einem Ungeheuer ausgeliefert stand Fabian in der Tür. Seine Miene war ausdruckslos, und leider erinnerte sich Nele in diesem Moment an die Worte Tessas. Sie neigte leicht den Kopf und fand, dass er wirklich etwas Verletzliches an sich hatte, vor allem in jenem Augenblick, als er ihrem forschenden Blick ausgeliefert war.

„Was machen Sie um", sie warf einen raschen Blick auf ihre Armbanduhr, „21.30 Uhr noch hier?" Es sollte eine neutrale Frage sein, aber Nele fürchtete, ihr Ton war doch eine Spur zu anklagend.

„Ich habe Lisa nach unserem Tanzkurs heimgebracht und wollte nur nach Ihnen sehen, um sicherzugehen, dass Sie meine Hilfe nicht benötigen." Seine für gewöhnlich freundliche Miene blieb ohne Ausdruck und seinen Augen fehlte das gewohnte Leuchten.

Fabian war den ständigen Auseinandersetzungen mit ihr überdrüssig, sie saugten ihm einfach zu viel Kraft aus. Was auch immer er tat, stets erntete er ihre Missgunst. Allein wenn er sich wie ein völliger Narr benahm und in Fettnäpfchen stieg, konnte er ihr ein Lächeln entlocken. Dies entschädigte ihn dafür für vieles.

„Nun, wenn Sie schon da sind, können Sie auch meine Veränderungen durchlesen", lenkte sie widerwillig ein, rief am Computer die richtige Datei auf, erhob sich und bot ihm ihren Sitzplatz an.

Mit ungläubigem Gesichtsausdruck bewegte sich Fabian zu ihr hinüber und nahm Platz. Während er seine Konzentration auf das geänderte Kapitel richtete, schenkte Nele ihre Aufmerksamkeit der Bücherwand und bewegte sich langsam mit auf den Rücken gelagerten Armen davor auf und ab. Moderne Musik drang aus dem Radio, und Nele wippte im Rhythmus dazu. Es machte sie nervös, wenn jemand ihr Werk in ihrer Gegenwart las. Deshalb suchte sie sich eine Beschäftigung, wie sinnlos sie auch sein mochte, um nicht den Leser voller Nervosität anzustarren. Sie trug die Angst in sich, das Urteil könnte negativ ausfallen, denn sie fürchtete insgeheim, ihre Werke kamen nicht über das Mittelmaß hinaus. Und sie wollte nicht mittelmäßig sein!

„Nur ruhig Blut", sprach Nele sich selbst Mut zu. Sie versuchte ihre innere Unruhe dadurch zu unterdrücken, indem sie ihre Augen schloss und intensiv der Melodie des Liedes lauschte. Das hatte zur Folge, dass sie mitsummte und rhythmisch mit der Hüfte mitschwang. Dies half ungemein gegen die Anspannung und ließ sie schwinden.

Fabian indes grinste über das gesamte Gesicht und musste sich mit aller Kraft ein Auflachen verbeißen, denn Neles Bewegungen vor dem Bücherregal wirkten einfach zu komisch. Sie war wahrlich die eigenartigste Frau, die er kannte.

Ein Kichern musste ihn schließlich verraten haben, denn plötzlich drehte sich Nele um, verharrte in bewegungsloser Starre und sah ihn erstaunt an, so als hätte sie völlig auf ihn vergessen.

„Das Kapitel ist sehr gut so, Sie haben sogar mehr geändert, als ich vorgeschlagen habe. Jetzt fehlt nur mehr der Schluss und ihr Roman ist fertig." Er lächelte ihr bewundernd zu, wurde aber auf einmal ernst. „Dann sind Sie mich endlich los." Seine graugrünen Augen drückten Bedauern darüber aus, während sein Kinn trotzig vorgeschoben wurde.

Nele ließ sich auf der Tischkante nieder und sah nachdenklich auf ihn hinab. Nur noch kurze Zeit, dann hätte sie ihn vom Hals. Das wollte sie die ganze Zeit über, aber warum verspürte sie nun bei diesem Gedanken einen Anflug von Wehmut?

„Bestimmt werden wir uns auch weiterhin über den Weg laufen, schließlich sind Sie ja Lisa Tanzpartner."

„Und Ninas Begleiter für die Schwangerschaftsgymnastik", ergänzte er mit spitzbübischem Grinsen.

„Ach ja?" Sie bedachte ihn mit einer verwunderten Miene und war einmal mehr erstaunt, wie gut er bei ihren Freundinnen ankam. Nun gut, sein Lächeln war wirklich bezaubernd, und mit seinem Charme konnte er ohne große Anstrengung die Menschen um den Finger wickeln.

„Sie können sich glücklich schätzen, solche Freundinnen zu haben."

„Ja, das kann ich!" Lisa, Nina und Tessa waren die Einzigen, die sie verstanden und bedingungslos zu ihr hielten. Sie waren ihre Familie, die einzige, die sie hatte.

Fabian entging der schmerzliche Zug um ihren Mund nicht, der kurzzeitig auftrat. Wenn es nach ihm gegangen wäre, hätte er sie in die Arme genommen, um ihre verborgene und gut gehütete Trauer zu verjagen. Nele hätte ihm das zweifellos übel genommen. Sie berief sich stets auf ihre Stärke und Selbstständigkeit und würde es nicht gut aufnehmen, sollte man ihr Schwäche unterstellen. Wozu sie sicherlich auch Trauer zählte. In all den turbulenten Zeiten für ihre Freundinnen hatte er sie immerzu gefasst und beherrscht gesehen. Mit Absicht schien sie nichts an sich heranzulassen. Ihn am allerwenigsten.

„Ich habe noch eine Flasche vorzüglichen Süßwein im Wagen. Was halten Sie davon, wenn wir ihn aufmachen und auf das gute Fortschreiten ihres Romans anstoßen? Sie hätten sich einen erholsamen Abend mehr als verdient", schlug er mit einem umwerfenden Lächeln vor und setzte dabei alles auf eine Karte, denn es war nie abzusehen, wie sie reagieren mochte.

Nele wusste nicht so recht. Einerseits sprach nichts dagegen, mit ihm ein Gläschen Rotwein einzunehmen, andererseits würde sie damit die berufliche Ebene überschreiten. „Ach, was soll's", dachte sie schließlich und nickte ihm zustimmend zu. Selbst wenn sie ihre Arbeit beendet haben würden, würde er weiterhin um ihre Freundinnen herumschleichen. Es war mitunter nicht unklug, mehr über ihn zu erfahren.

Zehn Minuten später hatten sie es sich im Wohnzimmer mit dem delikaten Süßwein gemütlich gemacht. Fabian saß auf dem cremefarbigen, samtigen Sofa, Nele indes hatte indes den dazugehörigen Fauteuil in Beschlag genommen und ihre Beine bequem an sich gezogen.

Interessiert ließ Fabian seinen Blick durch den Raum schweifen. Wie auch die anderen Räumlichkeiten war er von einer Mischung aus Gemütlichkeit und Eleganz geprägt. Eine großzügige

Fensterfront durchflutete bei Tageslicht sicherlich das gesamte Wohnzimmer mit ausreichend Licht. Der Kontrast von hell und dunkel spiegelte sich in der Einrichtung: Der Teppich, die Vorhänge und auch die Sitzgruppe waren hell gehalten, der Wandschrank und zwei Kommoden hingegen dunkel. Der eindeutige Blickfang war aber ohne Zweifel der große offene Kamin, der durch eine Stufe erhöht wurde. Die Wände, von cremefarbenen Tapeten mit dezenten beigen Längsstreifen verkleidet, wurden von einzelnen Landschaftsgemälden geschmückt. Alles war harmonisch aufeinander abgestimmt und eine erzeugte eine wohnliche Atmosphäre.

Als Zeichen seines Behagens rekelte Fabian sich und nahm einen genüsslichen Schluck Wein. „Ihr Haus ist wirklich großartig und sehr geräumig", bemerkte er, nachdem er sein Glas wieder am Tisch abgestellt hatte.

„Ja, es verfügt insgesamt über 25 Zimmer, die Mansarde nicht mit eingerechnet. Mir selbst hat es am meisten der schmucke Pavillon im Garten angetan."

„Ja, Ihr Garten ist ein wahrer Traum. Haben Sie die herrlichen Blumenbeete selbst angelegt?", forschte er wissbegierig nach.

Nele lächelte leicht. „Ja, manchmal empfinde ich Gartenarbeit als durchaus entspannend und ablenkend, aber generell habe ich einen Gärtner, der einmal wöchentlich mein kleines Reich betreut."

„Sie haben sich hier ein kleines Paradies geschaffen."

Nele nickte voller innerer Glückseligkeit. Ja, hier hatte sie sich ihr eigenes Paradies errichtet. Seit sie das Haus vor drei Jahren erworben hatte, war es ihr Zuhause und Zufluchtsort, wenn der Stress zu groß für sie wurde. Dafür war dieses Heim wie geschaffen. Das Gebäude bot mit seinen 700 qm Wohnfläche samt Sauna und Fitnessraum im Keller ausreichend Platz für Nele, um sich entfalten zu können, und der 15 ha große Garten eignete sich hervorragend für Aktivitäten im Freien. Das Beste an der Villa war aber eindeutig die Lage, denn mit dem Auto brauchte sie knapp eine halbe Stunde, um nach Wien zu gelangen. Ja, es war ihr eigenes und kleines Paradies.

Nele nippte an ihrem Glas und genoss den guten Tropfen. „Was hat Sie eigentlich dazu getrieben, sich mit exzentrischen Schriftstellerinnen dazumühen? Ihre Ideen sind sehr gut, warum schreiben Sie nicht selbst?"

Fabian strich sich durch das Haar. „Nicht alle Schriftsteller sind exzentrisch", wandte er ein, und als sie es auf ihre Person beziehen wollte, ergänzte er, „ebenso wenig, wie Sie es sind. Ich glaube übrigens nicht, dass ich Talent dazu hätte. Mir ist viel lieber, wenn ich helfen kann. Sie müssen wissen, als Lektor bearbeite ich nicht nur die schriftstellerischen Werke, sondern fungiere quasi auch als Mentor für die Autoren. Das ist manchmal eine durchaus anstrengende Arbeit, da kommt wenigstens mein Psychologiestudium endlich einmal zum Tragen."

Nele horchte auf. „Sie haben Psychologie studiert?"

Er lächelte trocken. „Kaum zu glauben, nicht wahr?"

„Wollten Sie denn nie als Psychologie tätig sein?"

„Nein. Meine Interessen haben sich geändert und ich wollte lieber etwas tun, das mir Spaß macht."

Mit einem Nicken drückte Nele ihr Verständnis aus.

„Und als Lektor", fuhr er fort, „kann man sich mit guten Geschichten beschäftigen und lernt nebenbei noch interessante Menschen kennen. Was will man mehr?" Fabian streckte seine Beine aus und warf Nele einen schelmischen Blick zu. Er wünschte, er könnte für alle Zeiten so mit ihr sprechen. In ihren dunkelbraunen Augen lagen so viel Ruhe und Verständnis, ja sogar ehrliches Interesse. Sie erwies sich als ausgesprochen gute Zuhörerin. So wie Kathrin. Und doch hätten die beiden Frauen dem Charakter nach nicht unterschiedlicher sein können. Kathrin, seine Liebe, war offen, herzlich, immerzu freundlich und gut gelaunt gewesen, ihre Fröhlichkeit hatte etwas Ansteckendes und Anziehendes gehabt, sie war wie das Licht der Sonne gewesen – hell, warm und leuchtend. Kathrin hatte sein Leben ungemein bereichert, so wie niemand zuvor oder danach. Natürlich hatte er in den vergangenen drei Jahren nicht immer wie ein Mönch gelebt, aber keine seiner kurzen Affären hatten ein wirkliches Gefühl in ihm ausgelöst. In seinem Inneren hatte er schon gefürchtet, mit Kathrin wäre alle Liebe in ihm gestorben und er könnte nur mehr Leidenschaft empfinden. Bis er Nele kennengelernt hatte, war dies seine feste Überzeugung gewesen. Aber mit ihr hatte sich so einiges geändert. Er empfand nicht bloß eine körperliche Anziehungskraft, sondern war am meisten von ihrem Wesen fasziniert. Und das, obwohl sie ihren Eigenschaften nach das genaue Gegenteil von Kathrin war. Nele glich eher dem Mond – kühl, geheimnisvoll und unnahbar.

„Darf ich Sie etwas Persönliches fragen, Nele?"

Unschlüssig hob sie die Schultern. „Wenn Sie möchten."

„Glauben Sie an die Liebe?"

Die Frage schien sie zu belustigen. „Warum möchten Sie das wissen?"

„Ihre Romanfiguren, abgesehen von einigen Ausnahmen, sind vorwiegend zur Romantik geneigt. Und obgleich Ihre Werke die verschiedensten Themen behandeln, so ist die Liebe doch stets ein zentrales Motiv. Verstehen Sie, worauf ich hinaus möchte?"

Nele drehte das Weinglas zwischen ihren Fingern und bedachte nachdenklich den schwankenden Rebensaft. „Die Frage ist, ob eine Person, die nicht an die Liebe glaubt, glaubwürdig über sie schreiben kann." Sie sah auf und blickte ihm geradewegs in seine graugrünen Augen. „Das ist es doch, was Sie von mir wissen wollen, nicht wahr? Meine Figuren glauben an die Liebe und werden dafür mit ihr belohnt, mit einer wahren und ewig währenden Liebe nämlich. Aber meiner Meinung nach gibt es so eine wahre Liebe in der Realität nicht, sie ist nur ein Idealbild, ein Trugbild, oder wie immer Sie es auch nennen mögen. Sehen Sie sich doch nur in Ihrer Umgebung um und sagen Sie mir, aus welchen Gründen die Menschen eine Bindung mit einer anderen Person eingehen." Als Fabian etwas sagen wollte, hob sie abwinkend die Hand. „Ich sage es Ihnen. Die Beweggründe für eine Partnerschaft sind Angst vor dem Alleinsein, guter Sex, der Vorteil einer billigen Haushaltshilfe oder finanzielle Aspekte, abgesichert zu sein, Vorteile zu erhalten oder einfach nur mit einem Partner anzugeben, aber nichts anderes. Liebe ist nicht mehr als ein Vorwand." Ihr ernster Gesichtsausdruck verriet die volle Überzeugung ihrer Worte, und energischer als beabsichtigt stellte sie ihr Glas ab.

Fabian war über ihre nüchterne Betrachtungsweise erschüttert und er hatte das Gefühl, als hätte man ihm einen Schlag versetzt. „Es gibt die wahre Liebe wirklich, das kann ich Ihnen versichern", begehrte er gegen ihre Ungläubigkeit auf.

„Ach ja?", entgegnete Nele mit gewohntem Sarkasmus. „Woher wollen Sie das wissen?"

„Weil ich sie selbst erlebt habe", offenbarte er und erhob sich von seinem Sitz. „Keiner Ihrer genannten Gründe war dafür ausschlaggebend, dass ich mich Kathrin gegenüber verpflichtet gefühlt habe, sondern einzig allein Liebe war die Ursache." Voller innerer Anspannung bewegte er sich hinter dem Sofa auf und ab. „Wir schwammen auf einer Wellenlänge, ahnten die Gefühle des anderen und ein Blick von ihr genügte, um mein Herz schneller schlagen zu lassen. War ich nicht bei ihr, so fühlte ich mich nur als halber Mensch. Unsere Herzen und unsere Seelen waren eins, ich konnte ihr meine geheimsten Gedanken anvertrauen, im Bewusstsein dessen, dass sie mich uneingeschränkt versteht und mir bedingungslos beisteht." Er stützte sich an der Sofalehne ab und richtete das Wort mit voller Leidenschaft an Nele: „Glauben Sie mir, es gibt die Liebe!"

Unbeeindruckt verschränkte sie die Arme. „Oder das, was sie dafür halten."

Resignierend ließ Fabian sich auf das Sofa gleiten. „Sie sind eine harte Nuss, meine Liebe!", stieß er aus heiterem Himmel hervor und unterstrich seine Behauptung mit einem aus der Resignation entstandenen Auflachen.

Neles Augen hatten sich bei seinem Zusatz „meine Liebe" überrascht geweitet und verdunkelten sich anschließend abweisend. Seine wachsende Vertraulichkeit bereitete ihr Unbehagen.

„Und zu welchem Zweck gibt es dann uns Männer, wenn nicht für die Liebe?", fragte er spitzbübisch und grinste sie verwegen an.

Bewusst überging Nele die Frage mit einer Gegenfrage. „Und was ist aus Ihrer großen Liebe geworden?"

Jenes heitere Lächeln wich sogleich aus seinem Gesicht und ein schmerzvoller Ausdruck trat an seine Stelle. „Sie starb an Krebs."

„Das tut mir wirklich leid!" Ihre Augen drückten aufrichtiges Mitleid und Bedauern aus. Sie stellte sich ihn vor, wie er ebenso litt wie Tessa, und verstand mit einem Male die Bedeutung der Worte ihrer Freundin.

„Mir könnte das nicht passieren", dachte Nele sarkastisch. Denn abgesehen von ihren Freundinnen empfand sie für niemanden etwas. Nicht einmal der Tod ihrer Eltern war ihr nahe gegangen. Wie hätte dies auch anders sein können, schließlich hatten sie alles daran gesetzt, wenn auch vielleicht unbewusst und unabsichtlich, Neles Zuneigung für sie in Verachtung umzuwandeln. Dass Nele an dem ständigen Kritisieren und Nörgeln nicht mehr als ihr Selbstbewusstsein eingebüßt hatte und daran nicht zerbrochen war, war allein ihrem starken Willen zuzuschreiben. Nie hatte sie Achtung, Respekt oder gar Zuneigung erfahren. „Tu das, tu dies, sei nicht so lax, arbeite mehr, sitz nicht herum, siehst du denn die Arbeit nicht, kannst du nicht so wie die anderen sein, du bist auch zu nichts zu gebrauchen", hieß es ständig. Sie hatte versucht das alles zu ignorieren und hatte so getan, als würde sie die Kritik kalt lassen. Leider war dies nicht der Fall gewesen, sondern die Nörgelei war wie schleichendes Gift in ihr Inneres gedrungen und hatte sie vergiftet, ihr Selbstbewusstsein aufgefressen. Wie oft hatte sie sich nächtelang mit dem Gedanken die Augen ausgeweint, dass sie auf dieser großen weiten Welt völlig einsam war, ungeliebt und unverstanden.

Heute, nach all den Jahren, war neben der traurigen Erinnerung nur noch ein geringer dumpfer Schmerz in ihrer Brust geblieben. Und die nagende Selbstunsicherheit. Daraus resultierte auch ihre Unnahbarkeit, denn sie hatte nicht vor, sich je wieder so verletzen zu lassen. Deshalb hatte sie auch eine so enge Beziehung zu ihrer Arbeit, denn während all der schweren Zeiten war die Schreiberei die einzige Möglichkeit ihren Gefühlen Ausdruck zu verleihen und das war bisher so geblieben.

Nele hasste ihre Schwäche der Vergangenheit und verbannte energisch ihre bedrückenden Erinnerungen.

Fabian entging nicht ihr gequälter Gesichtsausdruck und führte ihn auf seinen gebeichteten Schicksalsschlag zurück. Es lag nicht in seinem Sinn, sie traurig zu sehen, deshalb wechselte er das Thema und fragte sie mit einem aufmunternden Lächeln: „Wenn Sie nicht an die Liebe glauben, woran dann?"

Die Betrübtheit wich aus ihrer Miene und ein sanftes Lächeln kam zum Vorschein. „An die Freundschaft natürlich", erklärte sie mit einer gewissen Selbstverständlichkeit. „Francis Bacon sagte einmal: Keine Arznei erschließt das Herz so sehr wie ein treuer Freund, dem man seine Leiden und Freuden, Ängste und Hoffnungen, seine Sorgen und Geheimnisse gleichsam wie einer Art von weltlicher Beichte bekennen kann. Ich sehe das ebenso. Freundschaft ist die Quelle des Glücks, der Ursprung aller inneren Ruhe und Ausgangspunkt der Zufriedenheit."

„Und sie lebt", schoss es Fabian augenblicklich durch den Kopf. Schließlich kümmerte sie sich uneigennützig um ihre Freundinnen auch in deren schlimmsten Zeiten.

„Ich wäre auch gerne Ihr Freund!", hörte er sich selbst sagen und konnte kaum fassen, dass er diese Worte laut ausgesprochen hatte.

Das war völlig unerwartet gekommen und Nele kam sich vor, als wäre sie soeben von einem Zug überrollt worden. Was sollte sie bloß tun? Eigentlich wollte sie ihn auf Abstand halten, doch nun bat er um ihre Freundschaft. Sie konnte ihn unmöglich einfach zum Teufel schicken, schließlich war er es, der Tessa aus ihrer Lethargie gerissen hatte; außerdem bot er Lisa und Nina seine Hilfe an, was bestimmt noch zu Problemen führen würde. Verdammt, er brachte ihre geordnete Welt durcheinander! Nun verlangte er tatsächlich von ihr, ihn als Freund zu akzeptieren.

„Nun", begann sie vorsichtig, „der Wille dazu ist zwar gut, aber er alleine reicht nicht. Es ist nämlich ein langer Weg zur Freundschaft. Ein Freund muss immer für einen da sein, Freud und Leid teilen, gute und schlechte Zeiten ertragen, er muss den anderen so akzeptieren, wie er ist, ihm beistehen und Mut zusprechen, wenn es ihm an Kraft fehlt. Freundschaft, wahre Freundschaft bedeutet, jemanden auf seinem Lebensweg zu begleiten, egal wie viele Steine und Hindernisse einem auch in den Weg gelegt werden."

„Dazu bin ich bereit!" versicherte, Fabian ihr mit fester Stimme.

„Ich aber nicht!", platzte es aus Nele heraus. „Sehr diplomatisch und feinfühlig, wirklich sehr gut gemacht", dachte sie sogleich verärgert über sich selbst. „So habe ich das nicht gemeint", versuchte sie den Schaden auszumerzen und setzte eine schuldbewusste Miene auf.

Sein Mund glich nur mehr einem Strich und seine Augen spiegelten Enttäuschung. „Schon gut! Sie sagen nur offen, was Sie denken", erwiderte Fabian kühl. Er erhob sich und seine Anspannung war deutlich sichtbar. „Es ist Zeit für mich zu gehen. Danke für Ihre Geduld! Ich kann mir vorstellen, wie nervig es ist, einen lästigen Gast zu ertragen." Seine Stimme war von frostigem Sarkasmus, den Nele normalerweise versprühte, durchzogen.

Nele stand ebenfalls auf. „Wenn Sie es so aufgefasst haben", beließ sie es in unpersönlichem Ton dabei und sah ihm nach, wie er den Raum und das Haus verließ. „So viel zu dem Thema Freundlichkeit", dachte sie, nahm die beiden Gläser und trug sie in die Küche.

# 11.

Mit sichtlichem Unbehagen betrat Lisa das Restaurant. Warum hatte sie sich bloß von Nele dazu überreden lassen? Im Prinzip hatte sie keine Lust, Peter zu Gesicht zu bekommen. Drei Wochen waren nicht lange genug, um ihren Zorn abflauen zu lassen.

Lisa warf einen flüchtigen Blick in den Spiegel, um ihr Auftreten zu überprüfen. Das neue tannengrüne Etuikleid mit enger Taille und großzügigem V-Ausschnitt brachte ihre weiblichen Formen perfekt zur Geltung und wirkte zugleich elegant. Sie war mit ihrem Aussehen durchaus zufrieden und setzte ein gewinnendes Lächeln auf, als sie vom Ober zu Peter an den Tisch geführt wurde. Auf keinen Fall würde sie ihrem untreuen Gespons zeigen, wie sehr er sie verletzt hatte. Was war bloß aus ihr geworden? Ein braves und gütiges Hausmütterchen, eines von der Sorte, die sie früher so verachtet hatte. Wie war es nur so weit gekommen?

Peter sprang bei ihrem Herannahen von seinem Sitz auf und richtete ihr den Stuhl zum Hinsetzen. Sie nahm dankend Platz, und auch er kehrte zu seinem Sessel zurück.

„Schön, dass du gekommen bist!" Er strahlte sie entgegenkommend an und seine reinweißen Zähne kamen zum Vorschein. „Du siehst großartig aus!"

„Ich lasse es mir auch gut gehen", entgegnete sie mit einem spöttischen Lächeln.

Peter breitete die Serviette auf seinen Oberschenkeln aus und nahm die Speisekarte zur Hand.

„Ich bin zum Reden und nicht zum Essen gekommen", protestierte Lisa spitz, da sie dieses Gespräch schnellstmöglich hinter sich bringen wollte.

„Oh!" Enttäuscht legte er die Karte weg. „Aber zum Trinken möchtest du schon etwas?"

Auf ihr Nicken hin rief er den Kellner heran. „Ein Mineralwasser für die Dame, bitte."

„Ein blauer Portugieser, bitte!", korrigierte Lisa ihn mit fester und bestimmender Stimme. Und nachdem der Kellner gegangen war: „Ich kann sehr gut für mich selbst sprechen."

„Verzeih!", meinte Peter kleinlaut und legte die Serviette auf den Tisch. „Aber ich dachte, du magst keinen Rotwein."

„Dinge können sich ändern", entgegnete sie leichthin und strich sich ihr Haar hinter das Ohr.

Unruhig rutschte Peter auf seinem Stuhl hin und her. „Bitte komm mit den Kindern wieder heim. Ich brauche dich doch!", flehte er mit einem aufgesetzten Dackelblick.

Lisa neigte ihren Kopf zur Seite und fragte voller gespielter Unschuld: „Ist deine Putzfrau und Köchin etwa krank?"

Entrüstet sah er sie an, konnte aber nicht sogleich antworten, da der Ober mit dem Wein erschien. Mit einem raschen Danke fertigte er ihn ab und sagte nach dessen Abgang: „Du scheinst dir den Humor von Nele angeeignet zu haben." Der Tadel und die Missbilligung waren kaum zu überhören. „Warum bist du eigentlich nicht zu deinen Eltern gezogen, sondern zu dieser Männer hassenden Nele? Was da rauskommt, merkt man ja!"

Ein zorniges Funkeln erfüllte Lisas hellbraune Augen. „Ihr allein hast du es zu verdanken, dass ich überhaupt hier bin", zischte sie bissig. „Ich stehe unter keinem schlechten Einfluss, ich bin lediglich aufgewacht. Ich verstehe nicht, wie ich mich so lange mit dem Hausfrauendasein zufriedengeben konnte."

„Die Liebe muss mich benebelt haben", dachte Lisa ärgerlich. Ansonsten hätte sie keinesfalls so jung geheiratet und ihre Zukunft aufgegeben, indem sie sich gleich Kinder anhängen ließ. Na ja, anfangs fand sie dieses Familienleben auch großartig und im Laufe der Jahre hatte sie sich mit der Situation abgefunden. Vielleicht war nun der Zeitpunkt für eine Veränderung gekommen.

„Ich werde mir einen Job suchen", offenbarte sie Peter, worauf dieser beinahe sein Glas fallen gelassen hätte.

„Das brauchst du doch nicht, ich verdiene schließlich genug für unsere Familie", wandte er ein und pochte damit auf sein Recht als Familienoberhaupt.

Ungläubig schüttelte Lisa den Kopf. Was war er doch für ein Macho! In welcher Welt lebte er eigentlich? Und warum war ihr sein patriarchalisches Gehabe nicht früher aufgefallen?

„Außerdem werde ich mir eine Wohnung nehmen und für die Kinder und mich selbst sorgen", fuhr sie unbeeindruckt in ihrer Kundmachung fort und verschränkte die Arme abgrenzend.

„Liebst du mich denn nicht mehr?", fragte Peter verständnislos. „All die schönen gemeinsamen Jahre willst du einfach hinschmeißen?"

Lisa seufzte tief. „Er versteht mich nicht", dachte sie traurig. Ihre Entscheidung hatte doch nichts mit ihren Gefühlen für ihn zu tun, obwohl sie unsicher war, wie viel sie noch für ihn empfand. Im Moment schienen sie so unendlich weit voneinander entfernt zu sein. Damals, zu Beginn ihrer Ehe, war Peter noch so süß gewesen, hatte sie fast täglich mit Blumen oder Pralinen verwöhnt und ihr gesagt, wie wahnsinnig verliebt er in sie war. Die Erinnerung entlockte ihr ein Lächeln, ein Lächeln des Bedauerns darüber, dass das seit Jahren der Vergangenheit angehörte. Es war wirklich an der Zeit, dass sie ihren eigenen Weg fand, herausfand, was sie von ihrem Leben wollte und ob sie Peter noch liebte.

Lisa erhob sich und sah ihrem Gemahl mit einem wehmütigen Blick an. „Es tut mir leid, Peter, aber ich halte es für besser, wir gehen vorübergehend getrennte Wege." Ohne zurückzublicken, verließ sie das Lokal in dem Bewusstsein, in eine neue Zukunft zu starten.

Nele beobachtete mit Adleraugen das Treiben in ihrem Garten. Fabian tollte wie ein ausgelassener Junge mit Lisas Kindern, Martin und Eva, auf dem Rasen herum. Sein fröhliches Lachen vernahm man bis in die Küche, wo Nele mit der Zubereitung des Mittagessens, nämlich Spaghetti Bolognese, beschäftigt war. Da sich Lisa mit Peter traf, hatte sie den Kochdienst übernommen, und Fabian sich als „Kindermädchen" zur Verfügung gestellt.

Er konnte wirklich gut mit Kindern umgehen, was wahrscheinlich auch daran lag, dass er alles über sich ergehen ließ und geduldig mitspielte. Martin und Eva nahmen ihn fest in

Anspruch, wodurch sein hellbrauner Schopf völlig zerzaust war, denn die Kinder liebten es, mit ihren kleinen Händen in seinem Haar zu wühlen.

Aus Unachtsamkeit kam Eva zu Fall und brach augenblicklich in Krokodilstränen aus. Fabian kniete sich sogleich neben die Kleine, um sie tröstend in den Arm zu nehmen. Eva umschlang ihn und lächelte schon nach kurzer Zeit wieder.

Nele konnte die Geschehnisse nicht länger verfolgen, da sie sich ihrer Kochtätigkeit intensiver zuwenden musste, aber es dauerte nicht lange, da erschien die Rasselbande schon in der Küche.

Fabian hatte Eva auf seinen Schultern und Martin an seiner Hand. Die drei lachten ausgelassen und verbreiteten Fröhlichkeit.

„Eva ist hingefallen und hat sich ihr Knie aufgeschlagen, Tante Nele!", verkündete Martin als herausragende Neuigkeit und deutete auf die leicht blutende Stille.

Fürsorglich nahm Nele die Verletzung in Augenschein und stellte froh fest, dass es sich lediglich um einen Kratzer handelte. „Meine arme Kleine, tut es sehr weh?", bemitleidete sie das Mädchen gebührend.

Eva schüttelte ihren braunen Lockenkopf und meinte mit strahlendem Lächeln: „Fabian hat mich verarztet", und voller Stolz, „wenn ich einmal groß bin, werde ich ihn heiraten, Tante Nele, weißt du!"

Nele grinste entzückt von einem Ohr zum anderen, sah Fabian geradewegs an und pflichtete ihr bei: „Da hast du völlig recht, mein Liebling! Denn welches Mädchen wünscht sich keinen strahlenden Ritter zum Ehemann? Aber bevor es so weit ist, musst du erst einmal wachsen und dafür musst du brav essen." Er gab ihr einen Stups auf die Nase. „Also macht euch beide frisch und wascht euch die Hände!"

Fabian setzte Eva ab und gemeinsam mit ihrem Bruder trottete sie folgsam davon.

Mit den Händen in die Hüfte gestützt blickte Nele ihnen fröhlich lächelnd nach und zwinkerte sogar Fabian übermütig zu. „Ein weiteres Frauenherz ist Ihnen zum Opfer gefallen. Ich hoffe, Sie haben ihr die Ehe nicht versprochen, ansonsten werde ich unter allen Umständen darauf bestehen müssen", scherzte sie, während sie eingehend sein glühendes Gesicht betrachtete.

Er verhielt sich ausgesprochen kühl ihr gegenüber und seine graugrünen Augen wirkten abweisend. Scheinbar hatte er die Ablehnung des Freundschaftsangebotes als persönliche Beleidigung aufgefasst.

„Sie bleiben doch zum Essen", wollte sie wissen, und es sollte ein Friedensangebot sein.

„Ich werde Ihnen nicht zur Last fallen." Seine Stimme war frostig und seine verschränkten Arme symbolisierten Distanz.

„Oh ja, Sie sind wirklich eine große Last", wehrte sie seinen Einwand ironisch ab und setzte einen gespielt bösen Blick auf, nur um eine Sekunde später mit freundlicher Miene fortzufahren: „Hören Sie schon auf, Fabian, die beleidigte Leberwurst zu spielen." Nele befürchtete, er könnte nur durch eine Entschuldigung versöhnlich gestimmt werden, und das behagte ihr ganz und gar nicht. Immerhin war es nicht ihre Schuld, dass er eingeschnappt war. Sie hatte ihm ja keine Beleidigungen an den Kopf geworfen oder dergleichen, sondern lediglich seine Freundschaft ausgeschlagen. Was war schlimm daran? Nun gut, es sprach gegen jede Höflichkeit, und sie musste zugeben, dass ihr Benehmen in Bezug auf Freundlichkeit und Taktgefühl manchmal zu wünschen übrig ließ. Dennoch fand sie seine Reaktion überzogen, er führte sich schließlich so auf, als hätte sie ihm die ärgsten Dinge angedichtet und seine Ehre mit Füßen getreten. „Männer", dachte sie mit einem inneren Lächeln, „können bezüglich ihrer Ehre und ihres Stolzes ja so empfindlich sein." Aber eine Entschuldigung würde er trotzdem nicht von ihr zu hören bekommen, entschied sie eisern.

Stattdessen setzte Nele bewusst ein schmeichelndes Lächeln auf, das ihre dunklen Augen jedoch nicht erreichte. „Was halten Sie davon, wenn wir Frieden schließen?" „Vorübergehend wenigstens", ergänzte sie in Gedanken und streckte ihm ihre Hand entgegen.

Eigentlich wollte Fabian nicht klein beigeben, aber wenn Nele schon den ersten Schritt tat, konnte er sie nicht vor den

Kopf stoßen. Voller Ernsthaftigkeit ergriff er ihre Hand und entspannte seine Gesichtsmuskeln dann durch ein Lächeln. Er blickte unverhohlen in ihre Augen und registrierte die angenehme Wärme, die ihre zarte Hand versprühte. Es war nichts als ein Händedruck, dennoch löste er bei Fabian auch andere Gedanken aus. Wie würde sie sich in seinen Armen anfühlen? Waren ihre Lippen ebenso warm und weich? Erschrocken über seine eigenen abwegigen Gedankengänge zog er seine Hand schleunigst zurück und schob sie indes in seine Hosentasche. Er hoffte inständig, dass sie nichts von seinen anrüchigen Überlegungen bemerkt hatte.

Doch dafür war Nele eine zu gute Beobachterin. Dieses Funkeln, das mit einem Male in seine Augen getreten war, beunruhigte sie aufrichtig, denn für ihren Geschmack drückte es eine Spur zu viel Verlangen und Sehnsucht aus. Sie kannte diesen Blick von den wenigen Männern, mit denen sie eine kurze Affäre gehabt hatte. Nichts Ernstes, dafür hatte sie jedes Mal gesorgt. Aber dass sie nun bei Fabian Begehren feststellte, löste wahrlich Unbehagen bei ihr aus. Sie wäre nie auf die Idee gekommen, dass er sie nicht nur als Schriftstellerin, sondern auch als Frau sah. Bei Tessa, Lisa oder Nina wäre das kein Wunder, aber bei ihr? Nicht, dass sie nicht ebenfalls über körperliche Vorzüge verfügte, immerhin hatte sie ein nettes Gesicht und eine ganz passable Figur, fand Nele, aber auf jegliche Unterstreichung ihrer weiblichen Seite verzichtete sie immerzu. Sie trug stets Hosen und lehnte Make-up aus Prinzip ab, sie war eben ein legerer und natürlicher Typ, weit entfernt von einer faszinierenden Schönheit.

Nein, sie musste sich eindeutig getäuscht haben, beruhigte sie sich selbst und hielt es für besser, den Spaghettis ihre Aufmerksamkeit zu schenken.

Nele war gerade mit dem Abwasch beschäftigt, als Lisa von ihrem Treffen zurückkehrte. Ihre Freundin sah abgespannt aus und ließ sich mit einem leisen Stöhnen auf einen Sessel fallen.

„Wie war das Treffen?", erkundigte sich Nele voller Anteilnahme, ohne sich jedoch umzudrehen, da sie in die Arbeit vertieft war.

„Ach!" Lisa schüttelte resignierend den Kopf, zog ihre Pumps aus und legte ihre Beine auf den gegenüberstehenden Stuhl. „Peter ist mir so fremd geworden, das habe ich jetzt erkannt." Und nach einer kurzen Pause. „Und dass ich mehr von meinem Leben will, als mich nur um die Kinder und den Haushalt zu kümmern. Ich will nicht so wie meine Mutter werden, die nur für uns Kinder und Vater gelebt hat."

Nele warf ihrer Freundin über die Schulter einen nachdenklichen Blick zu und runzelte dabei die Stirne. „Veränderungen?"

„Warum nicht? Ich habe mir gedacht, ich suche mir einen Job und eine kleine Wohnung und fange noch einmal von vorne an", erklärte sie bestimmt und setzte einen entschlossenen Gesichtsausdruck auf. Sie fürchtete, Nele würde diese Entscheidung gutheißen, denn obgleich diese alles Amoralische tolerierte, sah sie die Institution Ehe als heilig an und würde sie womöglich bei einer Scheidung nicht unterstützen. Aber wie sollte sie das alles ohne die aufbauende, tatkräftige und ewig hilfreiche Nele durchstehen?

Doch diese erwiderte: „Ein Neuanfang wird nicht leicht werden, aber wenn du fest dazu entschlossen bist, dann stehen wir das gemeinsam durch." Ein schelmisches Lächeln kam zum Vorschein. „Du weißt doch: Wer sich mit einer Amazone anlegt, legt sich mit allen an."

Bei der Erinnerung an ihren alten Kampfspruch verschwand die Besorgnis aus Lisas Gesicht und sie schmunzelte voller Zuversicht. Mit Nele und den beiden anderen hinter sich hatte sie keine Furcht vor der Zukunft.

„Du kannst übrigens so lange bleiben, wie du möchtest", bot Nele ihr unterstützend an, während sie die Teller abtrocknete und verstaute.

Die Zufriedenheit ihrer Freundin übertrug sich auch auf Nele, obwohl sie das Scheitern dieser Ehe, die sie stets als vorbildhaft angesehen hatte, nachdenklich stimmte. Scheinbar war auf dieser Welt nichts von ewiger Dauer, sinnierte sie melancholisch und beendete ihre Tätigkeit.

## 12.

Der Abend war eindeutig zu schön, um ihn daheim zu verbringen, entschied Nina, als sie aus dem Gebäude ins Freie trat. Für Anfang Juni war es herrlich warm, fast sogar schon heiß.

In dem knielangen, schwingenden, roten Viskosekleid wurde ihr wachsender Bauch perfekt kaschiert, und nach wie vor wirkte sie rank und schlank. Was ihr kontinuierlich durch bewundernde Blicke bewiesen wurde. Nina befeuchtete ihre dunkelroten Lippen und hielt Ausschau nach Fabian, ihrem Begleiter bei der Schwangerschaftsgymnastik. Freundlicherweise hatte er sich dazu bereit erklärt, der Trainerin beim Wegräumen behilflich zu sein, deshalb musste sie nun auf ihn warten. Aber so ein Mann war das Warten wert. Fabian gefiel ihr außerordentlich, daran bestand kein Zweifel. Seine feinen Gesichtszüge machten ihn zu einer überwältigenden Schönheit, faszinierend waren ebenso seine ausdrucksvollen graugrünen Augen, doch besonders hatten es ihr sein athletischer Körper und seine zärtlichen Hände angetan. Jedes Mal, wenn er sie im Kurs berührte, spürte sie eine Welle der Erregung in sich aufsteigen. Sie hätte ihn schon längst verführt, wenn sie nicht gerade in anderen Umständen wäre. Dieses Kind brachte ihr normalerweise heftiges und intensives Liebesleben zum Verschwinden, dachte sie wehmütig. Nina überlegte, ob dies positiv oder negativ war, und legte dabei die Hände auf ihren Bauch. Dieses kleine Etwas würde ihr Leben grundlegend ändern; kein freies und ungebundenes Leben ohne Pflicht und Verantwortung mehr. Stattdessen hätte sie nun anderweitig ausgefüllte Nächte und die Bürde von etlichen Pflichten. Womöglich hatte sie die falsche Entscheidung getroffen, schoss es ihr in einer plötzlichen Panik durch den Kopf. Andererseits wollte sie geliebt werden und Liebe geben, aber nicht nur körperliche. Ein Kind würde möglicherweise ihre innere Leere ausfüllen, Männer konnten es nicht, dies hatte sie schon zur Genüge festgestellt.

Langsam bewegte sich Nina auf und ab, da ihre Beine zu schmerzen begannen. Sie genoss die warme Brise auf ihrer Haut und summte in bester Laune vor sich hin.

Als Nina Schritte wahrnahm, drehte sie sich um und sah Fabian auf sich zukommen. In der beigen Leinenhose und dem grünen Poloshirt wirkte er ungemein männlich und anziehend, schwärmte sie insgeheim und schenkte ihm augenblicklich ein verführerisches Lächeln.

„Tut mir leid, dass es so lange gedauert hat", entschuldigte sich Fabian mit leicht zerknirschtem Ausdruck.

In diesem Moment hätte Nina ihm alles verziehen und hängte sich vertraut bei ihm ein.

„An so einem schönen Abend wartet man doch gerne", räumte sie zuckersüß seine Bedenken aus. „Wäre es nicht schade, wenn dieser Abend schon so früh enden würde?", sprach sie, als sie zum Wagen schlenderten. „Was hältst du davon, wenn wir uns ein wenig amüsieren? Ich kenne da ein tolles Jazzlokal."

Fabian hielt an und sah sie fürsorglich an. „Solltest du dich nicht schonen? Der Kurs war doch sicherlich anstrengend für dich?"

Ärger keimte in ihr auf, aber sie war eine Meisterin der Selbstbeherrschung. Mit einem Lächeln auf den Lippen entgegnete Nina zuvorkommend: „Deine Sorge ist rührend, mein Lieber!" Sie tätschelte seine Wange. „Aber ich habe eine gute Kondition und halte so einiges aus. Wenn du allerdings erschöpft und müde bist, dann ist dein Einwand gerechtfertigt."

Fabian schüttelte den Kopf und stellte fest, dass Nina im Umgang mit Männern routiniert war und genau wusste, wie man sie um den kleinen Finger wickeln konnte. Er gab sich notgedrungen geschlagen und folgte ihr folgsam zum Wagen.

Eine halbe Stunde später betraten die beiden die besagte Jazzbar. Es war gerammelt voll, und die Luft war heiß und stickig. Zielstrebig drängte sich Nina gefolgt von Fabian durch die Menge und steuerte einen diskreten Nischenplatz an. Sie ließ sich auf die gepolsterte Sitzbank gleiten und winkte der Bedienung zu. Fabian nahm neben ihr Platz und musterte das Lokal. Auf der Bühne spielte eine Jazzband gerade „Misty" und einige

Paare bewegten sich auf der winzigen Tanzfläche im Rhythmus dazu. Als er sich wieder Nina zuwandte, begegnete er ihrem heißen Blick, der ihn zur Vorsicht mahnte. Nicht dass er sie nicht anziehend fand, ganz im Gegenteil. Mit ihrem sinnlichen Mund und dem gekonnten Augenaufschlag stellte sie die Verführung in Person dar. Es war auch weit weniger die Tatsache, dass sie schwanger war, die sein Verlangen bremste, sondern die Freundschaft zwischen ihr und Nele.

„Wie gefällt es dir hier?", wollte Nina wissen, nachdem man ihnen zwei alkoholfreie Cocktails gebracht hatte.

„Dein Geschmack ist wirklich ausgezeichnet", lobte Fabian und streckte seine Beine genüsslich unter dem Tisch aus.

Nina lächelte geschmeichelt und legte ihre Hand auf seine.

„Wie kommt es eigentlich, dass ein so toller Mann wie du noch nicht unter der Haube ist?"

Ein Schulterzucken war seine schlichte Antwort, worauf seine Begleiterin näher ging und in die Offensive ging. „Ich wette, du hast deine männliche Potenz reichlich ausgelebt", raunte sie ihm kokett ins Ohr und verlagerte ihre Hand auf seinen Oberschenkel. „Ich würde gerne einmal die Kraft deiner Männlichkeit testen. Willst du mir eine Nacht voller Lust zum Geschenk machen?" Ihre Lippen wanderten bei ihren verführerisch gehauchten Worten an seiner Wange entlang, und bevor er sich ihr entziehen konnte, fand ihr Mund den seinen. Es war nur ein flüchtiger Kuss, da Fabian abrupt zur Seite rutschte und sie erschüttert ansah. Bisher war ihm noch nie eine Frau begegnet, die ihr Begehren derart brüsk und direkt ausgedrückt hatte.

Seine entrüstete Miene ließ Nina in Gelächter ausbrechen. „Du bist der erste Mann, der bei so einem Angebot zimperlich reagiert hat. Gratuliere, mein Lieber, du hast den Test bestanden!"

Völlig verständnislos starrte Fabian sie an und hatte nicht den geringsten Schimmer, worauf sie hinaus wollte. „Ich verstehe nicht!"

Beinahe jede Spur von Verlangen war aus ihrem smarten Gesicht gewichen, stattdessen zeichnete sich Belustigung ab. Gemütlich lehnte sich Nina zurück und zwinkerte ihm schelmisch zu. „Glaubst du, ich würde dich so einfach auf meine Freundinnen loslassen, wenn ich befürchten müsste, du benutzt sie nur, um sie in dein Bett zu bekommen und ein wenig Spaß zu haben?" Obwohl sie lächelte, drückten ihre grauen Augen Ernsthaftigkeit und Entschlossenheit aus. „Da ist es doch nur verständlich, dass ich dich testen musste. Nimm mir also das kleine Spielchen nicht übel!" Nina nippte an ihrem Cocktail und wartete seine Reaktion ab.

Seine Miene wechselte von Entsetzen über Verwunderung zu Belustigung. Was sollte er bloß dazu sagen? Er konnte ihre Beweggründe nachvollziehen, allerdings fand er ihre Mittel etwas krass. Dennoch fand er die Situation eher komisch, als dass er Gram empfinden konnte.

So lächelte Fabian ihr zu und beugte sich zu Nina hinüber. „Was wäre mit mir geschehen, wenn ich dein Angebot angenommen hätte?"

„Willst du das wirklich wissen?"

Fabian nickte, worauf Nina der Versuchung nicht widerstehen konnte und seinen Kopf zu sich zog, um ihm einen leidenschaftlichen Kuss zu verpassen. Es kam für ihn so unerwartet, dass er nicht mehr reagieren konnte und sich widerstandslos küssen ließ. Der Kuss dauerte zwar nicht lange, dafür war er umso heftiger. Nachdem Nina sich von seinen Lippen getrennt hatte, strich sie zärtlich mit den Fingerspitzen darüber. Obwohl Fabian von dem raschen Geschehen noch leicht perplex war, stellte Nina zufrieden ein begehrliches Blitzen in seinen Augen fest.

„Du küsst himmlisch, mein Lieber, und machst mir Lust auf mehr, aber dafür ist momentan nicht die richtige Zeit", stellte Nina leicht atemlos fest, „abgesehen davon, fürchte ich, würdest du dich aus Gründen der Vernunft sträuben. Einerseits ganz gut, so kann ich wenigstens getrost davon ausgehen, dass du kein hemmungsloser Lüstling bist und meine Freundinnen gut bei dir aufgehoben sind."

Fabian lachte heiter auf und zog ihre Hand von seinem Mund fort. „Du bist die unverschämteste Frau, die ich kenne. Im Übrigen hätte ich dir auch so sagen können, dass ich deine Freundinnen nicht abschleppen will. Zufrieden?"

Nina grinste verschmitzt und legte ihr Kinn auf ihre aufgestützte Hand. „Du bringst mich ganz schön durcheinander, oder vielleicht sind es auch nur die Hormone, was weiß ich!", sagte sie mit gespielter Unschuld. „Und wenn du unbedingt darauf bestehst, werde ich ein braves Mädchen sein, in Ordnung?"

„Ich werde dich an dein Versprechen erinnern, wenn du mal wieder die Kontrolle über dich verlierst", ermahnte er sie mit lachender Miene, denn grundsätzlich glaubte er nicht, dass sie auch nur im Grunde daran dachte, die Finger von ihm zu lassen.

„Ich habe mich sehr gut im Griff." Nina tat schmollend, in Wirklichkeit genoss sie diesen Abend außerordentlich. Sie mochte Fabian und eines fernen Tages würde sich vielleicht mehr aus ihrer freundschaftlichen Beziehung entwickeln. Männer waren nun einmal ihr Laster, gestand sie sich selbst ein, und allzu gerne verfiel sie in ihr gewohntes Jagdschema zurück. Aber Fabian war wohl ernsthaft eine kleine Sünde wert, lächelte sie in sich hinein und lauschte schließlich der Musik, um sich von abwegigen Gedanken abzulenken.

# 13.

Nele saß in einem gemütlichen Schaukelstuhl, der sich im Wintergarten befand, und lauschte entspannt mit geschlossenen Augen Puccinis „Turandot". Endlich einmal ein wenig Ruhe und Zeit für sich selbst, freute sie sich selig. Seit drei Monaten glich ihr Heim einem Tollhaus, in dem man keine ruhige Minute mehr finden konnte. Bei aller Liebe zu ihren Freundinnen hätte Nele trotzdem ihr altes, ruhiges Leben wieder lieber heute als morgen zurückgewonnen. Leider gab es im Moment nur Trubel, Jubel und Heiterkeit für sie.

Lisa war nach einem einmonatigen Auffrischungskurs auf Jobsuche als Grafikerin und kehrte meist frustriert wieder heim, weil sie wieder einmal abgelehnt worden war. Ihre Ablenkung fand sie im Tanzkurs mit Fabian, den sie in vollen Zügen genoss.

Eva und Martin, die beide Ferien hatten, stellten inzwischen das Haus auf den Kopf und machten manchmal Lärm wie zehn Kinder.

Nina hingegen wurde immer unberechenbarer, weil ihre Hormone zunehmend verrückt spielten. Allein das Zusammensein mit Fabian schien sie in normale Bahnen zu lenken.

Ebenso verhielt es sich bei Tessa, die nur in Fabians Anwesenheit ihren Kummer begrub, ansonsten aber nach wie vor Trübsal blies. Dazu kam noch, dass ein Kollege von ihr, Felix Winter, in regelmäßigen Abständen Blumen vorbeibrachte.

Alles in allem verbrachte Fabian die meiste Zeit über in ihrem Hause und hatte es tatsächlich geschafft, dass ihre drei Freundinnen einen Narren an ihm gefressen hatten.

Wenigstens hatte sie vor einer Woche endgültig die Änderungen an ihrem Roman abgeschlossen und musste somit nicht länger mit ihm zusammenarbeiten. Leider lief er ihr auch so ständig über den Weg.

Nele seufzte mürrisch und wünschte, all die Probleme würden nicht nur an ihr hängen bleiben. Bestimmt schob sie die

Gedanken an die leidigen Angelegenheiten zur Seite, denn sie wollte diesen wunderbar ruhigen Vormittag nicht vergeuden. „Warum kann es nicht wieder so friedlich sein?", dachte sie sehnsüchtig und versuchte sich auf die Musik zu konzentrieren. Die Wärme der Sonnenstrahlen breitete sich in ihrem Gesicht aus und Nele sah voraus, dass das Thermometer die 30° Celsius Grenze gewiss übersteigen würde. Doch das war ihr einerlei, solange sie nur die Ruhe gepachtet hatte.

Ein lautes Türknallen und aufgeregtes Gelächter rissen sie wenig später aus ihrer Tagträumerei. Mit pochendem Herzen schlug Nele ihre Augen auf und verzog übellaunig das Gesicht. Mürrisch stand sie auf, schaltete die Musik aus und ging auf die Suche nach dem Störenfried.

Alsbald wurde Nele im Garten fündig, wo Lisa, Tessa und Fabian mit dem Aufstellen eines Partyzeltes beschäftigt waren. Die drei lachten ausgelassen und bemerkten Neles Erscheinen nicht.

„Was ist hier los?", fragte sie barsch und stand mit finsterer Miene auf der Terrasse. Man brauchte sie nur anzusehen, um das bevorstehende Gewitter zu erahnen.

„Wir bereiten alles für das Sommerfest vor", teilte Tessa ihr mit vorgehaltener Hand mit, da die Sonne sie blendete.

„Welches Sommerfest?"

Lisa stemmte die Hände in die Hüften und antwortete ungeduldig: „Mein Gott, Nele, du bist ganz schön vergesslich! Das Fest, das Nina anlässlich der bevorstehenden Geburt geplant hat."

„In diesem Haus gibt es sicherlich kein Fest!" Neles Stimme war frostig und herrisch und ließ keinen Zweifel daran, dass sie es völlig ernst meinte.

„Aber Nele ...", wandte Lisa ein, wurde aber durch die angehobene Hand zum Schweigen gebracht.

„Ich denke, ich habe mich klar und deutlich ausgedrückt."

In diesem Moment trat Nina mit einem Tablett vollgefüllter Limogläser auf die Terrasse und wunderte sich über die bedrückte Stimmung. „Was macht ihr denn für Gesichter?"

„Nele ist gegen die Party", brachte Tessa zögernd hervor.

Nina wandte sich daraufhin Nele zu und sah sie fragend an. „Komm schon, du kannst doch nichts gegen ein kleines Sommerfest haben? Was ist schon dabei? Sei doch keine Spielverderberin! Wenn du nicht teilnehmen möchtest, bleib einfach in deinem Zimmer!"

Doch anstatt ihre Freundin dadurch zu besänftigen, wurde deren Ärger nur weiter geschürt. Ihre dunklen Augen blitzten zornig und ihr Mund war zu einem verkrampften Strich reduziert. „Das ist mein Haus und deshalb bestimme immer noch ich alleine, ob hier ein Fest stattfindet oder nicht. Und meine Antwort lautet Nein!", brauste sie augenblicklich auf und der wütende Unterton kam überdeutlich heraus. Nele machte erzürnt am Absatz kehrt und eilte mit großen Schritten ins Haus zurück.

„Warten Sie!", rief Fabian, der ihr gefolgt war.

Widerwillig blieb sie inmitten der Eingangshalle stehen und wandte sich ihm erbost zu. Demonstrativ verschränkte sie die Arme vor der Brust und funkelte ihn feindselig an. Sie würde nicht nachgeben, nicht nachdem man sie übergangen und dazu noch ausgeschlossen hatte, schwor sie sich. Wie kamen ihre Freundinnen bloß dazu, ein Fest ohne ihr Wissen zu organisieren!

„Sie sollten es sich überlegen, bitte!", bat Fabian mit gütiger Miene. „Ihre Freundinnen haben sich schon so auf das Fest gefreut. Wissen Sie überhaupt, was Sie ihnen mit dieser Absage antun?"

Sein anklagender Ton ließ sie in namenlose Wut ausbrechen. „Halten Sie sich da raus!", fuhr sie ihn wie eine Furie an, drehte sich um und stürzte nach draußen auf ihren Wagen zu.

Noch bevor Nele die Wagentüre vollends öffnen konnte, schlug Fabian sie wieder zu und lehnte sich mit beiden Händen gegen das Auto, wodurch sie in der Falle saß.

„Ich halte mich nicht raus, denn mir liegt etwas an Ihren Freundinnen. Ich werde Ihnen jetzt einmal etwas sagen." Seine Stimme klang aufgebracht und war etwas lauter als sonst. „Hören Sie auf, sich wie ein trotziges und verzogenes Kind zu benehmen, das ausflippt, wenn etwas nicht nach seinem Kopf geschieht! Ihre Freundinnen machen mehr mit als Sie, da werden Sie wohl ein kleines Opfer bringen können. Aber das ist wohl von einer selbstsüchtigen Exzentrikerin zu viel verlangt?"

Als Nele plötzlich aschfahl im Gesicht wurde, erkannte Fabian, dass er unwiderruflich zu weit gegangen war. Wie konnte er nur so seine Selbstbeherrschung verlieren und derart gemein werden?

„Es tut mir so leid!", entschuldigte er sich augenblicklich voller Schuldbewusstsein und platzierte seine Hände auf ihren Schultern. Die Verletztheit, die ihre Augen zum Vorschein brachten, traf ihn wie ein Stich ins Herz. Das hatte er nicht gewollt, wirklich nicht!

Da Nele nach wie vor wie zu Eis erstarrt dastand, nahm er ihr Gesicht zwischen seine Hände und sprach sanft auf sie ein. „Verzeih mir, Nele, ich bitte dich! Es war nicht meine Absicht, dich zu verletzen, das musst du mir glauben." Seine graugrünen Augen drückten Gewissensbisse und Selbstvorwürfe aus und aus einem spontanen Impuls heraus zog er sie an sich und bedeckte ihre Lippen mit seinen.

Nele stieß ihn äußerst unsanft von sich und mit eiskalten Augen verpasste sie ihm eine kräftige schallende Ohrfeige. Ohne ein Wort zu verlieren, riss sie die Wagentüre auf, traf ihn dabei noch auf der Seite, stieg überstürzt ein und raste mit quietschenden Reifen davon.

Ihre Ruhe fand Nele erst wieder am Ufer des Teiches im Laxenburger Schlossteich, wo sie die Enten beim Schwimmen beobachtete. Sie liebte diesen Ort wie kaum einen zweiten, wodurch auch all ihr aufgestauter Ärger wie weggeblasen schien.

Womöglich hatte sie überreagiert, aber es gab nun einmal bestimmte Punkte, auf die sie alles andere als beherrscht reagierte. Einer war, dass man sie einfach überging, so wie es ihre Freundinnen getan hatten. Sie hatten einfach ein Sommerfest geplant, ohne ihr auch nur ein Sterbenswort zu sagen. Sie war einfach ausgeschlossen worden und Fabian stattdessen eingeschlossen. Sie begann diesen nervigen Typ immer mehr zu hassen! Seinetwegen war sie überflüssig, wurde nicht mehr gebraucht. Dieses

Gefühl hatte man ihr als Kind auch stets vermittelt, und nun taten ihr ihre Freundinnen dasselbe an. Sie vermittelten ihr das Gefühl, wertlos und unbedeutend zu sein.

Trotz der sommerlichen Hitze lief ihr ein Kälteschauer über den Rücken. Warum konnte sie sich von den Narben der Kindheit nicht endlich befreien? Warum bestimmten sie in gewissem Maße weiterhin ihr Leben?

Neles Kopf begann zu schmerzen. Warum konnte sie nicht einfach alles vergessen und von vorne anfangen?, dachte sie sehnsuchtsvoll. Doch sie wusste, dieser Wunsch war vergebens.

„Willst du mit mir darüber sprechen?", fragte plötzlich eine Stimme neben ihr.

Nele sah auf und blickte in das Gesicht von Lisa, die neben ihrer Sitzbank stand. „Woher wusstest du, wo ich bin?"

Ein versöhnliches Lächeln erschien auf Lisas Lippen. „Wir kennen uns jetzt 19 Jahre, da bekommt man ein Gefühl dafür. Außerdem kannst du nicht oft genug betonen, wie sehr du diesen Park liebst."

Das entlockte Nele ein geständiges Schmunzeln. „Das stimmt wohl!" Sie richtete ihren Blick wieder auf das Wasser und hüllte sich beharrlich in Schweigen.

„Wir hätten dich um Erlaubnis fragen sollen, denn es ist dein Haus. Ich fürchte, deine Freundinnen sind unsensible Trampeltiere. Wir waren so mit unseren eigenen Problemen beschäftigt, dass wir auf dich vergessen haben. Das ist wirklich unverzeihlich, gerade weil du stets für uns da bist!", bekannte Lisa schuldbewusst. „Glaubst du, du könntest uns ein letztes Mal verzeihen, wenn wir versprechen, uns fortan zu bessern?"

Die Blicke der beiden begegneten sich. In Neles dunkelbraunen Augen konnte Lisa Verletztheit erkennen, wodurch sie enorme Gewissensbisse bekam. Sie vergaß leider allzu oft, dass hinter Neles harter Schale ein extrem weicher Kern steckte. Und das, obwohl sie die engsten Vertrauenspersonen waren.

„Ach, Nele!", begann Lisa leicht verzweifelt, „verschließe dich bitte nicht vor mir. Schrei mich an, mache mir Vorhaltungen, aber sprich bitte mit mir!"

„Was möchtest du von mir hören?", entgegnete Nele kühl.

„Vielleicht, dass du uns verzeihst, weil du unsere Fehler kennst und weißt, dass wir nicht in böser Absicht gegen dich gehandelt haben, sondern lediglich ohne Überlegung."

„Und das soll alles entschuldigen?" Nele war noch nicht wirklich bereit ihren Freundinnen zu vergeben, andererseits lag ihr nichts an einem Zerwürfnis, deshalb lenkte sie ein. „Womöglich war auch meine Reaktion übertrieben, aber der ständige Trubel scheint sich mir auf die Nerven zu schlagen, weshalb ich wohl meine Selbstbeherrschung verloren habe."

„Es ist also alles wieder in Ordnung?"

„Ich denke schon."

Lisa war heilfroh darüber, denn Neles Stimmungsschwankungen versetzten sie zuweilen in eine gewisse Ratlosigkeit, da man nie hundertprozentig sagen konnte, wie sie auf manche Situationen reagieren würde.

„Das wird die anderen freuen zu hören. Wir haben die Party übrigens zu Tessas Eltern umgelagert. Willst du nicht auch mitkommen?", schlug Lisa erleichtert über die Versöhnung vor.

„Nein, danke! Ich bleibe lieber noch hier", lehnte Nele die Einladung sanft lächelnd ab.

Lisa nickte und trat den Rückweg an. Nach einigen Schritten wandte sie sich nochmals um und fragte: „Kommst du alleine zurecht?"

„Das tue ich doch immer", dachte Nele bitter. „Natürlich! Geh nur!", versicherte sie ihrer Freundin mit gewohnter Überzeugungskraft, die ihre Wirkung nicht verfehlte.

Unruhig ging Fabian vor Neles Haus auf und ab. Er hatte es abgelehnt, an dem Sommerfest teilzunehmen, da ihn sein schlechtes Gewissen plagte. Wie könnte er sich amüsieren, während Nele ihren Hass gegen ihn vertiefte? Er konnte es ihr nicht einmal übel nehmen, immerhin hatte er sich wie ein Mistkerl benommen: Er hatte sie mit einer Schimpftirade überschüttet und sie im Anschluss geküsst. Keine Frau würde ihm dergleichen leicht verzeihen, schon gar nicht Nele. Was war bloß um alles in der Welt ihn in gefahren? So ein Verhalten entsprach doch normalerweise nicht seinem Charakter. Er verlor seine Selbstbeherrschung nie und hatte sich immerzu unter Kontrolle.

Fabian raufte sich die Haare und ließ sich auf den Stufen vor dem Eingang nieder. Für einen kurzen Moment registrierte er die Helligkeit des Neumondes am tiefblauen Nachthimmel und die angenehme Wärme des Sommerabends.

„Wo steckt sie bloß?", dachte er besorgt und stellte mit unruhiger Miene fest, dass es bereits 23.00 Uhr geschlagen hatte. Vielleicht hatte sie einen Unfall mit dem Wagen gehabt und lag nun blutüberströmt und hilflos auf der Straße. Oder sie ließ sich von einem Fremden über die Schmach hinwegtrösten.

Fabian sprang übernervös auf und setzte seine ruhelose Wanderung fort. Seine Gedanken trieben ihn allmählich in den Wahnsinn. Wenn Nele wirklich etwas zugestoßen wäre, könnte er sich das nie verzeihen, schließlich liebte er sie ja. Diese Erkenntnis brachte ihn zum Stehen. Ja, das war der einzig mögliche Grund, warum er so ein Theater veranstaltete. Er griff sich ein wenig fassungslos auf den Kopf, da er es selbst nicht fassen konnte. Aber es entsprach der Wahrheit. Er hatte sich in Nele verliebt. Nein, es war viel mehr als das. Fabian liebte sie mit seinem Herzen, seiner Seele und seinem Verstand.

Erneut kehrte er zu den Stufen zurück und setzte sich kraftlos hin. Durch sein idiotisches Benehmen hatte er alles verdorben, war er sich sicher. Er hatte seine Chance im Keim erstickt, bevor sie überhaupt die Möglichkeit hatte zu gedeihen. Mutlos senkte er seinen Kopf und betrachtete resignierend seine Schuhe.

In diesem Moment vernahm Fabian Motorengeräusche und nahm einen Lichtstrahl wahr. Er sah auf und erblickte den herankommenden Wagen. Er wagte sich nicht zu bewegen, geschweige denn zu atmen, stattdessen beobachtete er, wie Nele in gewohnt lässiger Art ausstieg. Spontan dachte Fabian an den Kuss. Ihre Lippen hatten sich so sanft und warm angefühlt, und er hätte das Gefühl, das sie ihm vermittelt hatte, am liebsten viel länger ausgekostet. Unwillkürlich tastete er mit seinen Fingern nach seiner geschundenen Wange. Sie hatte einen kräftigen Schlag, ging es ihm durch den Kopf und zwangsläufig musste er lächeln.

Als Nele Fabian am Aufgang erblickte, blieb sie regungslos stehen. In der Dunkelheit nahm sie nur seinen Umriss wahr. Erst als er aufstand, beleuchtete das Mondlicht sein Gesicht. Sein Haar war zerrauft und unerklärlicherweise vermittelte er einen ziemlich mitgenommenen Ausdruck.

Um seine Angespanntheit zu verbergen, schob Fabian seine Hände in die Hosentaschen und sah sie abwartend an. Zur Distanzierung hatte Nele die Arme verschränkt, und ihr Blick wirkte frostig.

Einen Augenblick lang starrten sie sich gegenseitig an, den Mond als einzige Lichtquelle im Hintergrund.

„Es tut mir leid!", durchbrach Fabian die Stille. Wenn Nele ihre kühle und unnahbare Miene aufsetzte, kam sie ihm beinahe wie eine schöne antike Statue vor. Kalt, unberührbar und dennoch ungemein anziehend. Nele verzog keine Miene und das bläulich wirkende Mondlicht verlieh ihr eine ungewöhnliche Ausstrahlung. Überirdisch war das passende Wort für ihre Erscheinung, fand Fabian fasziniert. Ob er wollte oder nicht, erschien ein schwärmerisches Lächeln auf seinen Lippen. „Meine Worte waren gemein, ungerechtfertigt und beleidigend", fuhr er beschämt über sein Verhalten fort. „Ich hoffe, Sie nehmen meine Entschuldigung an!" Eine kurze Denkpause folgte. „Der Kuss allerdings war ernst gemeint."

Der letzte Satz verunsicherte Nele und bereitete ihr Unbehagen. Bisher hatte sie keinen Mann in ihr Leben gelassen, da sie zu viel Nähe fürchtete, denn gleichzeitig würde man damit verletzlicher werden. Und dies versuchte sie, mit aller Kraft zu vermeiden. Fabian war der Erste, der sich in ihr Leben gedrängt hatte und der bis zu einem gewissen Maße daran teilnahm, wenn auch von ihrer Seite unfreiwillig. Sie durfte nicht nur nicht ihren Verstand und ihr Kalkül verlieren, dann war sie vor ihm sicher. Aber die Betroffenheit, die seine Worte bei ihr ausgelöst hatten, zeigten ihr, dass sie auf der Hut sein musste. Noch mehr als ihn verachtete sie sich allerdings selbst dafür, dass sie seinen Kuss durchaus als tröstend und angenehm empfunden hatte. Um absolut ehrlich zu sein, war ein Teil von ihr – dem jegliche Vernunft zu fehlen schien – gereizt gewesen, ihre Arme um ihn zu schlingen und sich der Umarmung hinzugeben. Gott sei Dank besaß sie genügend Verstand und Stolz, um der Versuchung nicht zu erliegen. Im Beherrschen von Gefühlen war sie seit jeher eine Meisterin. Ihr Verstand herrschte uneingeschränkt über ihr Herz, und wenn sie etwas nicht empfinden wollte, dann sollte ihr Herz dementsprechend Folge leisten. Dass es allerdings hin und wieder einen gewissen Eigenwillen entwickelte, sah Nele als störende Schwäche an.

Ein Blick in seine graugrünen Augen ließ sie wissen, dass Fabian seine Worte ernst meinte und sein Benehmen aufrichtig bereute. Aber sollte sie nur wegen dieser Entschuldigung alles Gesagte vergessen und über den entstandenen Schmerz einfach hinwegsehen? Sollte sie wirklich so tun, als ob nichts geschehen wäre? Derart billig sollte er ihrer Meinung nach nicht davonkommen, allerdings ließ es ihr Stolz nicht zu, dass sie ihm die Kränkung eingestand. Demnach war geheuchelte Gleichgültigkeit der einzig akzeptable Weg.

„Sie haben lediglich Ihre Meinung geäußert, das steht Ihnen frei. Eine Entschuldigung ist nicht vonnöten", erwiderte sie kalt und von oben herab. Ihre dunkelbraunen Augen maßen ihn mit kühler Verachtung, und ihre Miene war angespannt.

Ihre kalte Gleichgültigkeit traf Fabian mehr als jede hitzige Beschimpfung, denn er wusste nicht, wie er damit umgehen sollte. Hätte Nele ihn mit Worten attackiert, dann wäre es für ihn kein Problem gewesen, sich zu rechtfertigen, doch so nahm sie ihm den Wind aus den Segeln. Sie verschloss sich gleichsam wie eine Muschel und verbarg ihr Inneres hinter einer unaufbrechbaren Schale.

„Oh doch, das ist sie!", beharrte er energisch. „Ich habe mich unangemessen benommen, das kann Ihnen unmöglich entgangen sein. Aber ich möchte es auf jeden Fall wiedergutmachen. Wie, das liegt in Ihrer Hand. Ich tue alles, was Sie verlangen." Er unterstrich seine Worte mit einem Lächeln, das jedoch Unsicherheit verriet.

„Alles?", fragte Nele nach und hob skeptisch eine Augenbraue.

Fabian nickte. In demselben Augenblick kam ihm in den Sinn, dass sie womöglich verlangen könnte, dass er ihr nie mehr unter die Augen treten sollte. Ein ungutes Gefühl breitete sich in seinem Magen aus und seine Hände wurden feucht. „Angstschweiß", dachte er spontan und hasste sich selbst dafür, dass er sich so zum Narren machte.

Nele schien ernsthaft darüber nachzudenken, was sie von ihm verlangen sollte, fand Fabian und hoffte inständig, sie würde keine allzu harte Strafe für ihn aussuchen. Jede andere Frau hätte sich wahrscheinlich mit einem köstlichen Abendessen in einem sündhaft teuren Restaurant milde stimmen lassen, nicht jedoch Nele, davon war Fabian felsenfest überzeugt.

Ihre Miene blieb undurchdringbar und ihre verdunkelten Augen, eisig und kalt, verrieten keine innere Bewegung, wodurch seine Nervosität maßlos gesteigert wurde. Könnte sie ihn denn nicht endlich erlösen?

Nele indes genoss es, seine steigende Angespanntheit zu sehen. Einmal mehr war sie darüber überrascht, wie gut man seine Gefühle in seinem Gesicht lesen konnte. Und er schien nicht einmal einen Hehl daraus zu machen. Dies zeugte von einer starken Persönlichkeit und einem ausgeprägten Selbstbewusstsein. Sie beneidete ihn um diese Eigenschaften, denn sie verbarg stets aus Angst ihre Gefühle.

Bedächtig stieg Nele die Treppen hoch, bis sie Fabian auf gleicher Höhe gegenüberstand. Er wandte sich ihr zu und automatisch wanderte sein Blick zu ihren rosigen Lippen, die es ihm angetan hatten. Nur allzu gerne hätte er sie erneut mit den seinen bedeckt, doch stand ihm nicht der Sinn nach einer weiteren Ohrfeige. Also sah er ihr lieber in die Augen und wartete ihre Antwort ab.

Aus der Nähe konnte Nele deutlich ihren Handabdruck auf seiner Wange erkennen. Es kostete ihr einige Anstrengung, ein befriedigtes Schmunzeln zu unterdrücken. Wie ein schuldbewusster Schuljunge stand er vor ihr und auf ihren durchbohrenden Blick hin senkte er den Kopf.

Als Nele die Hand hob, registrierte sie den verwirrten Ausdruck in Fabians Augen, bevor er sie schloss und sich auf einen weiteren Schlag gefasst machte. Aber nichts dergleichen passierte. Stattdessen fühlte er die weiche Haut ihrer Finger auf seiner geschundenen Wange. Nichtsdestotrotz wagte er sich nicht zu bewegen, in der Angst, es könnte nur ein Traum sein.

„Ich habe Sie anscheinend mehr verletzt als Sie mich." Ihre Stimme hatte nichts von der Frostigkeit verloren, aber ihr Blick war eine Spur weicher geworden.

Als Fabian jedoch die Augen aufschlug, zog Nele ihre Hand abrupt weg, so als hätte sie sich an seiner Haut verbrannt.

„Es tut nicht weh", log er und schenkte ihr ein herzliches Lächeln. Er wollte einen Schritt auf sie zugehen, aber automatisch wich sie zurück, um die Distanz wieder zu vergrößern.

„Es ist spät, Sie sollten jetzt gehen!"

Fabian nickte. Warum konnte sie nicht endlich sagen, ob sie ihm nun verzieh oder nicht? Diese Ungewissheit war ja kaum zu ertragen! „Kann ich morgen nach Ihnen sehen?", wollte er deshalb wissen, und sein Blick verriet nur allzu deutlich sein Sehnen.

„Ich weiß nicht, wozu das gut sein soll." Sein Herz setzte einen Moment lang aus, als sie genüsslich die Worte über ihre Lippen gleiten ließ. „Aber wahrscheinlich werde ich Sie nicht davon abhalten können, immerhin haben Sie gewisse Pflichten meinen Freundinnen gegenüber."

Ohne ihm weitere Beachtung zu schenken, erklomm sie die letzten Stufen zu ihrer Haustüre und trat über die Schwelle.

Mit wild pochendem Herzen bestieg Fabian seinen Wagen, denn trotz allem hatte sie ihn nicht des Hauses verwiesen.

# 14.

In der folgenden Woche versuchte Nele Fabian, so gut es ging, aus dem Wege zu gehen. Was alles andere als einfach war, denn montags und donnerstags besuchte er mit Lisa die Tanzschule, dienstags stand die Schwangerschaftsgymnastik mit Nina auf dem Plan und freitags begleitete er Tessa zu einem Seminar über Trauerbewältigung. Zwangsläufig lief er damit Nele fast täglich über den Weg. Deshalb pflegte sie Fabian einfach zu ignorieren und so zu tun, als wäre er Luft für sie.

Als weitere Konsequenz verlegte Nele ihren Arbeitsbereich in den Pavillon, um ungestört arbeiten zu können und mehr Zeit für sich alleine zu haben. Sie verstand nicht, warum ihr diese glänzende Idee nicht längst gekommen war. Eine Menge Ärger wäre dadurch zu vermeiden gewesen, dachte sie erkenntnisvoll und streckte ihre Beine genüsslich unter dem weiß glacierten Stiltisch aus. Obwohl die Uhr erst kurz nach zehn Uhr geschlagen hatte, war die Hitze des Augusttages schon drückend heiß. Nele steckte in einer beigen Leinenhose und in einem mittelblauen Top, luftige Sandalen schmückten ihre Füße und ihr kastanienfarbenes Haar hatte sie locker hochgesteckt. Trotz dieses sommerlichen Aufzuges war auch für Nele die hohe Temperatur unerträglich. Sie stöhnte leicht auf und nahm einen großen Schluck gekühlten Eistee, in dem sich noch etliche Eiswürfel befanden.

Vor ihr stand ihr geöffneter Laptop, der den Anfang eines neuen Werkes beinhaltete. Es sollte diesmal ein erfrischender Sommerroman werden und Nele war guter Dinge. Egal welche Probleme sie in ihrem Leben auch hatte, wann immer sie sich ihrer Schriftstellerei widmete, vergaß sie alles um sich herum. Dann gab es ausschließlich das Schicksal ihrer Figuren, die sie wohlüberlegt formte und in deren Erlebnissen sie quasi eintauchte. Nele verlor sich in der Fiktion, nahm gewissermaßen die Rollen ihrer Charaktere ein, wodurch ihr alle Möglichkeiten des Seins offen standen. So konnte sie Abenteuer erleben, die sie in der Realität nie wagen würde, und konnte so sein, wie es ihrer Wesensart ohne nötige Verstellung am ehesten entsprach. Ja, in ihrer Arbeit fand sie ihre Selbstverwirklichung. Und das war es auch, was Nele stets vom Leben gewollt hatte.

Gut gelaunt summte sie vor sich hin und begann voller Eifer in die Tastatur zu tippen. Obgleich Nele in ihre Geschichte versunken war, registrierte sie den sanften Lufthauch, der durch das Öffnen der Türe hervorgerufen worden war.

„Was gibt es?", fragte sie, ohne aufzusehen.

„Hast du rückwärts etwa Augen?", meinte eine weibliche Stimme ungläubig.

„Nein, nur weibliche Intuition!" Sie sah auf und grinste Lisa zu. Diese wirkte einmal mehr ungemein attraktiv in dem kurzen rosenfarbenen Chiffonkleid und ihren gelockten dunkelblonden Haaren, die schmeichelnd ihr Antlitz umrahmten. Die Trennung von Peter entwickelte sich zu einer wahren Schönheitskur für Lisa, denn sie sah so frisch und jugendlich wie vor zehn Jahren aus.

Neugierig näherte sich Lisa dem Laptop und wollte einen Blick auf den Bildschirm werfen, doch Nele klappte ihn umgehend zu.

„Eine neue Arbeit?" Die Neugier in ihrer Stimme war nicht zu überhören und gelassen lehnte sich Lisa an den Tisch. Da ihre Freundin nur zustimmend nickte, forschte sie weiter: „Worum geht es denn?"

„Das wirst du erfahren, wenn ich fertig bin." Nele konnte sich ein spitzbübisches Lächeln nicht verkneifen, da sie die enorme Neugierde ihrer Freundin nur zu gut kannte.

Leicht schmollend schob Lisa das Kinn vor. „Du bist gemein!"

Mit einem betont lässigen Schulterzucken tat Nele den Kommentar ab, bevor sie herzlich grinsen musste.

Auch auf Lisas Gesicht stellte sich ein belustigtes Schmunzeln ein und sie beschwerte sich halbherzig: „Ich wünschte, du würdest meine Schwächen nicht so genau kennen."

„Ich würde deine Schwächen weit mehr als Tugenden ansehen."

Mit gespieltem Einwand zog Lisa eine Augenbraue hoch. „Ach ja? Dann neigst du leider zum skrupellosen Schönreden."

„Du bist aber doch nicht etwa gekommen, damit wir scherzhalber über Schwächen und Tugenden zanken", lenkte Nele ein und strich sich eine lose Haarsträhne hinter das Ohr.

Ein strahlendes Lächeln umspielte Lisas Lippen und ihre hellbraunen Augen leuchteten voller Zufriedenheit. Mit den Händen stützte sie sich am Tischrand ab und schüttelte ihren Lockenkopf. „Es ist nahezu unglaublich, aber dennoch wahr. Dank Fabians Hilfe habe ich eine Teilzeitanstellung als Grafikerin in einer Werbeagentur bekommen. Ist das nicht großartig?"

Lisas Euphorie übertrug sich auf Nele, die mit aufrichtiger Freude ihrer Freundin gratulierte. „Fantastisch! Ich freue mich so für dich!"

„Danke! Eine Zeit lang wirst du mich und die Kinder allerdings noch ertragen müssen, denn es wird wahrscheinlich noch eine Weile dauern, bis ich eine leistbare Bleibe finde."

„Dann hast du mit Peter also völlig abgeschlossen?"

Gequält stöhnte Lisa auf. „Ich denke schon. Weißt du, in den letzten Monaten haben wir sowieso nur mehr nebeneinander gelebt und nicht mehr miteinander. Vielleicht hätten wir nicht so früh heiraten sollen? Was hatte ich denn schon bisher von meinem Leben? Nach der Schule kam die Ausbildung, danach die Heirat und die Kinder. Ja, ich wollte immer eine Familie, aber ebenso habe ich mir Erfolg im Beruf gewünscht." Eine kleine Pause stellte sich ein. „Jetzt ist es noch nicht zu spät, um einen neuen Weg einzuschlagen. Ich will Karriere und einen Mann, der mich um meiner selbst willen liebt und mich nicht bloß als billige Haushaltskraft ansieht. Ist das denn falsch?"

Auf Neles Stirn bildeten sich winzige Denkfalten. „Gewiss nicht! Aber du solltest das, was einst zwischen dir und Peter war, nicht achtlos wegwerfen. Glaubst du nicht auch, dass jeder Mensch eine zweite Chance verdient hat?"

„Nicht nachdem was Peter mir angetan hat! Es hätte keinen Sinn, Nele, wir sind zu fremd geworden."

„Gibt es vielleicht einen anderen Mann, den du an Peters Stelle ins Auge gefasst hast?" Nele entgingen nicht das verräterische Aufblitzen in Lisas Augen und der plötzlich weich werdende Zug um ihren Mund, wodurch sie Schlimmes erahnte.

„Zugegeben es gibt da jemanden."

„Doch nicht etwa Schönburg?" Widerwillen und Entrüstung schwangen in ihrer Stimme mit. Lisas Schwärmerei war so offensichtlich, dass sie sich diese Frage hätte sparen können.

„Ist Fabian nicht wunderbar!", hielt sich Lisa nicht mit ihrer Verliebtheit zurück. „Er sieht geradezu wie ein Gott aus und hat die Eigenschaften eines Engels. Und die Kinder sind vernarrt in ihn." Sie sah keinen Grund, warum sie ihre Gefühle vor ihrer Freundin verheimlichen sollte.

Angesichts solch verliebter Schwärmerei drohte Nele übel zu werden. Das, was sie seit Wochen befürchtet hatte, war eingetreten: Ihre Freundinnen verliebten sich in ein und denselben Mann. Erst am Vormittag hatte Tessa Fabian ebenso in den Himmel gelobt und Nina machte sowieso keinen Hehl daraus, dass sie es auf ihn abgesehen hatte. Über kurz oder lang würde es wegen dieses Mannes zu einem Zerwürfnis zwischen Lisa, Tessa und Nina kommen, ahnte Nele mit Unbehagen voraus. Das konnte sie keinesfalls durchgehen lassen, was zwangsläufig bedeutete, dass Fabian aus dem Leben der drei verschwinden musste.

Am Abend dieses Tages begleitete Fabian Lisa wie versprochen zu einem Sommernachtsball. Obwohl seine Begleitung in einem dunkelroten Traum aus Seide der Liebreiz in Person war, hatte er vor der Abfahrt insgeheim nur Augen für ihre in Jeans und T-Shirt gekleidete Freundin. Wenn sie lächelte, schlug sein Herz automatisch schneller und für einen Blick in ihre geheimnisvollen dunklen Augen hätte er fast alles gegeben.

„Hör auf, dich wie ein völlig verliebter Narr zu benehmen", schalt er sich selbst. Immerhin war er alt genug, um seine Gefühle unter Kontrolle zu halten. Dummerweise löste Nele eine nie geahnte Anziehung auf ihn aus. Es fiel ihm außerordentlich schwer, seine Empfindungen zu unterdrücken und ihr nicht offen zu gestehen, wie sehr sein Herz für sie schlug. Doch damit würde er genau das Gegenteil von dem erreichen, was er beabsichtigte, denn dass sie Angst vor zu viel Nähe hatte und nichts von Gefühlsduselei hielt, hatte er im Laufe ihrer Zusammenarbeit gelernt. Demzufolge blieb Fabian keine andere Wahl, als sich in Geduld zu üben und mit kleinen Schritten behutsam sein Ziel zu verfolgen.

Seine innere Ruhe kehrte beim Verlassen von Neles Nähe wieder zurück und in gewohnt charmanter Weise unterhielt er sich mit Lisa, die dabei aufzublühen schien.

Als sie auf dem Ball, obgleich Party die treffendere Bezeichnung gewesen wäre, erschienen, herrschte bereits großer Trubel. Es war eine private Veranstaltung eines vermögenden Werbeagenturchefs, der glanzvolle Feste liebte und den Fabian über zwei Ecken kannte. Alles war sehr stilvoll arrangiert, und Lisa hatte das Gefühl, als hätte man sie in eine andere Welt entführt. Peter hatte es nie für nötig gehalten, sie zu Partys mitzunehmen, da sie ohnehin auf die Kinder aufpassen musste.

„Ha, wenn er mich jetzt sehen könnte, dann würden ihm die Augen herausfallen", dachte Lisa gehässig und ließ sich hoch erhobenen Hauptes von Fabian durch die Menge führen.

Mit einem Glas Champagner in der Hand stolzierte Lisa mit weiblicher Eleganz durch die Menschenmassen, während Fabian ein Gespräch mit einem Bekannten führte. Fortwährend wurde sie sich der bewundernden Blicke der anwesenden Herren gewahr und fühlte sich wie eine verzauberte Prinzessin.

Alles wäre in bester Ordnung gewesen, wäre ihr nicht mit einem Male die Idee gekommen, auf die Terrasse zu treten. Denn dort stand inmitten einer Herrenrunde ihr Göttergatte, begleitet von einer sinnlichen Blondine mit praller Oberweite, die vertraulich seinen Arm umklammerte.

Vor Überraschung erstarrte Lisa einen Augenblick lang, kehrte dann aber um und bahnte sich einen Weg zu Fabian. Wie konnte Peter sich nur mit dieser Person hier sehen lassen?, dachte sie aufgebracht. Sicher war dies schon ihre Nachfolgerin. Es konnte ihm scheinbar nicht schnell genug gehen, zürnte sie vor Schmach, leerte ihr Glas und stellte es im Vorübergehen auf ein Tablett. Er sollte bloß nicht glauben, dass sie sich seinetwegen daheim die Augen ausweint. Oh nein! Was Peter konnte, das konnte sie schon lange!

Bei Fabian angekommen setzte Lisa ein verführerisches Lächeln auf und legte sanft ihre Hand auf seinen Arm. „Was hältst du von einem Tanz?"

Sie sah ihn derart erwartungsvoll an, dass Fabian sie liebevoll anlächelte. „Es ist mir ein wahres Vergnügen!"

Gemeinsam gingen sie auf das Parkett und der Tango, der gerade gespielt wurde, entsprach vollkommen Lisas erregtem Gefühlszustand. Die beiden waren ein hervorragendes Tanzpaar und schon bald blieben die anderen Tänzer am Rande stehen, um der Tanzfertigkeit des Paares ihre alleinige Aufmerksamkeit zu schenken. So war es geradezu unvermeidlich, dass auch Peter die Darbietung zu sehen bekam. Zuerst erblasste er, dann zog eine zornesrote Farbe über sein Gesicht.

Als der Tanz zu Ende war, hielt Lisa bewusst nach ihrem Gemahl Ausschau und wurde am Rande der Tanzfläche auch fündig. Seine Miene, eine Mischung aus Überraschung und Wut, entlockte ihr ein zufriedenstellendes Lächeln. Als Zugabe hauchte sie noch Fabian einen zarten Kuss auf die Lippen, wodurch Peter vor Rage zu glühen begann. Mit sich zufrieden schlang Lisa für den nächsten Tanz die Arme um Fabians Hals und drückte sich sichtlich an ihn. Insgeheim hoffte sie, Peter würde vor Eifersucht einen Aufstand machen und sie allein für sich beanspruchen, doch er verließ lediglich mit vor Zorn funkelnden Augen die Party.

Lisa fand seine nicht einschreitende Reaktion frustrierend, denn es bewies ihr, dass er kein Interesse mehr an ihr hatte. Sie war ihm völlig egal, er liebte sie wirklich nicht mehr.

Unter dem Vorwand, sich frisch machen zu wollen, entschwand Lisa in eine abgelegene Nische und salbte ihre gekränkte Seele mit mehreren Gläschen Champagner.

Eine Stunde später machte sich Fabian verzweifelt auf die Suche nach seiner spurlos verschwundenen Begleitung. Da er sie nicht finden konnte, wallte allmählich Panik in ihm auf. Erst als er ins Freie trat, wurde er auf den Stufen der Marmorterrasse fündig.

Lisa hatte ihr Haar gelöst und ihre dunkelblonden Locken hingen wirr von ihrem Haupt herab. In ihren Händen hielt sie ein Champagnerglas, das sie zwischen ihren Fingern hin und her wiegte.

Diese vier Freundinnen waren die ungewöhnlichsten Frauen, die ihm je begegnet waren, dachte Fabian, nicht ohne amüsiert zu sein.

Langsam nahm er neben Lisa Platz und tippte mit dem Zeigefinger auf den Glasrand. „Das wievielte Glas war das denn?"

Voller Unschuld blickte Lisa zu ihm und verzog ahnungslos den Mund. „Keine Ahnung. Das fünfte oder sechste Glas, glaube ich." Sie lehnte sich zurück und stützte sich auf die Ellbogen. Ihr Blick war alles andere als klar und der maßlos getrunkene Champagner zeigte seine Wirkung.

„Etwas zu viel, oder?"

Mit einem gleichgültigen Schulterzucken reagierte sie auf seinen Kommentar. Dann nagte sie an ihrer Unterlippe, ein Ausdruck ihres plötzlichen Nachdenkens. Während sie ihren Kopf in den Nacken legte, fragte sie mit mitleidserregendem Augenaufschlag: „Findest du mich eigentlich attraktiv?"

Fabian lachte auf. Es bestand kein Zweifel daran, dass sie ziemlich beschwipst war. „Natürlich! Du bist eine sehr schöne Frau."

„Das meine ich nicht. Ich will wissen, ob du mich sexy findest, ob ich dein Blut in Wallung bringe und dich zu unanständigen Gedanken anrege. Oder ob ich einfach nur abturnend auf Männer wirke?" In dem letzten Teil lag so viel Verzagtheit, so viel Glauben daran, dass sich selbst ihre Augen mit Frust und Verletztheit füllten.

Lisa wirkte so bemitleidenswert und zerbrechlich, dass Fabian es nicht übers Herz brachte, ihr eine negative und zurückweisende Antwort zu geben. „Du machst mich wirklich scharf", beteuerte er mit gespielt ernst zu nehmender Miene, aber ein belustigter Unterton schwang mit.

Überglücklich schlang Lisa stürmisch die Arme um ihn und flüsterte: „Mir geht es mit dir ebenso! Also lass es uns tun!"

So schnell Fabian konnte, war er auf den Beinen. „Das hast du von deiner gut gemeinten Lüge", schalt er sich selbst. Nicht dass er Lisa nicht für eine schöne, kluge, warmherzige und durchaus auch anziehende Frau hielt, aber sein Sinnen und Sehnen galt nun einmal einzig allein Nele.

„Ich denke, es ist an der Zeit heimzufahren", meinte er mit betont fester Stimme, um sich Respekt zu verschaffen und sie zur Vernunft zu rufen. Doch ihr lüsterner Blick und ihr verführerisches Lächeln ließen ihn erkennen, dass er sie damit nicht abgeschreckt hatte. Ganz im Gegenteil, denn leicht schwankend erhob sich Lisa und säuselte zuckersüß: „Gute Idee! Hier scheint wirklich nicht der passende Ort dafür zu sein."

Fabian unterdrückte sein aufsteigendes Unbehagen, bot ihr galant seinen Arm als Stütze an und zerrte sie quasi durch den Saal über den Parkplatz zum Wagen. Dort angekommen öffnete er ihr die Beifahrertür und schubste sie sanft, aber bestimmt auf den Sitz.

Es waren keine zehn Minuten Fahrzeit vergangen, als Lisa wie zufällig ihre Hand auf sein Knie gleiten ließ. Unwillkürlich versteifte sich Fabian. Wenigstens war der Verkehr zu dieser nächtlichen Stunde gering, sodass ein rasches Fortkommen möglich war. Bis zu ihrem Ziel waren es noch gute fünfzehn Minuten, und er hoffte inständig, Lisa würde bis dahin seine Wehrlosigkeit nicht ausnützen. Aber als ihre Hand mit leichtem Druck zu seinem Oberschenkel hinaufwanderte, wusste er, sein Hoffen würde nicht erhört werden. Beim nächsten Höherrutschen ergriff Fabian Lisas lustwandelndes Händchen und schob es mit Nachdruck von sich.

„Ich wäre dir sehr dankbar, wenn du deine Hand bei dir lassen würdest. Sie lenkt mich vom Verkehr ab", bat er sie freundlich, aber mit deutlicher Bestimmtheit.

„Von mir aus, denn vom Verkehr möchte ich dich gewiss nie ablenken", flötete sie dermaßen anzüglich, dass Fabian die Röte ins Gesicht stieg.

Aber immerhin hielt Lisa Wort und verhält sich die restliche Fahrt über brav und artig. Nur hin und wieder bedachte sie ihn mit einem vielsagenden, schmachtenden Blick, den er bewusst ignorierte, um sie nicht erneut auf dumme Gedanken zu bringen.

Der Wagen war kaum zum Stehen gekommen, als Lisa durch einen geschickten Handgriff seinen Sitz in eine Liege verwandelte und sich stürmisch über ihn warf. Fabian war völlig überrumpelt und seine graugrünen Augen weiteten sich erschrocken. Da er noch angegurtet war, war seine Bewegungsfreiheit deutlich eingeschränkt, was Lisa auszunützen wusste.

Ihre Hände waren einfach überall, fand Fabian und konnte sich ihrer nicht erwehren. Hatte diese Frau wirklich nur zwei Hände? Es schien ihm, als hätte sie sich in einen mehrarmigen Krake verwandelt.

Ihre Lippen hatten sich inzwischen an ihrem Hals festgesaugt, mit einer Hand knöpfte sie begierig sein Hemd auf, während sie mit der anderen ungeduldig an seinem Hosenbund zog. Mühevoll versuchte Fabian ihr Einhalt zu gebieten, was sich anhand ihrer Übereifrigkeit alles andere als einfach gestaltete.

„Dieser blöde Gurt", dachte er aufgebracht und entschloss sich dazu, sich von diesem ihn gefangen haltenden Strick zu befreien und sich erst dann aus den Klauen dieser wild gewordenen Nymphomanin zu entwinden. Dummerweise musste er dafür ihre Handgelenke freigeben, was seine Belagerin gnadenlos ausnutzte und sich erwartungsvoll an seiner Hose zu schaffen machte. Mit ihrem Mund bedeckte sie seine inzwischen unbedeckte Brust mit Küssen, wobei ihm ihre dunkelblonden Locken störend ins Gesicht fielen. Als Lisa tiefer rutschte und ihre Hände gezielt einsetzte, stöhnte Fabian auf. Wenn er nicht bald diesen verdammten Gurt loswerden würde, könnte er für nichts mehr garantieren, schließlich war er auch nur ein Mann. Ein hilfloses Opfer seiner unbeherrschbaren Gelüste. Ein erneutes Aufstöhnen ließ seine Finger schneller am Verschluss herumwerken, und bevor er seine Selbstbeherrschung verlor, schnappte der Gurt auf und Fabian riss heilfroh die Autotüre auf. Er stieß Lisa von sich und fiel dabei rückwärts aus dem Wagen.

Bei seinem Anblick kicherte Lisa hemmungslos. Sein hellbraunes Haar stand in alle Richtungen, sein Hemd hing lose und offen an seinem athletischen Körper und seine geöffnete Hose gab seine gemusterte Boxershorts preis. Alles in allem wirkte er sehr durcheinander und aufgewühlt, aber sein Blick war dennoch klar und enthielt keinen Funken von Verlangen.

Natürlich bemerkte dies auch Lisa, wollte es jedoch nicht wahrhaben. Ihr Blut war in Wallung und ihr Körper brannte nach Verlangen nach ihm. Ein wenig ungeschickt kletterte sie aus dem Wagen, während Fabian sich erhob und seine Hose schloss.

Für einen neuerlichen Annäherungsversuch war er diesmal gewappnet. Flink umschloss er ihre Handgelenke und hielt Lisa auf Abstand.

„Ich finde, es reicht für heute, Lisa!", wies er sie keuchend zurecht. Seine Stimme war ernst und bestimmend, ebenso wie seine graugrünen Augen. „Wo hast du deinen Hausschlüssel?"

Trotzig verzog Lisa ihren geröteten Mund. „In meiner Handtasche."

Fabian konnte einen Seufzer nicht unterdrücken. Um an den Schlüssel zu kommen, müsste er sie zwangsläufig loslassen und an die Folgen dachte er lieber nicht. Sie hatte ihm bis jetzt schon sehr zu schaffen gemacht. Aber welche andere Möglichkeit gab es denn?

„Du bleibst hier stehen und bewegst dich nicht von der Stelle, verstanden?", befahl er geradewegs und auf ihr Kopfnicken hin gab er ihre Handgelenke frei. Ohne sie aus den Augen zu lassen, holte Fabian die Tasche aus dem Wagen und suchte eiligst den Schlüssel heraus. Zielstrebig ging er anschließend auf die Haustüre zu, gefolgt von Lisa. Das letzte Stückchen überholte sie ihn und stellte sich demonstrativ vor den Türeingang.

Ungeduldig stemmte Fabian seine Hände in die Hüften und bedachte sie mit einem bösen Blick. „Keine Spielchen mehr, Lisa!"

Dennoch trat sie zu ihm, und trotz der Dunkelheit konnte er ihre feuchten Augen erkennen.

„Du magst mich nicht!", schluchzte sie enttäuscht und die ersten Tränen kullerten bereits über ihre Wangen.

„Die Launen der Frauen", dachte Fabian endgültig ratlos und der Verzweiflung nahe. Jetzt hatte er sie noch durch seine Ablehnung ihres Angebotes gekränkt und weinenden Frauen hatte er noch nie widerstehen können. Warum musste ausgerechnet er immer in solch verfahrene Situationen geraten?

Mit seinem Daumen wischte Fabian Lisas Tränen fort, lächelte ihr zu und versicherte ihr: „Unsinn! Ich habe dich sogar sehr gerne." Als Beweis dafür senkte er seinen Kopf und umschloss mit seinen Lippen die ihrigen. Eigentlich hätte es ein harmloser Kuss werden sollen, aber Lisa legte ihre Arme um seinen Hals und schmiegte sich wie ein schutzbedürftiges Kätzchen an ihn, was sich insofern auswirkte, dass der Kuss intensive und leidenschaftliche Formen annahm. Unwillkürlich vergrub Fabian seine Hände in ihrem geschmeidigen Haar und fuhr ihr anschließend zärtlich den Rücken entlang. Er drückte sie fest an sich und kostete das Gefühl begierig aus, ließ sich einfach darin treiben.

Wenn es nach seinem Körper ginge, dann hätte er bedenkenlos die Nacht mit ihr verbracht, aber Gott sei Dank hatte sein Verstand noch nicht ganz ausgesetzt. Fabian löste sich von ihr und strich ihr zärtlich einige Locken aus dem Gesicht.

„Du küsst himmlisch, Lisa, aber wir sollten es dabei belassen, da wir es morgen bereuen würden."

Lisa berührte nachdenklich seine Lippen und fuhr anschließend seine Gesichtskonturen nach. „Ich liebe dich und würde sicherlich nichts bereuen!"

Fabian seufzte und ein schlechtes Gewissen machte sich in ihm breit. Er hätte es voraussehen müssen, dass es zu so einer Reaktion kommen würde. Seine Freundlichkeit und sein Zuvorkommen hatten Gefühle bei Lisa erweckt. Das hatte er nicht gewollt, wahrhaftig nicht. Er tat doch alles nur, um Nele zu gefallen. Allerdings würde er mit dieser Wendung keinesfalls punkten, sondern sich eher ihren Zorn zuziehen.

„Ach, Lisa!" Ein weiterer Seufzer löste sich aus seiner Kehle. „Am besten schlafen wir über die Sache und sprechen morgen ein ernstes Wort darüber", schlug er schuldbewusst vor und ergriff ihre Hände.

Mittlerweile war die Müdigkeit über Lisa gekommen und ihre Lust verflog allmählich. Somit fand sie seinen Vorschlag alles andere als übel. Zustimmend nickte sie und sah ihm beim Aufschließen der Türe zu, nämlich aus der Nahaufnahme, denn sie lehnte vertraut auf seinem Rücken.

Fabian stützte Lisa beim Hineingehen, da sie schon auf sehr wackeligen Beinen stand. Beim Stufenaufgang angelangt umklammerte Lisa das Geländer, um einen sicheren Stand zu haben. Sie schenkte Fabian ein liebevolles Lächeln und berührte fast andachtsvoll seine unbedeckte Brust. „Du solltest dennoch hierbleiben, schließlich hast du am Morgen sowieso einen Termin mit Tessa." Sie streichelte zärtlich seine Wange und küsste ihn sanft auf den Mund. „Ich schlafe besser, wenn ich nicht um dich bangen muss."

Ihre Besorgnis rührte ihn und insgeheim schalt er sich als Narren, dass er sich nicht in diesen Engel, sondern in Nele verliebt hatte.

„Wenn es dein Wunsch ist."

Lisa legte ihren Kopf schief und ein schelmisches Lächeln erschien. „Da du nicht mein Bett nehmen willst, kann ich dir nur das Sofa im Wohnzimmer anbieten." Voller Absicht ließ sie ihre Hände tiefer gleiten, bis sie bei seinem Hosenbund ankamen. Als Fabian ihre Hände jedoch wegzog, fuhr sie mit Unschuldsmiene fort: „Ich wollte nur sichergehen, dass du deine Meinung nicht geändert hast." Ein Gutenachtkuss folgte und leicht beschwingt taumelte Lisa die Stufen zu ihrem Zimmer hoch.

# 15.

Völlig verspannt erwachte Fabian am Morgen des nächsten Tages gegen sechs Uhr auf dem Wohnzimmersofa. Sein Kopf brummte, das lag aber keinesfalls an den zwei Gläsern Champagner, die er am Vorabend zu sich genommen hatte, sondern an der verfahrenen Situation, in die er Hals über Kopf geschlittert war.

Die ersten Sonnenstrahlen fielen bereits in das Zimmer und es schien ein schöner Tag zu werden. „Außer für mich", dachte er niedergeschlagen. Alles war allein auf seinem Mist gewachsen. Er hatte Lisa ermutigt und sie dann auch noch geküsst. Das Schlimmste daran war die Tatsache, dass er den Kuss und ihre Nähe durchaus genossen hatte, obwohl sein Herz eindeutig für Nele schlug. Fabian verachtete sich selbst dafür, dass er einen winzigen Moment lang tatsächlich mit dem Gedanken gespielt hatte, Lisas Angebot anzunehmen und mit ihr die Nacht zu verbringen. Welcher Mistkerl er doch war! Kein Wunder, dass Nele nichts von ihm wissen wollte. Beinahe wäre er doch mit der Freundin seiner Angebeteten ins Bett gegangen. Ungläubig über sein eigenes Verhalten schüttelte er den Kopf. Wenigstens war er nun wieder bei klarem Verstand, jedenfalls hoffte er das.

Fabian schwang sich aus seinem provisorischen Bett und marschierte nur mit seiner Boxershorts bekleidet in die Küche, da ihn der Drang nach Kaffee überwältigte. Er stöberte gerade auf der Suche nach Kaffeefiltern in einem Kästchen herum, als hinter ihm eine Stimme in schneidendem Ton sagte: „Ich wusste nicht, dass Sie auch schon eingezogen sind?"

Erschrocken zog er seinen Kopf so schnell zurück, dass er sich sein Haupt auf der Kästchentür anstieß. Es gab einen lauten Knall, und vor Schmerzen verzog Fabian das Gesicht.

Mit harter Miene musterte Nele, in einen Freizeitanzug gehüllt, den ungebetenen Gast. Die Haare standen ihm zu Berge und seine Augen hatten dunkle Ringe. „Kein Wunder nach so einer Nacht", dachte sie grimmig. Unbeabsichtigt war sie Zeugin des nächtlichen Intermezzos zwischen ihm und Lisa geworden. Sie sah das Bild noch deutlich vor sich, wie er ihre Freundin leidenschaftlich geküsst und an sich gezogen hatte, sodass wahrscheinlich nicht einmal mehr ein Blatt Papier dazwischen gepasst hätte. Ärger wallte in ihr auf, weil sie im Unklaren darüber war, welches verdammte Spiel dieser Mistkerl hier trieb. Er würde all ihre Freundinnen ausnützen, verletzen und schließlich so weit bringen, dass sie sich seinetwegen verfeinden würden. Aber da hatte er die Rechnung ohne sie gemacht. Oh nein, sie ließe auf keinen Fall zu, dass er die langjährige Freundschaft zerstörte!

Breitbeinig und mit zornig funkelnden Augen betrachtete sie ihn argwöhnisch und verfluchte dieses halb nackte Mannsbild in ihrer Küche.

„Ich dachte, um diese Zeit schlafen noch alle", rechtfertigte Fabian seine spärliche Aufmachung, als sie ihn von oben nach unten musterte, und befühlte seine Beule. Warum in aller Welt musste er sich ausgerechnet immer vor Nele zum tölpelhaften Narren machen?

„Scheinbar nicht."

Ihr eisiger Ton ließ ihn aufhorchen und anhand ihrer erbosten Miene erkannte er, dass sie einmal mehr auf Kriegsfuß war. Selbst sein ansonsten bezaubernder Charme war bei ihr wirkungslos. Diese Frau konnte nichts erweichen, wenn sie nicht dazu gewillt war.

„Ich wollte Kaffee machen, etwas dagegen?", erkundigte sich Fabian höflich. Mürrisch schüttelte Nele den Kopf. „Nur die Kaffeefilter kann ich leider nicht finden", fuhr er fort und setzte eine Unschuldsmiene auf.

Ohne ein Wort an ihn zu richten, bewegte sie sich in seine Richtung, ging vor einem Küchenschrank in die Hocke und öffnete ein Kästchen, um die Filter herauszunehmen.

In dieser Zeit erschien Lisa in einem kurzen roten Satinnachthemdchen.

„Gut, dass ich dich alleine antreffe!", rief sie beim Anblick von Fabian erleichtert aus, erstarrte aber augenblicklich, als Nele von unten herauf wieder auftauchte.

„Ich … ah … du bist schon auf?", stotterte Lisa nervös herum.

„Das scheint wohl die Sensation des Tages zu sein", kommentierte Nele die Aussage sarkastisch und sah zwischen Fabian und Lisa hin und her. Beide schienen auf eine seltsame Weise peinlich berührt zu sein, und ihre eigene Anwesenheit trug nicht unbedingt zu einer Entspannung bei.

„Nun, normalerweise bist du doch eine Langschläferin", versuchte Lisa ihr Erstaunen zu erklären.

„Ja, aber heute habe ich Lust auf eine morgendliche Joggingrunde", erwiderte Nele, als wäre es das Natürlichste auf der Welt. Natürlich war dies gelogen, denn zur übermäßigen Bewegung hatte sie noch nie Lust gehabt. Die Neugierde hatte sie zu so früher Stunde aus den Federn getrieben, aber dies würde sie keinesfalls zugeben. Es war sowieso besser, sie würde jetzt einen Abgang machen, da Fabian und Lisa völlig betreten und geistesabwesend in der Küche standen. „Und darum werde ich nun gehen", zog sich Nele zurück und verließ das Haus.

Lisa atmete kurzfristig erleichtert auf. „Gott sei Dank hat Nele uns allein gelassen." Sie trat einen Schritt näher an den Sessel heran und nach kurzer Überlegung nahm sie Platz. Ihre Hände zitterten und ihr schwand der Mut, dennoch fragte sie mit unsicherer, leiser Stimme: „Ist gestern irgendetwas vorgefallen, wofür ich mich entschuldigen müsste?"

Dank des übermäßigen Alkoholgenusses konnte sie sich nur lückenhaft an die vergangene Nacht erinnern. Sie wusste noch, dass sie Peter auf der Party gesichtet hatte und ihn mit Fabian eifersüchtig machen wollte, was aber misslungen war; dann hatte sie frustriert einige Gläser Champagner hinuntergeschüttet, bis dahin war noch alles klar. Die Erinnerung an weitere einzelne Bruchstücke verstand sie allerdings nicht so ganz. Anscheinend hatte sie sich im Wagen wie eine liebestolle Furie auf Fabian gestürzt und ihm sozusagen die Kleider vom Leib gerissen. Konnte das wirklich sein? Allein der Gedanke an so ein Verhalten trieb ihr die Schamesröte ins Gesicht und eine prekäre Frage spukte unentwegt in ihrem Kopf herum: War sie mit Fabian im

Bett gelandet? Nicht einmal Nina würde sich derart hemmungslos und schamlos verhalten, dachte Lisa voller Unbehagen.

„Ich meine ... oh Gott, wie soll ich es bloß ausdrücken ... Sind wir uns näher gekommen? Äh, haben wir miteinander geschlafen?" Panik schwang in ihrer Stimme mit und ihre hellbraunen Augen blickten ihn bedrückt an.

Fabian fiel ein großer Stein vom Herzen. Scheinbar konnte sich Lisa nicht mehr an die Geschehnisse erinnern, somit müsste er ihr auch nicht sein schändliches Verhalten erklären. Er lächelte ihr befreit von der Sorge und sichtlich entspannt zu. „Es ist nichts vorgefallen, wofür du dich schämen müsstest", beruhigte er Lisa mit einem aufmunternden Lächeln.

Erleichtert atmete Lisa auf. „Gott sei Dank! Ich dachte schon, ich wäre über dich hergefallen."

Ein herzliches Auflachen seinerseits folgte, wodurch er einen verdutzten Gesichtsausdruck von Lisa erntete. Fabian fand ihr erfrischend unschuldiges Wesen einfach bezaubernd. In gewisser Weise war sie unkompliziert und hatte einen herzensguten Charakter. Diesbezüglich war sie Kathrin sehr ähnlich. Warum um Gottes willen verliebte er sich dann ausgerechnet in die unnahbare Nele?

„Verzeih mir, aber ich fand die Vorstellung so komisch!", rechtfertigte Fabian sich. In Wirklichkeit erheiterte ihn die Tatsache, dass sich Lisa absolut nicht daran zu erinnern schien, dass sie sich in der vergangenen Nacht wie ein lüsterner Vamp benommen hatte. Andererseits begrüßte er diesen Erinnerungsverlust doch sehr.

Lisa stimmte in sein Lachen ein. „Ja, das ist wirklich unvorstellbar." Mit einem verschmitzten Grinsen erhob sie sich. Ihre hellbraunen Augen funkelten schelmisch und zwei Grübchen erschienen neben ihrem schön geschwungenen Mund. „Ich gehe mich lieber anziehen, bevor ich doch noch in Versuchung gerate."

Atemlos kehrte Nele nach einer halben Stunde vom Joggen in ihr Haus zurück. „Meine Kondition lässt wahrlich zu wünschen übrig", beschwerte sie sich bei sich selbst, als sie geschafft über die Schwelle trat. Schweiß trat ihr aus jeder Pore und die Erschöpfung ließ sich keinesfalls leugnen. Für ihr Alter hatte sie eine viel zu schlechte Kondition, aber schließlich konnte sie ihre Schreiberei nicht im Laufen erledigen. Darüber hinaus hatte sie auf allzu viel körperliche Bewegung noch nie viel Wert gelegt. Sie bevorzugte eher gemütlichere Tätigkeiten wie lesen, fernsehen, ins Kino oder Theater gehen oder eventuell tanzen gehen. Für gewöhnlich verbrachte sie ihre Zeit zum Großteil vor dem Computer, wenn sie nicht gerade zur Recherche auf Reisen war. Dies gehörte übrigens zu ihrer Lieblingsbeschäftigung. Sie liebte es, fremde Länder und Kulturen zu entdecken und dadurch inspiriert zu werden.

Geschafft, aber in zufriedener Stimmung steuerte Nele auf das Wohnzimmer zu, weil sie dort ihr neuestes Badeöl noch stehen hatte. Energisch öffnete sie die Türe und erblickte Fabian mit offenem Hemd im Kampf mit seinem Hosenbein. Erschreckt sah er auf, verhaderte sich dadurch mit seiner Hose, die er nur einseitig anhatte. Zusätzlich verlor er durch sein Herumtrippeln sein Gleichgewicht und fiel vornüber, wodurch er hinter dem Sofa zum Verschwinden kam.

Neugierig trat Nele näher und sah auf ihn hinunter. Fabian lag auf dem Rücken und seine Beine strampelten in der Luft herum, um sich von der umwickelten Hose zu befreien. Im Grunde war Nele auf ihn nicht gut zu sprechen, aber seine komische Haltung amüsierte sie unfreiwillig, sodass sie ein breites Grinsen nicht unterdrücken konnte, welches sogar ihre dunklen Augen erfasste.

Einmal mehr hatte sich Fabian vor ihr zum Narren gemacht, aber wenigstens brachte er sie damit zum Lächeln. Und weiß Gott, er liebte ihr bezauberndes Lachen über alles.

Auch sein Gesicht erhellte sich augenblicklich und seinen graugrünen Augen nahmen einen warmen, verliebten Ausdruck an. „Sie üben eine umwerfende Wirkung aus, meine liebe Nele!", scherzte Fabian und zwinkerte ihr spitzbübisch zu. Mit seinen Händen entwirrte er endlich seine Beine und setzte sich hinterher in den Türkensitz. Seine Ellbogen stützte er auf seinen Knien ab und sah sie mit einem gewinnenden Lächeln an. Da er seine ungezwungene Lässigkeit allmählich zurückgewann, versuchte er seinen unvergleichlichen Charme einzusetzen.

„Es liegt weniger an mir als an Ihrer Ungeschicklichkeit", konterte Nele nach wie vor grinsend, aber aus ihren Augen war die Amüsiertheit gewichen.

„Vielleicht sollten Sie mir behilflich sein?", schlug Fabian verwegen vor und strich sich durchs Haar.

Ihr Stimmungsumschwung blieb nicht unbemerkt, denn ihre Miene wurde unverzüglich frostig und warnend verschränkte sie die Arme vor der Brust, eine ihrer liebsten Gesten bei aufziehendem Ärger.

„Das wäre sicherlich in Ihrem Sinn", warf sie ihm in zornigem und anklagendem Ton vor und setzte einen diabolischen Blick auf. Wenn ihre Blicke töten hätten können, wäre Fabian augenblicklich tot umgefallen.

Er verstand ihren Stimmungswechsel nicht, wie konnte er auch. Schließlich ahnte er nicht im Geringsten, dass Nele Zeugin der leidenschaftlichen Begegnung zwischen ihm und ihrer Freundin gewesen war.

„Liegt es an mir, oder sind Sie zu allen Männern so unfreundlich?", verlangte er herausfordernd zu wissen, da er endlich wissen wollte, woran er war. Es war ihm in den Wochen ihrer Bekanntschaft nicht entgangen, dass sie sich nicht allzu viel aus Männern machte, dafür aber ein freies, unabhängiges Leben bevorzugte. Sie war eine Emanze durch und durch, selbstständig und nicht auf männliche Hilfe angewiesen. Und abgesehen von ihren Romanen schien sie Liebe für eine törichte Krankheit und unnützen Humbug zu halten. Warum nur? Er brannte danach, den Grund für ihren Unglauben kennenzulernen.

Neles Gesicht wurde noch eine Spur grimmiger. „Sie sind ein besonderer Fall", machte sie keinen Hehl aus ihrer Abneigung ihm gegenüber. Er brachte ihre heile Welt durcheinander und verdrehte rücksichtslos ihren Freundinnen den Kopf. Einst hatten sie sich geschworen, dass nie ein Mann zwischen ihnen stehen und ihre Freundschaft gefährden sollte. Doch dem Schwur zum Trotz würde Fabian nun das Unmögliche gelingen und eine Entzweiung herbeiführen. Deswegen war er ihr ein gewaltiger Dorn im Auge.

Ihre kundgemachte Ablehnung traf Fabian hart. Mit verschlossener Miene erhob er sich, schloss Hemd und Hose und steckte seine Hände in die Hosentaschen. Mit vorgeschobenem Kinn blickte er sie unverwandt an und in seinen graugrünen Augen lagen eine unaussprechliche Betrübtheit und tief greifende Enttäuschung. Fabian war mit einem Schlag klar geworden, dass es ein sinnloses Unterfangen war, ihr Herz für sich gewinnen zu wollen, er bezweifelte sogar, dass dies je jemandem gelingen würde. Denn ihr Herz schien unter einer undurchdringbaren Schicht aus Eis vergraben zu sein, beschützt durch einen Panzer der Unnahbarkeit und Kälte.

Nele nahm sehr wohl seinen kummervollen Blick wahr, verstand jedoch nicht den Grund, da sie ihm schließlich nichts getan hatte.

Sie standen sich einige Sekunden schweigend gegenüber, bevor Fabian seine Sachen unter den Arm klemmte und ohne ein Wort den Raum verließ.

Nachdenklich sah Nele ihm nach und fragte sich selbst, ob sie ihn in irgendeiner Weise verletzt haben mochte. „Männer möge einer verstehen", dachte sie ratlos.

Fast den gesamten Tag grübelte Nele darüber nach, warum Fabian sich von ihr zurückgezogen hatte. Er war heiter und charmant im Umgang mit Tessa, aber wann immer sein Blick auf sie selbst fiel, wurde sein Blick trüb und kummervoll.

Nele war dankbar für das Läuten der Türglocke, denn damit wurde sie aus ihren Gedanken gerissen. Gemütlich schlenderte sie zur Eingangstüre und öffnete diese. Ein wild gewordener Peter schubste sie zur Seite und baute sich wutentbrannt im Vorzimmer auf.

„Wo ist dieser Bastard, der sich an meiner Frau vergangen hat!", rief er erbost aus und sah sich suchend um. Seine braunen Augen waren blutunterlaufen und seine Übernächtigung deutlich sichtbar. Unruhig bewegte er sich auf und ab und ballte seine Hände zu Fäusten.

Er war unübersehbar eifersüchtig, stellte Nele zufrieden fest. Ein gutes Zeichen!

„Ich weiß nicht, wen du meinst?", täuschte sie mit Unschuldsmiene ihr Unwissen vor.

„Du weißt ganz genau, wen ich meine!", brauste er fuchsteufelswild auf und fuchtelte außer sich vor Eifersucht mit den Armen herum. „Spar dir deine Heuchelei!"

In diesem Moment erklang ein lautes, männliches Lachen und sogleich stürmte Peter los. Nele hatte alle Mühe mit ihm Schritt zu halten, wodurch sie es nicht verhindern konnte, dass Peter seinen Rivalen im Salon ausfindig machte, ihm als Begrüßung einen ordentlichen Kinnhaken verpasste und sich wie ein Wahnsinniger auf Fabian stürzte. Da dieser auf einen Angriff nicht gefasst war, stand er der dieser aggressiven Attacke hilflos gegenüber. Beide befanden sich am Boden, Peter saß auf seinem Opfer und schlug wie wild auf ihn ein. Tessa stand bestürzt daneben und schrei hysterisch: „Aufhören, aufhören!"

Nele, der ein Kampf in ihrem Hause gerade noch gefehlt hatte, packte Peter von hinten an den Oberarmen und zerrte ihn gewaltsam mit all ihrer Kraft von Fabian herunter. „Hör sofort auf, Peter! Oder ich muss andere Seiten aufziehen!", zischte sie mit Bestimmtheit atemlos hervor. Die Schärfe ihrer Worte brachte ihn wieder zur Vernunft und widerwillig ließ er von seinem Gegner ab. Zur Sicherheit hielt Nele ihn weiterhin fest.

Angeschlagen erhob sich Fabian. Beim Anblick seines malträtierten Gesichtes schrie Tessa schockiert auf. Seine Unterlippe war aufgesprungen und blutete heftig, sein linkes Auge verfärbte sich bereits und schwoll kontinuierlich an.

„Wenn du nicht die Finger von meiner Frau lässt, dann war das erst der Vorgeschmack. Dann mach ich dich so fertig, dass du dir wünscht, du wärst nie geboren worden!", drohte Peter mit vor Zorn bebender Stimme und geballten Fäusten.

„Ich denke, er hat es verstanden!", mischte sich Nele schlichtend ein. „Und bevor du noch einen Mord in meinem Haus begehst, lass uns lieber einen trinken gehen." Ohne eine Widerrede zu dulden, stieß sie Peter unbarmherzig aus dem Salon und aus dem Haus.

Sie schleppte ihn quasi in die nächste Bar, wo sie sich beim Tresen niederließen.

„Ist deine Männlichkeit jetzt befriedigt?", fragte Nele höhnisch, nachdem sie bestellt hatten. „Auf jemanden einzuschlagen muss ungemein befreiend sein."

Peter sah sie von der Seite an und ein schlechtes Gewissen bezüglich seines ungestümen Verhaltens überkam ihn plötzlich. Er lehnte mit seinen Unterarmen am Tresen und ließ seinen Kopf auf seine Arme sinken. „Was hätte ich denn tun sollen?", murmelte er zerknirscht.

Nele tat so, als müsste sie angestrengt überlegen. „Nun, manche Menschen lösen ihre Probleme auch durch Gespräche", verkündete sie in sarkastischem Tonfall.

„Oh ja, klar! Ich hätte auch einfach hingehen und ihn höflich fragen können, ob er so nett wäre, meine Frau in Ruhe zu lassen", spottete Peter mit erhobenem Kopf. „Bestimmt wäre er augenblicklich meiner Bitte nachgekommen."

„Ja, da ist es wesentlich besser, ihn spitalsreif zu schlagen!"

„Männer", dachte Nele kopfschüttelnd, „kennen scheinbar nur diese eine Möglichkeit." Irgendwie hatte sie Mitleid mit Peter, auch wenn er sich seine Schwierigkeiten selbst zuzuschreiben hatte. Aber diese Meinung behielt sie lieber für sich. Er sah schon so mitgenommen genug aus und schien seinen Seitensprung wirklich zu bereuen.

„Kann ich dich etwas fragen?", wollte Peter mit einem Male wissen und eine Sorgenfalte bildete sich auf seiner Stirn. Auf Neles Nicken hin fuhr er fort: „Glaubst du, sie hat mich schon mit ihm betrogen?"

Seine braunen Augen blickten sie so leidend an, dass Neles Gesicht weiche Züge bekam. Sie wünschte aufrichtig, sie könnte ihm versichern, dass Lisa nichts Derartiges getan hatte, aber der Kuss, den sie leider mit angesehen hatte, war zu verräterisch gewesen, und dazu hatte Fabian noch die Nacht in ihrem Haus verbracht.

„Es ist nicht auszuschließen, leider." Nele legte ihm als Zeichen ihres Mitgefühls ihre Hand auf seine Schulter. Obgleich sie voll und ganz hinter Lisa stand, konnte sie nicht darum herum, auch mit Peter zu fühlen. Liebe brachte eben nichts als Leid, fühlte sich Nele bestätigt. Das war auch der Grund, warum sie der Liebe in ihrem Leben keine Chance gab. Zu lieben bedeutete sich zu öffnen, einen Teil von sich zu verlieren, verletzlich und abhängig zu werden. Und das alles wollte Nele unter keinen Umständen. Es war ein zu langer, borniger Weg gewesen, bis sie Kraft, Stärke, Selbstständigkeit und Freiheit gewonnen hatte, als dass sie all das für ein albernes Gefühl zu einem Mann riskieren würde. Nein, niemals!

Peter nickte verstehend. „Danke für deine Aufrichtigkeit!" Er griff nach seinem Whiskey und leerte das Glas in einem Zug. Anschließend gab er dem Barkeeper ein Zeichen, dass er dasselbe ein weiteres Mal nahm. „Wahrscheinlich geschieht es mir recht", wandte er sich wieder Nele zu, „Lisa rächt sich nur für das, was ich ihr angetan habe." Er seufzte mitleiderregend und senkte resignierend sein Haupt. „Dummerweise liebe ich sie mehr als mein Leben." Als Peter erneut den Kopf hob, konnte Nele seine feuchten Augen erkennen.

„Ach, Peter!" Anteilnehmend berührte sie seinen Unterarm.

„Was hat dieser Typ bloß, was ich nicht habe? Sag es mir bitte!", flehte er geradezu aus Verzweiflung. „Sieht er etwa besser aus als ich?"

Nele fand Peter durchaus attraktiv mit seinen wachen braunen Augen, seinen kurz geschnittenen braunen Haaren und den markanten Gesichtszügen.

Aber er hatte nicht Fabians lachende und unvergleichlich graugrüne Augen, nicht sein glänzend hellbraunes, ständig wirres Haar und vor allem nicht dieses erfrischende und herzerwärmende Lächeln, das einen in den Himmel emporhob.

Nele schüttelte mit ernster Miene den Kopf.

„Hat er vielleicht bessere Eigenschaften als ich?"

Sie kannte Peter als verlässlichen, ordentlichen, ehrgeizigen, freundlichen und herzensguten Menschen.

Aber es gab keinen Vergleich zu Fabians Liebenswürdigkeit, seinem bezauberndem Charme, seiner gewinnenden Herzlichkeit, seiner beständigen Munterkeit und seiner aufopfernden Hilfsbereitschaft.

Abermals folgte ein überzeugtes Kopfschütteln.

„Warum ist sie dann von ihm hingerissen?"

Nele zuckte mit den Schultern. „Ich weiß es nicht. Tatsache ist aber, dass alle Frauen auf ihn zu stehen scheinen."

„Du auch?", erkundigte sich Peter mit einer Mischung aus Erstaunen und Fassungslosigkeit.

Sie lachte entrüstet auf. „Sei kein Narr!"

Peter bedachte sie mit einem nachdenklichen Blick. Er kannte Nele jetzt seit acht Jahren, aber seltsamerweise hatte er sie noch nie verliebt gesehen. Wenn er ehrlich war, hatte er bisher keine zwanzig Sätze mit ihr gesprochen, schon gar nicht unter vier Augen. Meist hatten sie bei einem Aufeinandertreffen lediglich höfliche Konversation geführt. Er hatte stets gedacht, sie könnte ihn eigentlich nicht leiden. Zugegeben, bisher hatte er sie für eine merkwürdige, aufgeblasene Künstlerin gehalten, aber Lisa zuliebe hatte er sie akzeptiert. Er hatte immer geglaubt, sie wäre eingebildet und mied deswegen die Gesellschaft von Menschen.

Aber nun sah Peter etwas anderes in ihrem Gesicht: Offenheit, Mitgefühl und eine Spur von Verletzlichkeit. Bis zu diesem Moment hatte er sich für einen ausgezeichneten Menschenkenner gehalten, aber Nele hatte er eindeutig verkannt. Sie war keineswegs arrogant, vielmehr zurückhaltend und zweifellos hatte sie nichts gegen ihn, denn sonst wäre sie nicht hier und würde ihm beistehen.

Ihre Hand lag nach wie vor auf seinem Unterarm und er konnte ihre Wärme spüren. Behutsam legte er seine Hand auf die ihre und drückte sie sanft. „Du bist wirklich in Ordnung, Nele!", verkündete Peter und sah ihr tief in die Augen.

Ihre Überraschung über seine Aussage war keineswegs gespielt und wie so oft bei unerwarteten Komplimenten errötete sie leicht. „Was du nicht sagst!", versuchte sie ihre Verlegenheit zu überspielen und lächelte zaghaft.

Peter erkannte, dass hinter ihrer eingesetzten Unnahbarkeit Unsicherheit steckte. Kein Wunder, dass sie die Menschen auf Distanz hielt, dachte er, weil ihm plötzlich ein Licht aufgegangen war. Hinter ihrer selbstbewussten und kühlen Fassade verbarg sich eine unsichere und verletzliche Seele.

„Weißt du, dass ich dich bis heute für eine exzentrische, aufgeblasene Schriftstellerin gehalten habe?", gestand Peter offen ein und bemerkte, wie nebenbei ihre Miene erstarrte und sie die Luft anhielt. „Aber du hast mich eines Besseren belehrt. Jetzt verstehe ich Lisas Wertschätzung dir gegenüber." Er lächelte ihr zu und stellte erleichtert fest, dass sich ihre Anspannung löste. „Du bist eine wirklich gute Freundin, Nele, selbst für mich. Danke!"

Nele erwiderte sein Lächeln in einer derart herzlichen Weise, dass Peter sich schalt, sie so falsch eingeschätzt zu haben.

Als Nele zwei Stunden später gegen 22.30 Uhr heimkam, war sie allerbester Laune. Sie hatte ein ernsthaftes, angeregtes Gespräch mit Peter hinter sich, den sie fortan zu ihren Freunden zählen konnte. Seltsam, dass es acht Jahre dafür gebraucht hatte. Eine tiefe innere Zufriedenheit erfüllte sie und ihre Augen strahlten nach langer Zeit wieder einmal.

Nele machte einen kurzen Abstecher in die Küche und bemerkte bei einem Blick aus dem Fenster, dass im Pavillon Licht brannte. Da es im Hause überall dunkel war und ihre Freundinnen höchstwahrscheinlich schon schliefen, bewaffnete sich Nele mit einer Pfanne und begab sich auf leisen Sohlen in den Garten. Vorsichtig schlich sie sich an den kleinen Pavillon heran, die Pfanne mit festem Griff in der Hand und einem wild pochenden Herzen in der Brust. Mit Argusaugen warf sie einen Blick durch ein Fenster, konnte aber niemanden entdecken. Deshalb bewegte sie sich schleichend zur Türe, hob die Pfanne angriffsbereit in die Höhe und öffnete langsam die Eingangstüre. Mit wachsamem Blick trat Nele ein und wäre um Haaresbreite von einem Stock getroffen worden, wenn sie sich nicht reaktionsschnell in letzter Minute geduckt hätte. Gerade als sie zu einem Verteidigungsschlag ausholen wollte, erkannte sie den Eindringling.

„Was machen Sie denn hier?", rief Nele aufgebracht, da ihr Puls noch immer auf Hochtouren pochte, und ließ ihre Verteidigungswaffe auf den Boden sinken. Stattdessen stemmte sie ihre Hände in die Hüften und warf ihm einen bitterbösen Blick zu. „Was suchen Sie hier drinnen?"

Fabian senkte schuldbewusst sein Haupt. Mit seinem zerschundenen Gesicht und dem schwermütigen Blick seiner graugrünen Augen wirkte er ausgesprochen mitleiderregend.

Was sollte er ihr bloß antworten? Dass er sich bei ihr für ihr hilfreiches Einschreiten bedanken wollte? Dass er vor allem hierhergekommen war, um Trost zu finden? Nein, das würde sie nicht verstehen!

„Ich dachte, ich könnte einen Blick in Ihr neues Manuskript werfen", gab er indes zur Antwort, leicht verlegen wie ein kleiner Schuljunge, der in flagranti bei einem Streich erwischt worden war, da er ihren Zorn fürchtete.

Doch Nele reagierte unerwartet gelassen. „Sie hätten mich nur fragen müssen." Sie lehnte am Türrahmen und bedachte ihn mit einem lauernden Augenausdruck.

Ihre milde Reaktion versetzte Fabian in Erstaunen. Nele war doch immer für eine Überraschung gut, dachte er faszinierend. Ein Leben mit ihr war sicherlich wie eine Wildwasserfahrt: aufregend, anstrengend, unerwartet und gefährlich, aber niemals langweilig. Und für ihn nichts weiter als ein unerfüllbarer Traum!

Ein tiefer Seufzer löste sich angesichts dieser Unerfüllbarkeit aus seiner Kehle und mit hängenden Schultern ließ er sich auf das Sofa fallen. „Es war unrecht, dass ich mir ohne Ihre Erlaubnis hier Eintritt verschafft habe und Ihr Werk gelesen habe, ohne Sie vorher zu fragen. Es tut mir ehrlich leid! Ich habe einfach nicht nachgedacht, sondern aus einem Impuls heraus gehandelt. Wenn Sie jetzt böse auf mich sind, kann ich es sehr gut verstehen, weiß ich doch, wie viel Wert Sie auf Ihre Privatsphäre legen." Seine Stimme klang so niedergeschlagen und seine Augen blickten sie so voller Resignation an, dass Nele Milde walten ließ.

„Ich nehme Ihre Entschuldigung an", erklärte sie feierlich und bewegte sich zu ihm hinüber. Sie ließ sich auf die Armlehne des Sofas gleiten und unterzog ihn mit schräg gelegtem Kopf einer Musterung. Wie einem inneren Zwang folgend streckte sie ihre Hand nach ihm aus und berührte mit ihren Fingerspitzen voller Sanftheit sein geschwollenes blaues Auge. „Peter hat einen kräftigen Schlag. Tut es sehr weh?", wollte sie mitleidsvoll wissen und ließ ihre Finger zu seiner blutverkrusteten Lippe wandern.

Ihre unerwarteten Berührungen brachten Fabian vollends durcheinander, und als Antwort schüttelte er leicht den Kopf, da seine Stimme gewiss versagt hätte. Ihre Finger strichen so zart und behutsam über sein verletztes Antlitz, dass er vor Überwältigung die Augen schloss und sich dem Moment hingab. Warum konnte es nicht ständig so zwischen ihnen sein?, dachte er bitter.

Nachdem Nele ihre Hand zurückgezogen hatte, öffnete Fabian wieder die Augen und schenkte ihr einen sehnsuchtsvollen Blick. Abrupt stand sie auf, und er konnte Verwirrung in ihrem schönen Gesicht sehen.

„Es ist Zeit für mich zu gehen", sagte Nele geschwind und eilte zur Türe.

„Nele!", rief Fabian ihr flehentlich nach, was ihr Einhalt gebot.

Sie drehte sich um und sah ihn abwartend an. Er ging zu ihr und steckte seine aus Nervosität zitternden Hände in seine Hosentaschen.

„Wovor haben Sie Angst?" Er konnte nicht anders, er musste einen Schritt vorwärts wagen. Natürlich bestand die Gefahr, sie noch mehr von sich fortzutreiben, aber dieses Risiko musste er eingehen. „Warum lassen Sie Ihre Gefühle nicht zu? Ich werde Sie nicht verletzen, versprochen!"

Fabian streckte seine Arme nach ihr aus, doch Nele schlug sie wütend fort. „Ich weiß nicht, was Sie sich einbilden! Drei auf einmal scheinen Ihnen wohl noch nicht genug zu sein", zischte sie ihn giftig an.

„Ich verstehe nicht."

Nele lachte höhnisch auf. „Ach nein? In den letzten Monaten haben Sie nichts anderes gemacht, als meine Freundinnen mit ihrem Charme einzuwickeln, und nun möchten Sie es auch bei mir versuchen, Sie Wüstling!"

„Ich will nichts von Ihren Freundinnen, wie oft muss ich das noch beteuern." Es kostete ihm viel Geduld, ruhig und gelassen zu bleiben. Diese Frau war die streitsüchtigste Person, die er kannte, dachte er genervt und sprach sich selbst ruhig Blut zu.

Seine Lüge ließ Nele explodieren und wutentbrannt steuerte sie die Mitte des Raumes an. Gut für ihn, dass sie bereits die Pfanne aus der Hand gelegt hatte, sonst hätte sie diesen Lügner womöglich im Zorn noch eins übergebraten! Ihre Augen zogen sich zu Schlitzen zusammen und ihre Lippen bildeten nur mehr einen harten Strich. In gezwungenem ruhigem Ton voller Frostigkeit strafte sie seine Worte Lügen: „Dann nehme ich an, gehört für Sie ein heißer, leidenschaftlicher Kuss zur normalen Verabschiedung von Bekannten." Ihre funkelnden Augen feuerten vernichtende Blitze aus, und mit geringschätziger Verachtung trat sie ihm gegenüber.

Unwillkürlich färbten sich seine Wangen schuldbewusst rot und mit einem Male war ihm klar, woher der Wind wehte. Nele musste die nächtliche Begegnung mit Lisa mit angesehen haben. Kein Wunder also, dass sie nicht gut auf ihn zu sprechen war. Schließlich sah es für sie so aus, als würde er einen intimen Kontakt zu Lisa pflegen und gleichwohl versuchen, sie für sich zu gewinnen. Höchstwahrscheinlich hielt sie ihn für einen lüsternen Mistkerl. Und das in gewisser Weise zu Recht, gestand er sich ehrlich ein, denn er hatte gute Arbeit geleistet, um eine Annäherung zu ihr zu verbocken. Was auch immer er ihr nun sagen würde, sie würde ihm absolut keinen Glauben schenken. In ihren Augen war er ein Lügner. Und er allein trug die Schuld an dieser Misere.

Fabian nickte ihr zu, als Zeichen, dass er ihre Anspielung verstand. Ohne Worte der Rechtfertigung nahm er seine Jacke und machte sich wie ein geschlagener Hund aus dem Staub.

Unschlüssig starrte Nele ihm hinterher. Sie wünschte aufrichtig, er hätte zu ihren Vorwürfen Stellung genommen und wäre nicht einfach wortlos von dannen gegangen. Sie wusste wahrlich nicht, was sie mit Fabian anfangen sollte. Irgendwie artete jedes Gespräch zwischen ihnen in einen Streit aus und jedes Mal zog er mit einem noch bedrückteren Gesichtsausdruck davon. Ihr Kopf begann zu schmerzen und nach all den Aufregungen des Tages beschloss sie, die Lösung des Problems auf den nächsten Tag zu verschieben.

# 16.

Es war Anfang September und bis zu dem Geburtstermin von Nina waren es nur mehr zwei Wochen.
Die vergangenen drei Wochen mieden Fabian und Nele jeweils die Gegenwart des anderen. Dies war leichter als erwartet, da Nele hart an ihrem Roman arbeitete und sich in ihrem Pavillon verschanzte. Selbst dann, wenn sie nicht arbeitete, verließ sie ihren Rückzugsort nur äußerst ungern.
Fabian bereitete gedankenverloren einen Krug Eistee für Nina zu. Er würde sie und die beiden anderen vermissen, dachte er melancholisch, denn nach der Geburt wollte er sich von den Freundinnen zurückziehen. Nicht dass er das wirklich wollte –, oh, nein! – aber es war die einzige Möglichkeit, über Nele hinwegzukommen. Er litt nämlich darunter, sie in der Nähe zu wissen, aber dennoch unerreichbar weit von ihr entfernt zu sein. Ausreichend Abstand würde sein Leiden hoffentlich verringern. Aber eine gewisse Leere würde in seinem Herzen bleiben, so wie es damals bei Kathrin gewesen war.
Das Rufen seines Namens brachte ihn in die Wirklichkeit zurück und mit raschen Schritten eilte er ins Wohnzimmer.
„Mein Gott, Fabian, wo bleibst du bloß? Ich dachte schon, du hättest dich aus dem Staub gemacht", beschwerte sich Nina aufgelöst und streckte ihm ihre Hände entgegen.
Er nahm sie in die seinen und setzte sich zu ihr. „Ich habe Eistee in der Küche gemacht."
Plötzlich verzog sie ihr Gesicht vor Schmerzen und drückte seine Hände ganz fest. „Ich glaube, es ist so weit!", äußerte sie ihren Verdacht schmerzverzerrt.
„Aber das ist doch viel zu früh!", rief Fabian panisch aus und seine Augen weiteten sich angstvoll. „Was machen wir denn jetzt?"
Nina musste bei seinem verstörten Gesichtsausdruck lachen und ihre grauen Augen funkelten amüsiert. Obwohl sie un-

heimliche Angst vor der Entbindung hatte, fand sie Fabians Verhalten äußerst belustigend. „Er ist ein wahrer Schatz", dachte sie glücklich. Es war wahres Glück, dass er ihr in dieser schweren Zeit beistand. Natürlich überlegte Nina oft, wie es nach der Geburt mit ihnen weitergehen würde. Er wäre bestimmt ein großartiger Vater für ihr Kind, darüber hinaus fühlte sie sich mehr als hingezogen zu ihm.

„Ich schlage vor, wir machen uns auf den Weg ins Krankenhaus."

„Eine gute Idee!", kommentierte Fabian erleichtert ihren Vorschlag und sprang auf. „Also nur Ruhe, wir schaffen das, keine Aufregung!" Rastlos und aufgeregt ging er schnellen Schrittes vor der Couch auf und ab.

„Ich glaube, das solltest du dir selbst zu Herzen nehmen." Nina lächelte nachsichtig und begann sich ungelenk zu erheben. Fabian war sogleich an ihrer Seite und stützte sie.

„Jetzt sollten wir zum Wagen gehen", schlug er nervös vor.

„Was du nicht sagst", zog Nina ihn auf und konnte ein breites Grinsen nicht unterdrücken. Doch gleich darauf wurde ihr zarter Körper von einer heftigen Wehe erschüttert und Nina lehnte sich Hilfe suchend an Fabian.

Er legte seinen Arm um sie, damit er sie besser halten konnte. „Keine Sorge, Nina, ich bin bei dir! Wir stehen das gemeinsam durch."

Seine warme Stimme und seine beruhigenden Worten sprachen Nina Mut zu. Mit ihm würde sie alles überstehen, war sie überzeugt. Solange er bei ihr war, konnte ihr nichts geschehen.

Fünf Stunden später stand Fabian neben Ninas Krankenbett und hielt ein kleines Mädchen in seinen Armen. Er hatte noch nie ein so wunderbares, winziges Wesen gesehen und voller Überwältigung strahlte er die Kleine an.

Nina lag vollkommen mitgenommen in den Kissen, beobachtete aber dennoch ihr Neugeborenes mit Argusaugen. Unbeschreibliches Glück breitete sich in ihr aus und sie fand, dass all der Schmerz, den sie durchgemacht hatte, es wert gewesen war, da sie nun ihr Mädchen in die Arme nehmen konnte.

„Meine Tochter", dachte Nina mit überschwänglichem Stolz. Sie versprach sich, ihr Kind immer abgöttisch zu lieben und für es da zu sein. Nein, die Fehler ihrer Eltern würde sie nicht begehen. Tränen des Glücks und der Freude traten in ihre Augen und sie musste schniefen.

Fabian bemerkte ihren feuchten Blick und setzte sich zu ihr auf die Bettkante. Behutsam übergab er die Kleine ihrer Mutter und strich sanft Ninas Tränen fort.

„Du bist die tapferste Person, die ich kenne, Nina", verkündete er voller Stolz und ließ seine Hand auf ihre Schulter gleiten. Er war auf Ninas Wunsch hin bei der Geburt dabei gewesen und hatte unentwegt ihre Hand gehalten. Während ihrer Schmerzensschreie hatte er geglaubt, es nicht länger ertragen zu können, sie so leiden zu sehen. Er hatte sogar befürchtet, Nina würde diese Geburt nicht überstehen, aber seine Sorgen waren unbegründet gewesen, Mutter und Kind waren kerngesund. In diesem Augenblick schäumte sein Herz für Nina über und er hielt sie für die lieblichste Person auf Erden. Alles wäre so einfach, wenn er sich in sie verliebt hätte. Dann hätte er mit einem Schlag eine Familie, die er sich von Herzen wünschte, eine Familie voller Liebe, Harmonie und Verständnis, so wie die, in der er aufgewachsen war.

Fabian konnte dem Drang nicht widerstehen, beugte sich vor und gab Nina einen Kuss auf die Stirn. „Ich bin mächtig stolz auf dich, mein Mädchen!"

Sie lächelte ihm glücklich zu und wiegte ihr Kind sanft im Arm. „Danke, dass du da warst, Fabian!"

„Ich werde immer für dich da sein", versprach er ihr mit einem warmherzigen, liebevollen Gesichtsausdruck. „Für dich und deine Tochter."

In diesem Moment trat Nele über die Schwelle, abgehetzt und außer Atem. Ihr entgingen nicht die innige Vertrautheit, die Harmonie und das glückliche Strahlen der beiden. Sie kam sich augenblicklich wie ein Eindringling vor und zögerte näher zu treten.

„Wie schön, dass du gekommen bist, Nele!", wurde sie von Nina begrüßt, die ihr zum Betrachten ihre kleine Tochter hinhielt. „Ist mein Mädchen nicht ein prachtvolles Geschöpf?"

Nele betrachtete das Baby und lächelte gezwungen. „Allerliebst!"

Ihr Blick fiel auf Fabian, der mit zärtlicher Sanftheit dem Kind über das kleine Köpfchen strich. In Ninas wichtigstem Moment war er an ihrer Seite gewesen, sie selbst war erst nach überstandener Geburt verständigt worden. Früher wäre das unmöglich gewesen, da war sie stets die erste Ansprechperson gewesen. Fortwährend hatte sie ihrer Freundin beigestanden und nun hatte man sie einfach wie eine gewöhnliche Bekannte behandelt. Das schmerzte.

„Weißt du schon, wie du sie nennen willst?"

Nina grinste. „Ich werde mein Mädchen Fabia nennen. Nach dem Mann, dem ich so viel zu verdanken habe."

Nele schluckte schwer und nickte abwesend. Zum Glück erschienen gerade rechtzeitig Tessa und Lisa, die sich auf die frisch gebackene Mutter und ihr Kind stürzten. Unbeachtet konnte sie sich dadurch aus dem Krankenzimmer stehlen und entfloh mit bitterer Miene dem Ort.

Nele begab sich daraufhin an einen ihrer Lieblingsorte in der Stadt, dem Theseustempel im Volksgarten, um ihre Gefühle in Ordnung zu bringen und sich über so einiges klar zu werden. Sie setzte sich auf die oberste Stufenreihe und lehnte sich an eine Säule. Die Rosenstöcke blühten in vollster Pracht und der zarte Duft der Blumen drang zu ihrer Nase durch. Dieser Tempel erinnerte sie immerzu an Rom, der Stadt, der neben Wien ihr Herz gehörte, weshalb sie auch so gerne hierherkam.

Nele ließ die Eindrücke des Gartens auf ihr Gemüt wirken. Dies war wie Balsam für ihre gekränkte Seele. Seltsam, dass sie trotz der harten Mauer, die sie mühevoll um sich herum errichtet hatte, nach wie vor verwundbar und verletzlich war. Sie hasste diese schwache Seite an sich, andererseits fürchtete sie gleichzeitig, durch den Verlust dieser ihr Einfühlungsvermögen, das ein wesentlicher Aspekt ihrer Schriftstellerei war, einzubüßen. So musste sie einfach mit dieser Schwäche zu leben lernen.

Nele blickte auf den Horizont und erfreute sich des Anblickes des äußerst malerischen Himmels. Er hatte eine mittelblaue Farbe, die zum Horizont hin zunehmend heller wurde. Wolken, die in ein Dunkelblau getaucht waren, wirkten dabei wie Farbkleckser. Im Vordergrund dieser malerischen Kulisse posierte das imposant beleuchtete Parlament.

Dieser stimmungsvolle Anblick raubte Nele den Atem und ihr Herz füllte sich unwillkürlich mit erhebendem Stolz.

Ihre Gedanken glitten jedoch wieder zu ihren Freundinnen ab. Einst war sie bei Problemen die Rat gebende Person gewesen, doch nun wurden ihre Hilfe und ihr Rat nicht mehr benötigt. Sie hatten nun Fabian, bei dem sie sich ausweinten und von dem sie sich trösten ließen. Er hatte sie mühelos ersetzt und spielte nun die erste Geige im Leben ihrer Freundinnen. Nele hätte es nie für möglich gehalten, dass ihre langjährige Freundschaft je durch einen einzigen Mann auf der Kippe stehen könnte. Was war nur aus ihrer Freundschaft geworden? Waren Männer und die Liebe wirklich vorrangig? Musste Freundschaft im Leben das Nachsehen haben? Für sie zählten Freunde weit mehr als Lebenspartner, da Freundschaften für die Ewigkeit sein sollten. Wann war das die Liebe schon? Tessa, Lisa und Nina begingen nicht nur Verrat an ihrer alten Freundin, sondern zugleich auch an ihrer Freundschaft an sich. Nele wollte nicht, dass das einst starke Band zwischen ihnen zerbrach und sich dann in Luft auflöste. Sie musste etwas dagegen unternehmen, war aber ehrlich gesagt ratlos, wie sie das Übel des Bösen, Fabian, von ihren Freundinnen befreien sollte. So hoffte sie, dass sich ein Geistesblitz baldmöglichst einstellte, bevor es zu spät sein würde.

# 17.

Einen Monat später bewahrheitete sich Neles Vorahnung. Es war ein lauer Nachmittag Anfang Oktober, als Tessa, Lisa und Nina im Streit darüber waren, mit wem Fabian den Abend verbringen würde.

„Er hat mir seine Begleitung zugesagt", beharrte Tessa und überschlug mit natürlicher Eleganz ihre Beine. In dem altrosafarbenen Hosenanzug und dem hochgesteckten Haar sah sie ungemein elegant und aristokratisch aus. Die Trauer war aus ihrem Gesicht gewichen, ihre Gesichtsfarbe war wieder rosig und der Blick ihrer hellblauen Augen klar und fest. Sie hatte ihr Leben wieder im Griff, kam mit Eifer ihrer Arbeit in der Kunstgalerie nach und war zurück in ihr schickes Appartement gezogen. Nicht dass sie nicht täglich an Hannes dachte, ganz im Gegenteil. Dennoch hatte Fabian ihr Herz im Sturm gewonnen, indem er ihren Schmerz mitgetragen hatte. Er allein war es, der sie aus dem Trübsinn gerissen hatte, der ihr gezeigt hatte, dass das Leben auch weiterhin schöne Seiten zu bieten hatte. Er hatte ihr Leid gelindert und sie durch die schwere Zeit geführt. Nein, keinesfalls würde sie ihren Rettungsanker Lisa oder Nina überlassen.

„Ach ja?" Verächtlicher Unglauben lag in Ninas wohlklingender Stimme und behutsam wiegte sie ihre Tochter Fabia, die sie auf dem Arm hatte, in den Schlaf. „Fabian kann keine Konzerte ausstehen, schon gar nicht von Bach. Er steht auf Flotteres, darum gehen wir auch in den Jazzklub." Ein trotziger Zug erschien um ihren roten Schmollmund und nur ausreichend Make-up verdeckte die blauen Ringe unter ihren Augen. Sie hatte die härtesten Wochen ihres Lebens hinter sich und sehnte sich nach etwas Vergnügen. Das ständige Stillen, Schreien und Windelwechseln nagten an ihrer Substanz und einen einzigen Abend lang wollte sie nur ihren Bedürfnissen nachgehen. Darüber hinaus dachte sie nicht darin, „ihren" Fabian mit den anderen zu teilen. Er war ihr Freund, der ihr während der Schwangerschaft beigestanden und mit ihr die Geburt mitgemacht hatte. Er war Fabias Taufpate und ihrer Vorstellung nach auch deren zukünftiger Ziehvater. Sie wollte Fabian als ihren Mann und ihrer Meinung nach hatte sie alles Recht auf ihn.

„Tatsache ist, dass Fabian mit mir tanzen geht", mischte sich Lisa ein, bequem an der Salonbar lehnend. Sie hegte keinen Zweifel daran, dass er sich für sie entscheiden würde. Wie könnte es auch anders sein? Dank ihm hatte sie einen traumhaften Job und eine gemütliche Wohnung gefunden. Er hatte ihr tatkräftig beim Einzug geholfen und unterstützte sie in jeder erdenklichen Art und Weise. Er liebte ihre Kinder und machte oftmals Ausflüge mit ihnen. Fabian war schlichtweg der ideale neue Partner für sie. Sollten sich Tessa und Nina doch einen anderen Mann suchen, sie würde sicher nicht auf ihn verzichten.

„Das kann ich mir bei bestem Willen nicht vorstellen", lachte Tessa ungläubig auf, wobei Nina ihr ins Wort fiel: „Er wird mit keiner von euch ausgehen."

Es entwickelte sich ein heftiges Gezanke darum, wen Fabian lieber mochte und wie er ihnen seine Gunst erwiesen hatte. Bald waren die drei so aufgewiegelt, dass sie wie Kampfhähne mit Worten aufeinander losgingen.

„Ach und aus welchem Grund sollte er sich für dich entscheiden?", meinte Lisa ärgerlich zu Nina und funkelte die Rivalin an.

„Aus dem einzig wahren Grund, weil er sich nämlich in mich verliebt hat", klärte Nina ihre Freundin mit vorgetäuscht gelangweiltem Gesichtsausdruck auf. „Er ist der Vater für meine kleine Tochter."

„Ich wusste nicht, dass du schon etwas mit ihm hattest, bevor du ihn überhaupt kennengelernt hast", meldete sich Tessa spöttisch zu Wort und wurde mit einem bösen Blick von Nina bedacht.

„Was weißt du denn schon! Du bist doch in einer anderen Welt aufgewachsen, wo man nur etwas von Geld versteht", schmetterte ihr diese daraufhin bösartig entgegen.

„Nina!", rief Lisa tadelnd aus, da sie die Worte ihrer Freundin nicht guthieß.

Tessa war aufgrund dieser Anschuldigung bleich geworden. „Dafür gehst du mit jedem ins Bett, selbst wenn du ihn nur eine Minute kennst. Du solltest dich dafür bezahlen lassen, wenn du das nicht schon tust."

Tessa hatte den Satz kaum ausgesprochen, da bestrafte Nina sie auch schon mit einer schallenden Ohrfeige. „Ich hasse dich, du aufgeblasene Tussi!"

„Was ist hier los?", fragte Nele scharf, die in diesem Augenblick in den Salon trat.

Tessas Wange trug den Abdruck von Ninas Hand und Tränen rannen über ihr leichenblasses Gesicht. Nina stand mit dem wimmernden Baby im Arm auf der anderen Zimmerseite und ihre Wangen waren vor Zorn gerötet. Lisa saß quasi in der Mitte, sah von der einen zur anderen und machte eine mürrische Miene.

„Ich hätte gerne eine Erklärung!", verlangte Nele herrisch, da sie keine Antwort erhalten hatte.

„Nur eine Meinungsverschiedenheit", brachte Lisa griesgrämig hervor.

„Weswegen?" Doch Nele kannte die Antwort nur zu gut, denn wenn es in letzter Zeit zu Unstimmigkeiten kam, war der Grund allseits Fabian. „Lasst nur, ich kann es mir schon denken", gab sie sich selbst die Antwort. Das geschundene Gesicht Tessas war keineswegs unbemerkt geblieben. „Nur die Handgreiflichkeiten sind neu."

„Sie hat mich als Schlampe bezeichnet", rechtfertigte sich Nina beleidigt.

„Hat sie das?" Falten vom vielen Nachdenken bildeten sich auf Neles Stirn. Jede von ihnen hatte so ihre Schwächen, doch bisher hatte man freundschaftlich darüber hinweggesehen. Wenn sie nun ihre Fehler gegeneinander ausspielten, dann stand ihre Freundschaft am Rande des Untergangs. Wie konnte es nur so weit kommen?

In diesem Moment trat Fabian mit freundlichem Lächeln durch die Türe und bemerkte die getrübte Stimmung. Bevor er noch etwas sagen oder tun konnte, wurde er schon von Nele mit den Worten „Wir müssen reden" aus dem Zimmer geschoben.

Der harte Zug um ihren Mund verhieß nichts Gutes, dennoch folgte er ihr bereitwillig in ihr Arbeitszimmer. Es war ein eigenartiges Gefühl, wieder ihr Allerheiligstes zu betreten. Seit ihre Freundinnen aus ihrem Haus vor rund zwei Wochen ausgezogen waren, hatte er Nele nicht mehr zu Gesicht bekommen. Das war einerseits von Vorteil für ihn, dummerweise erinnerten ihn auch Lisa, Tessa und Nina fortwährend an seine Angebetete. Seit der spätabendlichen Begegnung im Pavillon vor etlichen Wochen hatten sie kein Wort mehr miteinander gewechselt, sehr zu seinem Leidwesen. Selbst ihre Streitgespräche fehlten ihm. Es war ziemlich anstrengend, bei ihren Freundinnen ein gut gelauntes Gesicht aufzusetzen und ihnen seine gesamte Aufmerksamkeit zu schenken, wo er doch immerzu an Nele dachte und unter ihrer Zurückweisung litt.

Nele lehnte sich an ihren Arbeitstisch und dachte nicht im Traum daran, ihm einen Platz anzubieten. Sie würde endlich Klartext mit ihm sprechen, viel zu lange hatte sie dies aus persönlichen Gründen hinausgeschoben.

„Was ist das Problem?", fragte Fabian geradeheraus und sah seine Gesprächspartnerin unbehaglich an. Automatisch musterte er sie verstohlen und fand, dass sie in der dunkelgrauen Hose und dem azurblauen Pullover reizend wirkte. Auch ihr neuer Haarschnitt, der ihr glänzend kastanienfarbenes Haar nur mehr knapp bis zu den Schultern reichen ließ und durchgestuft war, unterstrich ihr schönes Gesicht. Leider stand der Ausdruck darauf auf Sturm. Ihre dunkelbraunen Augen verrieten Zorn und Missmut und ihre Lippen waren wütend aufeinandergepresst.

Am liebsten hätte Nele ihn lauthals angeschrien und somit ihrem Unmut freien Lauf gelassen. Ihr Verstand entschied allerdings dagegen, indes wollte sie ihm kontrolliert die Problematik näher bringen und ihn dadurch zum Einlenken bringen. Wilde Vorwürfe würden mitunter nur seinen Sturkopf zutage fördern, wodurch er sich nicht bereit erklären würde, für immer und ewig aus dem Leben ihrer Freundinnen zu treten.

„Ganz recht, ich habe ein Problem", presste sie um Beherrschung bemüht hervor. „Meine Freundinnen zerstreiten sich Ihretwegen und Sie werden sicherlich verstehen, dass ich da nicht hilflos zusehen kann." Sie sah erwartungsvoll in seine graugrünen Augen und hoffte inständig, er würde kooperieren.

„Und was erwarten Sie nun von mir?" Seine Lippen hatten ihren munteren Zug verloren und seine Körperhaltung verriet Anspannung.

„Ich möchte, dass Sie jeglichen Kontakt zu ihnen abbrechen. Lassen Sie sie in Ruhe!"

Einen Moment schien er ernsthaft ihren Vorschlag abzuwägen, bevor er antwortete: „Glauben Sie nicht, dass Ihren Freundinnen das nicht recht wäre? Sie würden mich sicherlich auch ohne Ihre Erlaubnis aufsuchen. Und womit sollte ich meinen plötzlichen Rückzug rechtfertigen? Haben Sie sich darüber schon Gedanken gemacht? Abgesehen davon, was ist mit meinen Empfindungen? Ich mag Ihre Freundinnen und würde nur ungern auf sie verzichten."

Mit verschränkten Armen stand Fabian vor ihr und sah sie fragend an. Er hatte schon lange geahnt, dass dieser Augenblick eines Tages kommen würde. Nele sah in ihm einen Feind und in gewisser Weise konnte er ihre Abneigung ihm gegenüber nachvollziehen, denn auch ihm war nicht entgangen, dass sich Lisa, Nina und Tessa in ihn verliebt hatten und mehr als reine Freundschaft wollten. Deshalb lagen sie sich nun auch in den Haaren. Das war nicht seine Absicht gewesen! Aber Fabian stand dieser Tatsache ebenso ratlos wie Nele gegenüber.

Nachdenklich runzelte Nele die Stirn, denn über Fabians angesprochene Möglichkeiten hatte sie sich bisher noch nicht den Kopf zerbrochen. Das Verschwinden von Fabian allein würde das Problem schlichtweg nicht beseitigen, sah sie ein, aber zumindest einen Teil dazu beitragen, war sie sicher.

„Was würden Sie also vorschlagen?", erkundigte sich Nele mürrisch und presste ihre Lippen aus Unmut zusammen. Dass sich ihr Plan als unpraktisch herausstellte und Fabian sie darauf hinwies, verbesserte nicht gerade ihre Laune.

Fabian schien angestrengt darüber nachzudenken, bis auf einmal ein sanftes Lächeln über seine Lippen huschte. „Ich habe da so eine Idee. Lassen Sie mir freie Hand und ich verspreche Ihnen, eine für alle zufriedenstellende Lösung zu finden. Ich habe dieses Schlamassel verursacht, ich werde es auch wieder in Ordnung bringen."

Ungläubig zog sie eine Augenbraue in die Höhe und meinte voll beißendem Sarkasmus: „Oh ja, Sie bringen gewiss alles in Ordnung!"

Fabian machte einen großen Schritt auf Nele zu, sodass sich ihre Knie fast berührten. Er betrachtete sie mit einer nachsichtigen, wohlwollenden Miene und seine Augen drückten seine Herzenswärme aus. „Ob Sie es glauben oder nicht, aber ich möchte ebenso das Beste für Lisa, Tessa und Nina. Ich stehe voll und ganz auf Ihrer Seite, Nele. Allerdings finde ich es nicht gut, wenn ich mich heimlich aus dem Leben der drei stehle. Es gibt eine weit bessere Möglichkeit. Das Einzige, das Sie tun müssen, ist mir ein klein wenig Vertrauen schenken. Ist das so schwer?" Er setzte einen treuherzigen Dackelblick auf, unterstrichen von einem charmant flehentlichen Lächeln.

Nele erhob sich und schob sich an ihm vorbei. Als genügend Abstand zwischen ihnen war, stemmte sie ihre Hände in die Hüften und warf ihm einen unschlüssigen Blick zu. „Wie wollen Sie es schaffen, das Interesse der drei abzustellen, ohne deren Gefühle zu verletzen?"

„Indem ich jeder ein besseres Objekt der Begierde ans Herz legen werde."

„Sie denken allen Ernstes, dass Ihnen das gelingen wird?", belächelte sie seine Leichtgläubigkeit, doch bevor er etwas erwidern konnte, fuhr sie fort, „ich werde die nächsten fünf Monate in Schottland sein, um Material für mein nächstes Buch zu sammeln. Das ist wohl ausreichend Zeit, finde ich, um den Schaden, den Sie angerichtet haben, reparieren zu können."

Sein Lächeln breitete sich erfreut aus, selbst seine graugrünen Augen wurden von der Freude erfasst. Einmal mehr versetzte Nele ihn mit ihrem raschen Einverständnis in Erstaunen und er stellte fest, dass man bei ihr jederzeit mit dem Unerwarteten rechnen musste.

„Ich werde Sie nicht enttäuschen, darauf gebe ich Ihnen mein Wort. Was halten Sie diesbezüglich von einer Wette?" Aus einem Impuls heraus war seine Hoffnung auf ihre Zuneigung erneut aufgeflammt und er riskierte einen neuen Anlauf, um sie für sich zu gewinnen.

„Eine Wette?"

Fabian nickte verschmitzt. „Falls es mir gelingen sollte, die Situation ins Lot zu bringen, dann erweisen Sie mir aus Dankbarkeit die Gunst, Sie zehnmal ausführen zu dürfen."

Überrascht weiteten sich ihre dunklen Augen und sie fand sein Anliegen beinahe unverschämt. Warum sollte sie ihn dafür belohnen, dass er eine Situation, die es ohne ihn überhaupt nicht gäbe, ins Reine brachte?

„Und falls es Ihnen nicht gelingt?", ging sie auf sein Spiel ein.

„Dann steht es Ihnen frei über mein Schicksal zu verfügen", erwiderte er, doch in seiner Stimme klangen unverhohlene Zuversicht und Siegessicherheit nach.

Voller Unschlüssigkeit starrte Nele ihn an, angetan von seinem gewinnenden Charisma. Sie sollte ihn zum Teufel jagen, meldete sich ihr Verstand unbeachtet zu Wort, doch irgendetwas in ihr sperrte sich dagegen.

„Kommen Sie schon, Nele, ein paar Verabredungen als Gegenleistung für das Glück Ihrer Freundschaften, das kann doch nicht zu viel verlangt sein." Er grinste sie herzerwärmend an und ihre Abwehr brach.

„Ich denke, eine Verabredung ist Lohn genug, falls Sie Erfolg haben", begehrte sie halbherzig auf.

„Sagen wir fünf, o. k.?"

Nele wog ernsthaft ab, ob es nicht zu viel von ihr verlangt war, fünf Mal Fabian alleine ertragen zu müssen, nur um die Freundschaft von Tessa, Lisa und Nina aufrechtzuerhalten. Mit einem unsicheren Blick bedachte sie sein anziehendes Gesicht und nickte, wenn auch sehr zögerlich. Sie hoffte, dass sie keinen Fehler damit beging, ihm eine Chance zu lassen und freie Hand zu gewähren.

Ein fester Handschlag besiegelte ihr Abkommen und löste die unterschiedlichsten Gefühle in den Partnern aus. In Fabian erwachte Hoffnung, denn er war davon überzeugt, dass er den drei Freundinnen klarmachen konnte, er wäre nicht der Richtige für sie, weil sein Interesse anderweitig vergeben war, und durch einen Konsens der drei würde er die Möglichkeit erhalten, angemessen um Nele werben zu können. Und wenn Gott ihm gnädig war, dann würde er den eisigen Panzer durchdringen und zu der herzlichen Person, die Nele hinter all ihren Fassaden war, durchdringen. Dann stünde ihm nichts mehr im Wege, ihr Herz für sich zu gewinnen. Während Fabian sich in Zuversicht suhlte, verspürte Nele eher Unbehagen, einerseits hoffte sie zwar auf den Erfolg Fabians zum Wohle ihrer Freundinnen, andererseits würde ihr das die Verdammnis von fünf Verabredungen einbringen. Und beim besten Willen konnte und wollte sie sich kein romantisches Date mit Fabian vorstellen. Wo war sie da bloß wieder hineingeschlittert!

# 18.

Eine Woche später, als Nele im Flugzeug Richtung Edinburgh saß, waren alle Bedenken vergessen, zu groß war die Vorfreude auf die bevorstehenden Monate in ihrem Lieblingsland. Sie hatte ein kleines Cottage, das zu einem imposanten Gutshaus gehörte und sich in der Nähe der schottischen Hauptstadt befand, zu einem äußerst günstigen Preis gemietet und konnte ihre Ankunft kaum erwarten. In den kommenden Monaten wollte sie nicht nur eine Buchrecherche durchführen und das Land genauestens erkundigen, sondern vor allem einmal Abstand zu all den Problemen der letzten Zeit gewinnen. Ihre innere Anspannung, die in den vergangenen Wochen ihr ständiger Begleiter gewesen war, sollte endlich abklingen. Und was eignete sich zur Ablenkung besser als eine fremde Umgebung, die dazu noch inspirierend wirkte.

Mit einem stillen Seufzer ließ Nele ihr Haupt auf die Kopfstütze zurücksinken und warf einen Seitenblick aus dem Fenster des Flugzeuges, ohne jedoch das Wolkenmeer wirklich wahrzunehmen. Ihre Gedanken wanderten zu ihren Freundinnen und ihrem „Problem", nämlich Fabian. Zwar wünschte sie sich sehnlichst, dass alles ins Reine kam, allerdings war es ihr ein Dorn im Auge, dass gerade Fabian der Problemlöser sein sollte. „Ach, was soll's", dachte sie mürrisch, „von dem Typ lasse ich mir die kommenden Monate sicherlich nicht verderben." Sie bestellte sich einen Orangensaft und schob ihre unnützen Gedanken beiseite.

Zur gleichen Zeit zermarterte sich Fabian den Kopf darüber, wie er Lisa, Tessa und Nina beibringen sollte, dass er sie zwar sehr mochte, aber sein eigentliches Interesse einzig allein Nele galt. Das allein war jedoch nicht sein einziges Problem. Zusätzlich musste er auch noch die Verhältnisse in geordnete Bahnen leiten.

Als ersten Schritt wählte er ein klärendes Gespräch mit seinen Verehrerinnen. Er bat die drei an einem Nachmittag zu ihm zu kommen und mit gewohntem Enthusiasmus kamen sie seiner Bitte nach.

Mit erwartungsvoller Miene, wenn auch etwas verstört über die Tatsache, dass sie alle eingeladen worden waren, saßen die Freundinnen auf dem Sofa und beobachteten Fabian gespannt, der unruhig auf und ab schritt. Mit einem Male blieb er vor ihnen stehen und musterte ihre Gesichter. Jede einzelne von ihnen war auf ihre eigene besondere Art eine Schönheit und darüber hinaus noch eine außergewöhnliche Persönlichkeit. An Lisa schätzte er ihre erfrischende Herzlichkeit, ihre Wärme, ihren bezaubernden Humor und ihre gute Intuition; Tessa bezauberte ihn mit ihrer Anmut, ihrer Sensibilität und ihrer Intelligenz; an Nina liebte er ihren unwiderstehlichen Charme, ihren Mut und ihre uneingeschränkte Aufrichtigkeit. Wenn er sich in eine von ihnen verliebt hätte, wäre sein Leben gewiss leichter und unkomplizierter.

Nervös fuhr sich Fabian durch sein Haar und gab sich anschließend selbst einen kräftigen Ruck. „Ich denke, es ist an der Zeit, dass ich ein paar Dinge klarstelle." Eine kurze Denkpause folgte. „Ihr drei bedeutet mir wirklich sehr viel. Ein Leben ohne euch wäre für mich undenkbar, aber …" Er setzte eine Sekunde aus, um nach den richtigen Worten zu suchen. „Ich liebe Nele, deswegen ist es sinnlos, euch meinetwegen zu zerstreiten."

Mit weit aufgerissenen Augen sahen sie ihn ungläubig und fassungslos an.

Als Erste fand Nina ihre Sprache und fragte vor den Kopf gestoßen nach: „Du liebst Nele?"

Fabian nickte mit einem verlegenen Schmunzeln.

„Aber sie kann dich nicht ausstehen und behandelt dich wie einen Feind", warf Lisa konsterniert ein.

„Ich weiß!" Lässig zuckte er die Schultern.

„Nele hat keine Ahnung von deinen Gefühlen, oder?", forschte Tessa nach.

„Nein, sie kennt meine Empfindungen nicht. Das ist momentan auch gut so, denn sie gibt mir die Schuld an euren Zwistigkeiten. Wahrscheinlich hat sie indirekt sogar recht damit, denn ich hätte von Anfang an klarstellen sollen, dass ich nicht mehr als an einer platonischen Freundschaft zu euch interessiert bin."

„Nur von Nele willst du mehr", fügte Nina mit einem zaghaften Lächeln hinzu. „Wer hätte schon gedacht, dass gerade sie dein Herz erobert."

„Man kann sich eben nicht aussuchen, an wen man sein Herz verliert", sinnierte Fabian ernst. „Allerdings möchte ich euch keinesfalls als Freundinnen verlieren."

„Das tust du nicht!", versicherte ihm Tessa sogleich mit fester Stimme. Da von ihren beiden Freundinnen kein Echo kam, half sie ein wenig nach. „Habe ich nicht recht?"

Daraufhin nickten Lisa und Nina, wenn auch zögerlich, da ihre Hoffnungen mit seiner Offenbarung gnadenlos zunichtegemacht wurden.

Fabian fiel ein Stein vom Herzen, aber dies war erst der Beginn seiner Bemühungen. Die folgenden Wochen und Monate hatte er alle Hände voll zu tun, um die drei Frauen auf einen glücklichen Pfad zu führen. Es dauerte zuerst eine gewisse Zeit, bis sie ihre Enttäuschung darüber überwunden hatten, dass er eine Zukunft mit Nele herbeisehnte und für sie nur der gute Freund bleiben sollte. Aber Fabian heckte einen Plan aus, wie jede von ihnen ein neues Glück finden sollte. Er scheute keine Mühen, um sein Ziel voranzutreiben und einen Erfolg zu erzielen, immerhin stand für ihn viel auf dem Spiel.

Die Zeit verging wie im Fluge und schon waren fünf Monate vergangen, als Nele Anfang März, einen Tag vor ihrer angekündigten Heimkehr, nach Wien zurückkehrte.

Sie hatte absichtlich ihre Rückkehr vorgezogen, um die Situation ohne Vortäuschung falscher Tatsachen prüfen zu können. Obgleich sie die vergangenen Monate in Schottland sehr genossen hatte, war sie ebenso froh wieder daheim zu sein. Zwar sehnte sie sich nach der Gemütlichkeit ihres Hauses, doch zuvor wollte sie noch überprüfen, wie es ihren Freundinnen ging. Deshalb fuhr sie vom Flughafen aus mit einem Taxi zum Lichtenfels'schen Heim. Die Wahrscheinlichkeit, die gesamte

Familie daheim anzutreffen, sollte generell groß sein, da es ein Samstag war.

Das Gepäck zu ihren Füßen, klopfte Nele mit leichter Anspannung an die Tür, und kurze Zeit danach öffnete Peter mit überraschter Miene.

„Nele, was machst du denn schon hier?", rief er verwundert aus, besann sich aber sogleich seiner Manieren. „Herzlich willkommen zurück! Komm doch rein!"

Seiner Aufforderung kam sie nur allzu gerne nach, da es draußen eine eisige Kälte hatte. Die Koffer ließ sie im Flur stehen, ebenso legte sie Mantel und Schuhe dort ab, bevor sie ihm in das gemütlich warme Wohnzimmer folgte. Dort nahm sie auf dem Sofa Platz und streckte ihre müden Glieder genüsslich aus.

„Möchtest du eine Tasse Tee?", erkundigte sich Peter gastfreundlich.

„Du errätst meine geheimen Wünsche", erwiderte sie lächelnd und sah ihm nach, wie er in Richtung Küche schlenderte.

Sie streckte sich unter einem zufriedenen Stöhnen und ein wohliges Gefühl machte sich in ihr breit. „Endlich wieder daheim", dachte sie voller Zufriedenheit. Hier in Wien vereinigten sich ihr Herz und ihre Seele wieder zur vollkommenen Glückseligkeit. Darüber hinaus waren hier ihre Freundinnen, die sie während ihres Auslandsaufenthaltes enorm vermisst hatte.

Peter kehrte mit zwei Tassen voll verlockend duftendem Orangentee zurück, gab eine davon Nele und ließ sich anschließend auf dem gegenüberliegenden Ohrensessel nieder.

„Also, wie geht es unserer Heimkehrerin?", fragte er mit vertrauensseliger Miene und bedachte sie mit einem freundlichen Blick seiner braunen Augen.

Nele konnte ein zufriedenes Schmunzeln nicht unterdrücken. „Ganz gut. Es ist einfach schön, wieder daheim zu sein." Sie wärmte ihre Finger an der heißen Tasse und blickte über den Rand hinweg Peter neugierig an.

„Wollen wir Small Talk führen, oder sagst du mir gleich, warum du vorzeitig und ausgerechnet hierhergekommen bist?", forderte er sie geradewegs heraus.

Nele nahm einen Schluck und lächelte danach verschwörerisch. „Dir kann man wohl nichts vormachen."

Peter zuckte unschuldig mit den Schultern. „Nicht so leicht. Ich wette, es hat indirekt mit diesem Fabian zu tun." Er versuchte sich sein Wissen nicht anmerken zu lassen, denn in einer verzweifelten Stunde hatte sich Fabian ihm anvertraut.

Nele verzog ihren Mund und ihre Miene verfinsterte sich merklich. „Zu meinem Leidwesen muss ich diese Frage bejahen. Aus irgendeinem leichtsinnigen Grund habe ich mit ihm eine Wette abgeschlossen. Ich muss damals nicht bei Verstand gewesen sein!", beurteilte sie ihr einstiges Verhalten.

Ihre Selbstkritik zauberte ein breites Grinsen auf Peters Gesicht. „Du urteilst zu hart, wahrscheinlich warst du einfach geblendet von seinem Charme", neckte er sie.

Ein bitterböser Blick traf ihn und mit deutlicher Kühle wies sie ihn in die Schranken. „Ich bin nicht hierhergekommen, um mich zum Narren halten zu lassen. Eigentlich wollte ich nur wissen, wie es zwischen dir und Lisa steht."

„Bestens, geradezu perfekt! Wir sind frisch verliebt und schweben im siebten Himmel. Nicht einmal zu Beginn unserer Beziehung war es so toll."

Skeptische Falten bildeten sich auf ihrer Stirn und für einen Augenblick musterte sie ihn schweigend. „Wie ist das gekommen?"

Peter lächelte sie nachsichtig an. „Ich habe einfach mein machomäßiges Verhalten ihr gegenüber geändert. Weißt du, eine Frau scheint grundsätzlich nicht mehr zu brauchen als ungeteilte Aufmerksamkeit und völliges Verständnis. Und schon läuft alles wie geschmiert."

Erstaunt zog Nele eine Augenbraue in die Höhe und blickte ihn belustigt an. „Es ist erfreulich zu hören, dass du ein Frauenkenner geworden bist", meinte sie nicht ohne Sarkasmus, „aber wie bist du zu dieser überraschenden Erleuchtung gelangt?"

Peters Lächeln verbreitete sich deutlich. „Du bist unverbesserlich, Nele! Ich muss zu meiner Schande gestehen, dass ich es ohne fremde Hilfe nie geschafft hätte, Lisa zurückzuerobern."

„Lass mich raten, wer diese Hilfe war!" Sie machte ein gespielt nachdenkliches Gesicht mit gebotenem Ernst und sagte nach einigen Sekunden mit gleichfalls gespielter Unschuld: „Fabian."

Amüsiert lachte Peter auf und streckte seine Beine entspannt aus. „Hast du deine Vorbehalte ihm gegenüber noch immer nicht abgelegt?"

„Ganz im Gegenteil zu dir, da er anscheinend nun dein bester Freund ist", erwiderte sie missmutig, weil sie ihren Verbündeten an den Feind verloren glaubte.

Peter erkannte ihre Bedenken, beugte sich vor und legte versöhnlich eine Hand auf ihren Unterarm. „Ich bin nur dankbar dafür, dass er Lisa in meine Arme zurückgetrieben hat. Jedoch wird sich nie das Bild aus meiner Erinnerung streichen lassen, wie er sie begehrlich an sich gedrückt hat."

Nele nickte stumm, denn auch sie sah die beiden, vereinigt in einem leidenschaftlichen Kuss, zu oft für ihren Geschmack vor ihrem inneren Auge. Seltsam, dass sich dieses Bild so in ihr Gedächtnis gebrannt hatte und jedes Mal ein flaues Gefühl in ihr auslöste.

„In gewisser Weise werde ich ihn immerzu als Nebenbuhler sehen, denn Lisa scheint große Bewunderung für ihn zu hegen", fuhr Peter mit ernster Miene fort und gestand ihr seine Bedenken.

Als Zeichen ihres Verständnisses legte Nele ihre Hand auf die seine und schenkte ihm einen einfühlsamen Blick. „Ich bin mir sicher, ihr Herz gehört dir alleine", gab sie sich zuversichtlich und unterstrich ihre Aussage mit einem vertraulichen Lächeln.

Peter lehnte sich wieder zurück und blickte in ihre dunkelbraunen Augen. Einmal verstand er, warum Lisa sie so über alle Maßen schätzte und auf ihre Freundschaft so großen Wert legte. Für ihn war es keineswegs verwunderlich, dass Fabian sich ausgerechnet in Nele verliebt hatte. Sie war nicht wie die anderen, sondern etwas Besonderes. Ein geheimnisvoller Zauber umgab sie, von dem sie selbst nicht die geringste Ahnung zu haben schien, wodurch sie noch anziehender wirkte.

„Es ist schön, dass du wieder da bist", meinte er aufrichtig.

„Du wirst doch nicht etwa sentimental werden", tat sie ihre eigene Gerührtheit ab. „Erzähl mir lieber, wie es den anderen geht!"

Sanft lächelte Peter vor sich hin, da er den Grund ihrer Frage kannte, schließlich hatte Fabian ihn in seinen Plan eingeweiht. Er war sich nicht sicher, ob es diesem gelingen würde, Nele zu erweichen, aber er fand, dass ihr ein so sympathischer Mann wie Fabian gut tun würde.

„Sag bloß, du weißt all die Neuigkeiten noch nicht?", erkundigte er sich in wirklicher Ungläubigkeit.

„Doch", erwiderte sie mit einer Spur Verlegenheit, „ich kann es einfach nur nicht glauben, dass sich alles so in Wohlgefallen und Glück aufgelöst hat. Du mit Lisa glücklich vereint, Tessa frisch verliebt in einen netten Kollegen und Nina umschwärmt von einem reichen Industriellen. Klingt fast zu gut, um wahr zu sein, oder?"

„Da hast du recht, dennoch stimmt es."

Fassungslos runzelte Nele die Stirn und fragte sich insgeheim, wie Fabian das Unmögliche gelungen war. Er hatte tatsächlich ein Wunder vollbracht, sie hatte indes völlig versagt. Eine traurige Stimmung überkam sie und mehr zur Ablenkung als zur Information warf sie einen Blick auf ihre Armbanduhr.

„Ich denke, es ist Zeit für mich zu gehen", murmelte Nele vor sich hin und erhob sich. Sie schenkte ihrem Gastgeber ein herzliches Lächeln. „Es war schön, mit dir zu plaudern. Lass Lisa und die Kinder herzlich grüßen, wenn sie heimkommen. Ich melde mich bei ihr in den nächsten Tagen."

Peter umarmte sie freundschaftlich zum Abschied. „Ich bestelle ihr deine Grüße. Mach's gut, Nele!"

Sie lächelte ihm nochmals zu, bevor sie mit ihrem Gepäck ins Taxi einstieg.

„Es gibt doch nichts Schöneres, als wieder daheim zu sein", schoss es Nele beim Betreten ihres Hauses unwillkürlich durch den Kopf. Sie liebte es sehr zu verreisen und sich einige Monate im Ausland aufzuhalten, aber ihr Zuhause, wo sie sich richtiggehend geborgen fühlte, war dieses Haus am Rande Wiens. Ihr Refugium, ihre rettende Insel im stürmischen Ozean.

All die Wochen, wo sie ihre Freundinnen beherbergt und Trubel an der Tagesordnung gestanden hatte, war ihr sehnlichster Wunsch Ruhe und Einsamkeit gewesen. Doch nun beim Nachhausekommen in ein menschenleeres Haus vermisste sie mit einem Male ein herzliches Willkommenheißen. Sie war 30 Jahre alt und abgesehen von ihren Freundinnen, die wieder ein eigenes Leben hatten, gab es niemanden in ihrem Dasein, dem sie wichtig war. Das war normalerweise o.k. für sie, im Prinzip war sie die geborene Einzelgängerin, glücklich auch ohne menschlichen Bezug. Seltsamerweise überkam sie jedoch im Augenblick ein Gefühl der Einsamkeit. Verursacht einerseits dadurch, dass dieser Fabian es geschafft hatte, das Problem der zerbrechenden Freundschaft bravourös zu meistern und ihr damit geradewegs vor Augen zu führen, wie leicht ersetzbar sie war. Dummerweise traf sie diese Tatsache hart. Sie schrieb ihre Übersensibilität der Übermüdung und Anstrengung des Tages zu und beschloss ehestmöglich ihr Bett aufzusuchen. Viel Schlaf würde ihre Empfindlichkeit lindern und ihren klaren Verstand zurückfordern. „Mädchen, du wirst langsam alt und zimperlich", schalt sie sich selbst, als sie die Koffer in ihr Schlafgemach trug.

# 19.

Zwei Tage nach ihrer Ankunft saß Nele gemütlich in ihrem Wohnzimmer und gab sich dem Vergnügen des Lesens hin. Mittlerweile wusste sie eindeutig, dass das Glück zu Tessa, Lisa und Nina zurückgekehrt war. Die drei Freundinnen hatten dies bei ihrem Besuch am Vortag ziemlich offensichtlich unter Beweis gestellt. Jede hatte ausgiebig über die glückliche Wendung in ihrem Leben berichtet, und Nele hatte nur allzu gerne die frohen Geschichten vernommen. Wer hätte vor fast einem Jahr, als das Unglück über die Freundinnen gekommen war, angenommen, dass sich schlussendlich alles in Wohlgefallen auflösen würde?

Ein lautes Klingeln ließ Nele erschrocken zusammenfahren und nur widerwillig erhob sie sich von ihrem Sofa, um zur Türe zu schlendern. Ohne böse Vorahnung öffnete sie und blickte sogleich in ein Paar vertraute graugrüne Augen.

Wie gewohnt schenkte Fabian ihr ein charmantes Lächeln und begrüßte sie überschwänglich. „Schön, dass Sie wieder zu Hause sind, Nele! Wir haben Sie alle sehr vermisst, Wien ist eben nicht dasselbe ohne Sie."

„Er hat sich überhaupt nicht verändert", dachte Nele. Seltsam, aber irgendwie waren ihr in den vergangenen Monaten sein erfrischendes Wesen und sein bezauberndes Lächeln abgegangen, aber natürlich hätte sie diese Tatsache nie offen zugegeben.

„Sie lassen wohl keine Minute verstreichen", meinte sie in ihrer nüchternen Art und ließ ihn eintreten.

Fabian verkniff sich einen Kommentar über ihre kühle Begrüßung, lächelte ihr nur weiterhin zu und folgte ihr wie ein Schatten in die Küche.

„Tee?", fragte sie, während sie Wasser aufsetzte.

„Sehr gerne!" Er nahm wie ein alter Freund beim Esstisch Platz und beobachtete sie aufmerksam. Sogar in der alten Jeans und dem etwas zu großen Pullover sah sie seiner Meinung nach bezaubernd aus. Es war einfach unbeschreiblich schön, sie wiederzusehen. Unglaublich, aber er hatte das Gefühl gehabt, diese Monate ohne sie würden eine halbe Ewigkeit dauern, und die Zeit hatte einfach nicht verstreichen wollen. Ja, Nele hatte ihm über alle Maßen gefehlt, weit mehr, als ihm lieb war.

Als Nele sich ihm zuwandte, merkte sie seinen an ihr haftenden Blick. Sie musterte ihn ebenfalls, bis sich ihre Blicke trafen.

„Gratulation!", sagte sie mit leicht grimmigem Unterton.

Fabian senkte seine Augen, da er ahnte, dass sein Sieg sie nicht gerade in Jubelschreie ausbrechen ließ. „Was zählt, ist doch, dass Ihre Freundinnen glücklich sind, oder?"

Ein zustimmendes Nicken folgte. Nachdem sie den Tee zubereitet hatte, setzte sie sich zu ihm. „Wie haben Sie das geschafft?", erkundigte sie sich ehrlich interessiert und schob ihm eine Tasse hin.

„Es war schrecklich harte Arbeit, das kann ich Ihnen sagen." „Aber das härteste Stück liegt noch vor mir", dachte er insgeheim. „Lisa war richtiggehend stur und unversöhnlich, und Peter musste all seinen Charme einsetzen, um sie von seiner Liebe zu überzeugen."

Nele lächelte wissend. „Ja, wenn Lisa sich etwas in den Kopf gesetzt hat, ist sie schwer davon abzubringen."

„Wem sagen Sie das! Peter und ich haben sämtliche Tricks aufbieten müssen, um sie umzustimmen. Dafür ist es nun umso schöner zu sehen, wie frisch verliebt die beiden sind." Träumerisch lächelte er vor sich hin. „Tessa war diesbezüglich viel unproblematischer. Felix, er ist ein besonders einfühlsamer und rücksichtsvoller Mensch, hat sie romantisch umworben und so hat es nicht allzu lange gedauert, bis Tessa seinem liebenswerten Wesen erlegen ist."

„Ja, Felix scheint ein besonders feinfühliger Mann zu sein, wie gemacht für unsere sensible Tessa", pflichtete sie ihm bei. Sie hatte schon stets ein gutes Gefühl bezüglich Felix gehabt, wenn er so liebenswürdig war und Blumen zur Aufmunterung für ihre Freundin während ihrer Trauerzeit vorgebracht hatte.

„Und Nina hat in meinem Bekannten Mario wirklich ihr Ideal gefunden. Er ist charmant, weltgewandt, attraktiv und dazu noch sehr vermögend. Auch von ihren Charaktereigenschaften sind sich die beiden sehr ähnlich und passen daher ideal zusammen. Sie sehen also, ich habe eigentlich kein Wunder vollbracht, sondern nur ein wenig den Kuppler gespielt."

„Sie scheinen ein Händchen dafür zu haben. Aber wie ist es Ihnen gelungen, das Interesse der drei von Ihnen auf die anderen zu lenken?"

„Ich habe klipp und klar gesagt, dass ich in eine andere verliebt bin und dass ihre Absichten somit erfolglos sein werden."

Nele nahm einen kräftigen Schluck von ihrem Tee und sah ihn nachsinnend an. Fabian war einer der ungewöhnlichsten Menschen, die sie kannte, und unwillkürlich zollte sie ihm Hochachtung.

„Ich schulde Ihnen meinen aufrichtigen Dank, Fabian, für all das, was Sie für meine Freundinnen getan haben."

Überrascht starrte er sie an, denn ein ehrlich gemeintes Danke ihrerseits hätte er nie im Leben erwartet. Ihre Blicke begegneten sich und verharrten sekundenlang aufeinander. Ein Knistern in der Luft wurde spürbar und der lang gehütete Funken schien endlich überzuspringen.

„Keine Ursache!", brachte Fabian leicht aus dem Konzept gebracht hervor. „Bezüglich unserer Vereinbarung …"

„Da stehe ich Ihnen fünfmal zur Verfügung, wie abgemacht", unterbrach sie ihn, aber ihre Stimme blieb verschont von Unmut oder Ärger darüber.

„Sie sind unglaublich!", rutschte es ihm überwältigt, aber unbeabsichtigt heraus.

Ein zartes Schmunzeln umspielte ihren Mund. „Ich halte bloß mein Wort."

„Daran habe ich nicht gezweifelt", beteuerte Fabian mit einem kecken Augenzwinkern.

Nele lehnte sich zurück und erwiderte lächelnd: „Ich weiß!"

Am folgenden Abend durchwühlte Nele leicht nervös ihren Kleiderschrank und war beinahe am Rande der Verzweiflung, weil sie nicht die geringste Ahnung hatte, was sie anziehen sollte. „Etwas Elegantes für den Abend", hatte Fabian am Vormittag gesagt, als er sie angerufen hatte, um sie abends zum ersten Treffen einzuladen. Über alles andere hatte er beharrlich geschwiegen. „Wie soll ich verdammt noch mal etwas Passendes finden, wenn ich keinen Schimmer habe, wofür eigentlich?", ärgerte sie sich über ihre Ahnungslosigkeit. Warum konnte er nicht einfach sagen, wohin er sie bringen wollte?

Nach dem x-ten Seufzer ging Nele nochmals ihre Garderobe durch und entschied sich schlussendlich für ein langes, schwarzes Samtkleid. Ihr kastanienfarbenes Haar steckte sie kunstvoll hoch und ihr Dekolletee verzierte sie mit einer edlen Kette. Sie trug gerade einen Hauch dezenten Lippenstift auf, als es an der Türe klingelte.

Mit geschwinden Schritten bewegte sie sich abwärts, um zu öffnen. Fabian verschlug es die Sprache bei ihrem herausgeputzten Aussehen, sodass Nele zufrieden lächeln musste.

„Ich hoffe, Sie können mich so mitnehmen?", erkundigte sie sich und setzte ein leicht unsicheres Lächeln auf.

„Wow!" Das war seine erste Reaktion, da er sich von ihrem Anblick geblendet fühlte und für ihre Schönheit zum Schwärmen begann. „Sie sehen umwerfend aus, anbetungswürdig, wie eine Königin."

Ungläubig kniff sie die Augen zusammen, gab aber scherzhaft zurück: „Dann müssen Sie wohl mein König sein."

Ein entzücktes Schmunzeln bildete sich auf seinem Gesicht und wie ein Gentleman half er ihr in den Mantel, wonach sie auch schon aufbrachen.

Bis zum Ziel hin schwieg Fabian eisern über seine Überraschung, sosehr Nele ihn auch auszufragen versuchte. Gegen seine Hartnäckigkeit war sie machtlos und notgedrungen entschied sie, die Gegebenheiten gelassen hinzunehmen.

Als Fabian sie vor der Oper aussteigen ließ, hätte Neles Erstaunen nicht größer sein können. Sie hatte eine wahre Schwäche für Opern, aber nie angenommen, dass er ihretwegen das auf sich nehmen würde, da er vor Zeiten einmal erwähnt hatte, dass er Opern so gut es ging mied.

Nele wartete auf ihren Begleiter im Foyer, während er einen Parkplatz für den Wagen suchte. Schon von Weitem machte sie ihn in der Menge aus. In dem schwarzen Abendanzug wirkte er regelrecht aristokratisch und ungemein attraktiv, und wie so oft ging eine besondere Ausstrahlung von ihm aus. Er ein ganz besonderer Mensch, das hatte Nele mittlerweile begriffen. Mehr sogar noch, dass sie nämlich seine Gegenwart auf eine seltsame Art und Weise schätzte, sosehr sie sich auch dagegen wehrte.

„Sollen wir gleich unsere Plätze aufsuchen?", erkundigte Fabian sich bei, als er neben ihr angekommen war.

Nele nickte zustimmend. „Welche Oper steht heute auf dem Programm?"

Ein verschmitztes Lächeln machte sich breit. „Madame Butterfly."

Ihr Gesicht hellte sich erfreut auf und ihre dunklen Augen strahlten vor Vorfreude. „Das ist eine meiner Lieblingsopern!"

Fabian öffnete die Türe zu der Loge, wo sie ihre Plätze hatten, und half ihr aus dem Mantel. „Ich weiß. Man braucht nur einen Blick auf Ihre Musiksammlung zu werfen, um zu erkennen, dass Ihnen die Werke Puccinis am besten gefallen."

Nele schenkte ihm ein herzliches Lächeln, das ihre Wirkung bei ihm nicht verfehlte, und nahm auf ihrem Sitz Platz.

Es war schwer zu beschreiben, was sie in diesem Moment empfand. Überschwängliche Freude, Glück und ein atemraubendes Prickeln. Ausgelöst von dem Mann, den sie über Monate hinweg nur angefeindet hatte. Nele genoss den Abend in vollen Zügen. Die Musik erschien ihr melodischer als je zuvor und bei einem Seitenblick auf Fabian erkannte sie, dass er ebenso hingerissen wie sie war. Ein Gefühl des Stolzes, ihn ihren Begleiter nennen zu können, übermannte sie plötzlich. Diese attraktive, fantastische Erscheinung an ihrer Seite schenkte ihr seine gesamte Aufmerksamkeit und schien für die Wetteinlösung keine Kosten zu scheuen. „Warum machte er sich bloß all diese Mühe?", fragte sie sich insgeheim und verstand Fabian einmal mehr nicht.

Nachdem die Vorstellung geendet hatte, entführte Fabian sie auf den Leopoldsberg, von wo man einen atemberaubenden

Blick über das nächtlich erleuchtete Wien hatte. Er geleitete sie zu einem Aussichtspunkt, wo er plötzlich eine Flasche Sekt und zwei Gläser aus seiner Manteltasche zauberte.

Es war eine sternenklare Nacht und eine gerade noch erträgliche Kälte erfüllte die Luft. Warm in ihren Mantel gepackt stützte sich Nele auf die Mauer und ließ ihren Blick über das Panorama der Stadt schweifen. Als sie ihre Aufmerksamkeit wieder ihrem Begleiter schenkte, reichte er ihr ein Glas Sekt, das sie dankend annahm.

„Ich wusste gar nicht, dass Sie einen Sinn für Romantik haben", äußerte sich Nele mit leicht schräg gelegtem Kopf.

Fabian lächelte zaghaft. „Sie wissen sehr wenig von mir, Nele."

„Da haben Sie recht." Sie unterzog ihn einer kurzen Musterung, um festzustellen, dass sie sich nie die Mühe gemacht hatte, mehr über ihn zu erfahren. Ein missliches Versäumnis, für wahr!

Nele setzte sich auf die Mauer, spielte mit dem Glas in ihren Händen und ließ ihn nicht aus den Augen. „Also erzählen Sie mir von sich!"

Überrascht zog er eine Augenbraue hoch. „Was möchten Sie wissen?"

Unschlüssig zuckte sie mit den Schultern. „Erzählen Sie mir von Ihrer Familie!", forderte sie ihn nach kurzem Überlegen auf.

Er nahm auf der Bank ihr gegenüber Platz und stellte sein Glas ab. „Meine Eltern sind seit 35 Jahren glücklich verheiratet, obwohl sie auch schwere Zeiten hinter sich haben. Ich bewundere sie dafür, vor allem weil sie sich auch ohne viele Worte mühelos miteinander verständigen können. Sie haben quasi einen heißen Draht zueinander." Er lächelte sanft bei dem Gedanken. „Ich habe noch zwei jüngere Geschwister: Bernhard ist 30 Jahre, Elektrotechniker und seit vier Jahren mit Cornelia zusammen, die beiden haben eine zweijährige Tochter, ein entzückendes Mädchen; meine Schwester Michaela ist sechs Jahre jünger als ich und weiß genau, wie man das Leben am besten genießt."

„Das klingt nach einer großen glücklichen Familie."

„Ja, das sind wir. Wir halten zusammen wie Pech und Schwefel. Früher, als Michi im Teenageralter war, mussten Bernie und ich sie ständig aus den unmöglichsten Situationen herausholen. Sie ist nämlich begeisterte Tier- und Umweltschützerin und welchen Ärger das mit sich bringen kann, können Sie sich sicherlich vorstellen." Seine graugrünen Augen leuchteten bei der Erinnerung an die unzähligen Schlamassel seiner Schwester, und seine Liebe zu seinen Geschwistern sprach Bände.

Nele nickte. „Es muss für Ihre Schwester toll sein zu wissen, dass da zwei Brüder sind, die sich bedingungslos für sie einsetzen."

„Oh ja! Und sie weiß diesen Umstand auch gut auszunützen." Fabian sah sie liebevoll an. „Wie steht es mit Ihrer Familie?"

Augenblicklich verdüsterte sich ihre Miene und ein trauriger Zug erschien in ihren dunklen Augen. „Ich habe keine."

„Sind Ihre Eltern tot?"

Nele senkte den Kopf und starrte auf den Kieselweg. „Schon länger, als sie es wirklich waren, jedenfalls für mich."

„Was ist passiert?", fragte er mit einfühlsamer Stimme nach.

Sie hob den Kopf und begegnete seinem sanften, verständnisvollen Blick. „Ich bin einfach meinen Weg gegangen." Es war ein zu schöner Abend, als dass sie ihn mit quälenden Erinnerungen zerstören wollte. Deshalb schlug sie ein anderes Thema an. „Wie haben Sie Ihre große Liebe kennengelernt?" Als sie einen aufgewühlten Ausdruck in seinen Augen registrierte, ergänzte sie einfühlsam: „Wenn es Ihnen schwerfällt, darüber zu sprechen, dann lassen wir es lieber."

Fabian schüttelte tapfer den Kopf. „Ich traf Kathrin das erste Mal auf einem Flur der Universität. Eigentlich sind wir beide ziemlich kopflos zusammengestoßen, und als ich aufsah, wusste ich, das ist die Frau, mit der ich mein Leben verbringen will."

„Es war also Liebe auf den ersten Blick."

„Ja, und zwar für uns beide. Alles ging ziemlich schnell und schon nach wenigen Monaten sind wir zusammengezogen. Kathrin war eine sehr begabte Kunststudentin und eine herausragende Malerin. Sie hätte es bestimmt zu Weltruhm gebracht, wenn …" Fabian verstummte, der Schmerz saß nach wie vor in seiner Brust.

Nele konnte fast seinen Verlust spüren und auf einmal fühlte sie sich ihm schrecklich verbunden. Einst hatte sie auch geliebt, wenn auch ohne Erwiderung. Dennoch hatte sie ein gebrochenes Herz davongetragen. Seitdem achtete sie peinlichst darauf, keine Gefühle für einen Mann mehr zu entwickeln.

„Wie lange waren Sie zusammen?"

„Knapp fünf Jahre. Es war die beste Zeit meines Lebens."

Ein Schweigen brach über sie herein und eine Zeit lang hing jeder seinen eigenen Gedanken nach.

„Glauben Sie, dass Sie je darüber hinwegkommen werden?", durchbrach Nele die Stille und sah ihn erwartungsvoll an.

Ein zögerliches Lächeln erschien auf seinem Gesicht. „In meinem Herzen wird stets ein Platz für Kathrin sein, aber inzwischen weiß ich, dass ich eine andere Frau ebenso stark lieben kann. Die Zeit heilt wirklich alle Wunden."

„Nicht alle", wandte Nele bitter ein, und als sie seinen besorgten Gesichtsausdruck ausmachte, meinte sie mit bewusst munterer Miene: „Unser Gespräch scheint ein wenig ins Sentimentale abgerutscht zu sein. Wenn wir nicht das Thema wechseln, sitzen wir bald hier und beklagen uns weinend über die Ungerechtigkeiten des Lebens."

Fabian schmunzelte. „Wäre das so schlimm?"

Nele stand auf und warf ihm einen zweifelhaften Blick zu. „Und ob, Sie würden es bitter bereuen." Ein Lächeln auf ihren Lippen unterstrich ihre Aussage. „Was sagt eigentlich Ihre neue Liebe dazu, dass Sie mich ausführen?"

„Wer?", fragte er verdutzt nach.

„Na ja, Sie haben mir doch erzählt, dass Sie Tessa, Lisa und Nina erzählt haben, Sie hätten deswegen kein Interesse an ihnen, weil Sie schon in eine andere verliebt sind."

„Ah, ja, äh", stotterte er überrumpelt herum, da er nicht damit gerechnet hatte, dass sie seine Aussage in Erinnerung behalten würde. „Das ist eine komplizierte Angelegenheit, aber ich kann Ihnen versichern, dass ich momentan mit niemandem zusammen bin."

Skeptisch zog Nele die Augen zusammen, ließ aber die Sache auf sich beruhen, da sie langsam zu frösteln begann und das Interesse an dem Gespräch im Freien verlor. So sammelten sie die Gläser und die Flasche ein und machten sich auf den Heimweg.

Noch etwas verschlafen schaltete Nele am folgenden Vormittag die Kaffeemaschine ein. Die Sonne strahlte in ihrer herrlichsten Pracht und durchflutete die Küche mit gleißendem Licht. Doch das prachtvolle Wetter war nicht der Grund, warum sie guter Stimmung war. Der vergangene Abend mit Fabian war wirklich schön gewesen, und auf eine unerklärliche Weise hatte sie sich ihm sehr nahe gefühlt. Sie kam nicht mehr länger darum herum zuzugeben, dass sie ihn gut leiden konnte. Zugleich war sie sich aber auch bewusst, welche Gefahren das in sich barg. Alle Menschen, für die sie bisher etwas empfunden hatte, hatten ihr Schmerz zugefügt. Sie hatte schon zu viel gelitten, als dass sie sich das ein weiteres Mal freiwillig antun würde. Den eigenen Weg unbeirrt zu gehen, hatte einen sehr hohen Preis, diese Erkenntnis hatte sie früh genug lernen müssen. Gefühle zu investieren bedeutete für Nele, sich dem Angriff unbewaffnet zu stellen und Wunden davonzutragen. Und nichts war ihr dieses Risiko wert.

Sie schenkte sich in aller Gemütlichkeit eine große Tasse Milchkaffee ein und machte einen genießerischen Schluck. Wie leer das Haus doch ohne ihre Freundinnen war, dachte sie wehmütig, alles in allem hatte sie das tägliche Beisammensein mit Lisa, Tessa und Nina genossen.

Ein Geräusch an der Tür riss Nele aus ihren Gedanken und kurze Zeit später schneite auch schon Lisa frohen Mutes in die Küche.

„Hallo! Ich hatte noch die Schlüssel, und da ich nicht wusste, ob du noch schläfst oder nicht, habe ich mir selbst Eintritt verschafft. Du hast doch nichts dagegen, oder?", begrüßte Lisa ihre Freundin mit einem gut gelaunten Redeschwall. Das schwarze Kostüm unterstrich Lisas natürliche Eleganz und ihre dunkelblonden Locken umspielten ihr strahlendes Gesicht.

Nele, noch immer in ihrem Pyjama, schmunzelte sie an. „Aber nein, fühl dich wie daheim!" Automatisch schenkte sie ihrer Freundin eine Tasse Kaffee ein und reichte ihr diese. „Verrätst du mir den Grund für deinen Besuch? Müsstest du eigentlich nicht arbeiten?"

Unwillkürlich warf Lisa einen Blick auf ihre Armbanduhr. „Erst in einer Stunde. Ich wollte vorher noch unbedingt bei dir vorbeischauen."

„Ach ja? Warum?" Nele tat absichtlich so, als hätte sie nicht die geringste Ahnung.

„Wegen deiner Verabredung mit Fabian. Weswegen sonst?", entgegnete Lisa vor Neugierde platzend. „Also erzähl schon! Was habt ihr gemacht? Wie war es? Habt ihr euch geküsst?" Aufgeregt zappelte Lisa vor ihrer Freundin herum, um endlich alles zu erfahren.

Diese konnte über das Verhalten Lisas nur lächeln. „Mach mal halblang, Lisa, bevor du noch vor Aufregung einen Herzanfall bekommst."

„Lass dir doch nicht alles aus der Nase ziehen, Nele!"

„Okay, ist ja schon gut", meinte sie nachgiebig. „Wir waren in der Oper und anschließend zu einem kleinen Plausch auf dem Leopoldsberg. Es war wirklich nett. Und nein, wir haben uns nicht geküsst, warum sollten wir auch. Sonst noch Fragen?" Irgendwie fand Nele die Situation komisch und grinste von einem Ohr zum anderen.

„Ich glaube, du machst dich über mich lustig", tadelte Lisa sie unernst.

„Wie könnte ich." Sie unterdrückte gewaltsam ein breites Grinsen, doch schließlich lachten beide lauthals auf.

„Es ist schön, dass du wieder da bist! Du hast mir gefehlt", gestand Lisa unter lautem Lachen.

„Du und die anderen haben mir auch gefehlt."

Lisa musterte ihre Freundin herzlich, bevor sie nachfragte: „Da es ein netter Abend war, hast du nun eine bessere Meinung von Fabian?"

„Ich denke, er ist okay, und ich kann ihm verzeihen, dass er euch den Kopf verdreht hat."

Ein keckes Lächeln umspielte Lisas Mund. „Er ist einfach ein Traumtyp, wie könnte man da nicht verrückt nach ihm sein?" Durch den tadelnden Blick Neles ergänzte sie: „Aber ich möchte keinen anderen Mann als Peter an meiner Seite haben, er hat sich zum perfekten Gemahl gewandelt. Und Fabian ist nur mehr ein guter Freund."

„Freut mich zu hören."

„Aber für dich ist Fabian nicht tabu. Warum gibst du dir nicht mal einen Ruck und lässt dich mit ihm ein?", riet sie ihr freundschaftlich. Vor fünf Monaten, als sie Hals über Kopf in Fabian verschossen war, hatte es Lisa geschmerzt, dass Nele die Auserwählte war, aber nun, da sie selbst im Glück schwelgte, wünschte sie sich nichts sehnlicher, als dass auch ihre beste Freundin glücklich war.

Nele schluckte aufgrund des Vorschlages. „Wie kommst du nur auf eine solche Idee? Ich führe ein zufriedenes Leben und lasse mir dieses sicher nicht dadurch zerstören, dass ich mich mit einem Mann einlasse."

„Glaube mir, Fabian ist aber durchaus eine Sünde wert." Das schockierte Gesicht Neles ließ Lisa amüsiert auflachen. „Schon gut, ich wollte dir nur zu bedenken geben, dass du das Leben einfach genießen solltest. Habe ein bisschen Spaß, ohne dabei an das Morgen zu denken."

„Ich werde deinen Rat bei Gelegenheit berücksichtigen", sagte sie zur Beruhigung ihrer Freundin.

Nachsichtig schmunzelte Lisa. „Wohl kaum, Nele, dafür kenne ich dich zu gut." Ein Blick auf die Uhr erinnerte sie daran, dass es Zeit war zu gehen. Sie umarmte ihre Freundin aus einem Impuls heraus. „Ich hab dich lieb! Gib Fabian wenigstens eine Chance, es wäre ewig schade, wenn du dir diesen guten Fang entgehen lassen würdest", waren ihre Abschiedsworte und schon war Lisa aus der Türe.

„Sie sind wahrlich verrückt!", rief Nele begeistert einige Tage später bei ihrem zweiten Date aus, denn Fabian führte sie durch das kunsthistorische Museum, das ihnen gänzlich alleine zur Verfügung stand. „Wie haben Sie das nur fertiggebracht?"

Das erstaunte Strahlen ihrer dunkelbraunen Augen beglückte Fabian gebührlich und zufrieden lächelte er sie an. „Jemand war mir noch einen Gefallen schuldig, das ist alles."

Fasziniert besah sie sich sein attraktives Gesicht, das ihr schon so vertraut war. Würde sie wohl je erahnen, was in ihm vorging? Warum machte er sich bloß solche Umstände? Stattdessen hätte er sie auch einfach in ein Restaurant oder dergleichen führen können? Die Antwort lag wahrscheinlich darin, dass Fabian nicht wie jeder andere Mann war.

Nele schenkte ihm ein herzerwärmendes Lächeln. „Ich wette, Sie untertreiben, aber egal, ich finde Ihren Einfall phänomenal."

Ihre Freude ging auf ihn über und zuvorkommend führte er sie durch das Museum. Nele war sehr beeindruckt, die gesammelten Kunstwerke in aller Ruhe bewundern zu können und darüber hinaus noch Fabian an ihrer Seite zu haben, der sein kunstgeschichtliches Wissen angetan mit ihr teilte. In seinen Erklärungen konnte sie deutlich seine eigene Faszination für die Gemälde spüren, das Feuer, das in ihm brannte. Er schien so voller Begeisterung und Lebensfreude zu sein, so voller Charisma und Frohsinn. Nele wünschte in diesem Moment, sie könnte nur ein wenig so wie er sein, offen, gut gelaunt und warmherzig.

„Eine Münze für Ihre Gedanke, Nele", riss Fabian sie aus ihrer Nachdenklichkeit und sah sie eingehend an. Manchmal hatte er das Gefühl, ein trüber Schleier legte sich über ihre Seele und ließ dunkle Schatten über ihren Gemütszustand ziehen. Sie musste einmal schrecklich verletzt worden sein, und dieser Schmerz der Vergangenheit hielt sie nach wie vor in seinen Klauen. Dieser Umstand löste einen gewaltigen Zorn und zugleich Ohnmacht in ihm aus, weil er diese Qual nicht von ihr nehmen konnte. Würde es in seiner Macht stehen, hätte er jede schmerzvolle Erinnerung aus ihrem Gedächtnis gelöscht, um sie fortan vor allem Verletzendem zu schützen.

Ein Lächeln huschte über ihr Gesicht. „Ich glaube nicht, dass meine Gedanken interessant sind."

Fabian schritt näher auf sie zu und blieb dicht vor ihr stehen. „Für mich schon. Ich würde sie gerne erfahren."

Nele blickte tief in seine graugrünen Augen und verlor sich in dem warmherzigen, beschützenden Ausdruck darin. In diesem Augenblick spürte sie eine vertrauensvolle Nähe zu ihm, weswegen sie die errichteten Mauern ihrer Unnahbarkeit überschritt.

„Ich bewundere Ihre offene Art und dachte gerade, dass mir der Umgang mit Menschen mit dieser Offenheit besser gelingen würde."

„Aber, Nele, Sie können doch wunderbar mit anderen umgehen, denken Sie doch nur an Ihre Freundinnen. Ich habe noch niemanden erlebt, der sich so aufopfernd um seine Freunde gekümmert hat. Sie sind ein besonderer Mensch, Nele, lassen Sie sich ja nichts anderes einreden", betonte Fabian mit Nachdruck und strich kurz, aber liebevoll über ihre Wange.

Leicht verlegen senkte sie den Blick und wusste nicht recht, wie sie mit diesem Kompliment umgehen sollte.

Fabian bemerkte ihre Verlegenheit und wechselte deshalb das Thema. „Ich hoffe, Sie haben Hunger, denn ich habe eine Kleinigkeit herrichten lassen."

Nele nickte dankbar und so führte er sie zu dem Platz unter der Kuppel, wo er ein romantisches Candle-Light-Dinner mit melodischen Hintergrundklängen herrichten hatte lassen. Neles Miene hellte sich unbewusst auf und ungewollt erwärmte sich ihr unromantisches Herz für Fabian.

Lachend öffnete Fabian die Tür zu seiner Wohnung und ließ Nele nach ihrem dritten Treffen eintreten. Beide waren zwar leicht durchgefroren, dafür aber bester Laune, denn sie hatten gerade eine atemberaubende Fahrt mit dem Heißluftballon hinter sich. Nele war schrecklich nervös gewesen, aber dank Fabian hatte sie bald Vertrauen zu dem Fluggefährt gefasst und die Fahrt in schwindelerregender Höhe bei blauem Himmel und strahlendem Sonnenschein mehr als genossen.

Nele konnte sich nicht erinnern, wann sie sich je so frei und unbeschwert gefühlt hatte.

„Setzen Sie sich ruhig nieder, ich mache uns inzwischen einen wärmenden Tee", forderte Fabian sie beschwingt auf, während er den Weg in die Küche einschlug.

Nele tat wie ihr geheißen und machte es sich auf der Sitzbank gemütlich. Sie zog ihre Jacke und ihren dicken Überziehpullover aus und rekelte sich genüsslich in der Wärme des Raumes.

Einige Minuten später kam Fabian mit zwei Tassen und einer Teekanne ins Wohnzimmer zurück und setzte sich neben seine Besucherin.

„Ich denke, wir kennen uns nun lange genug, um das ‚Sie' beiseitelassen zu können und zum ‚Du' überzugehen, oder?", schlug er vor, während er den Tee einschenkte und ihr eine Tasse reichte.

„Einverstanden." Leicht nippte sie an dem heißen Getränk und sah ihm anschließend direkt ins Gesicht. „Also trinken wir Bruderschaft? Mit Tee?"

Belustigt grinste Fabian ihr zu, bevor er sich nach vorne beugte und ihr verwegen einen Kuss auf die Lippen hauchte. Sie sahen sich tief in die Augen, und in diesem Augenblick brachte ein überspringender Funken das schwache Feuer zwischen ihnen zum energischen Auflodern. Zärtlich strich Fabian Nele eine lose Haarsträhne aus dem Gesicht, ohne sie auch nur einen Moment aus den Augen zu lassen. Dann beugte er sich erneut nach vorne und legte seine Lippen auf die ihren. Anfangs war der Kuss sanft und zärtlich, steigerte sich jedoch zunehmend zu einer intensiven Leidenschaftlichkeit. Entschieden umschlang er ihre Taille und zog sie dicht an sich. Nele indes legte ihre Arme um seinen Hals und kostete seinen Kuss aus. Leidenschaftlich strich er an ihrem Rücken entlang, durchwühlte ihr seidiges Haar und schob schließlich die Hand unter ihre Bluse, um die Wärme ihrer Haut besser spüren zu können. Nele verlor dadurch etwas das Gleichgewicht und kam auf dem Sofa zum Liegen. Fabian schien dies nicht zu stören, vielmehr begann er sich an den Knöpfen ihrer Bluse zu schaffen zu machen.

Obgleich Nele bis dahin die Nähe und Zärtlichkeiten Fabians befürwortet hatte, setzte mit dieser Aktion wieder ihr Verstand ein und ihr wurde klar, wozu dies führen würde, wenn sie ihm nicht Einhalt gebot. Panik wallte in ihr auf. Sie wollte nicht mit ihm im Bett landen, eine schnelle Nummer hinter sich bringen und dann mit der Leere in ihrem Herzen zurückgelassen werden. Fabian bedeutete ihr leider mittlerweile etwas, und sie wollte nicht gegen eine andere ausgetauscht werden, sobald er sein Ziel bei ihr erreicht hatte. Sie wollte ihn als Freund behalten und Sex würde alles nur zerstören.

Abrupt löste Nele sich von ihm und schob ihn ungeduldig von sich hinunter. Als sie sich aufsetzte, bemerkte sie seinen verwirrten Gesichtsausdruck. Er streckte die Hand nach ihr aus, um sie erneut in seine Arme zu ziehen, doch sie stieß seine Hand kommentarlos weg.

In seinen Augen standen Verwirrung und Ratlosigkeit. „Was ist los?"

Wut machte sich plötzlich in ihr breit. Was dachte er bloß? Dass er als Dankeschön für seine Ausgaben eine Nacht mit ihr erkaufen konnte? Dass man nur nett zu ihr sein brauchte und schon war sie ein williges Opfer?

Fuchsteufelswild sprang sie auf. „Was los ist, willst du wissen?", brachte sie mit vor Zorn funkelnden Augen hervor, „das kann ich dir gerne sagen. Was bildest du dir eigentlich ein? Glaubst du wirklich, mit einem Opernbesuch, einer Museumsführung und einer Heißluftballonfahrt bringst du mich in dein Bett? Worauf bist du eigentlich scharf? Willst du damit angeben, dass du alle vier Freundinnen hättest haben können? Oder nur dass du selbst die Unnahbaren herumbekommst? Also, was ist dein Ziel?"

Fabian war angesichts ihrer Vorwürfe bleich geworden und verstand nicht, was auf einmal in sie gefahren war. Alles war bestens gelaufen, er war überglücklich gewesen, Nele endlich in seinen Armen zu halten, so wie er es schon seit Monaten herbeigesehnt hatte. Er war im siebten Himmel gewesen, nur um plötzlich in der Hölle zu landen. Vielleicht war er zu ungestüm vorgegangen, wodurch sie sich bedrängt fühlte, rätselte er ratlos. Oh Gott, Nele zu verstehen schien ein Ding der Unmöglichkeit zu sein.

„Ich weiß nicht, wie du auf solche Ideen kommst. Ich habe all diese Dinge keinesfalls deshalb getan, um dich in mein Bett zu bekommen", versuchte er sie zu beschwichtigen. „Aber scheinbar denkst du, ich hätte das nötig." Obgleich seine Stimme ruhig und sanft war, klang ein gekränkter Unterton mit, der offenbarte, dass er sich in seinem Inneren durch ihre Anschuldigungen verletzt fühlte.

„Warum hast du es dann getan?" Nele fixierte ihn und verlangte eine aufrichtige Antwort.

Schweigend sah Fabian sie an. Er dachte nicht daran, einzugestehen, dass er alles aus reiner Liebe zu ihr getan hatte. Viel zu sehr hasste er momentan diesen gefühlskalten Zug an ihr, der sie gewiss über Leichen gehen ließ. In diesem Zustand würde er ihr sicherlich nicht sein Herz zum Zerfleischen anbieten. Vielleicht würden sie niemals zusammenkommen, vielleicht waren die Unterschiede zwischen ihnen doch unüberwindbar. Dennoch liebte er sie, was immer sie ihm auch an den Kopf werfen würde.

Nele wusste nicht, was sie erwartet hatte zu hören, aber sein eisiges Schweigen hinterließ einen bitteren Nachgeschmack. Sie nickte, so als würde sie verstehen, nahm ihre Sachen und wandte sich zum Gehen.

„Macht es dir eigentlich Spaß, andere bewusst zu verletzen?", fragte Fabian mit matter Stimme und traurigen Augen.

Nele ging, ohne die Frage zu beantworten und ohne zurückzublicken.

## 20.

Zwei Wochen lang herrschte völlige Funkstille zwischen den beiden. Zwar versuchte Nele sich mit Arbeit abzulenken, aber es schien unvermeidbar, dass sich Fabian von Zeit zu Zeit in ihre Gedanken schlich. Nur ungern gestand sie es sich ein, aber sie vermisste ihn. Wahrscheinlich hatte sie damals ein wenig überreagiert. Wenn sie ganz ehrlich war, hatte sie sich wie eine durchgedrehte Närrin benommen. Dennoch dachte sie nicht im Traum daran, sich zu entschuldigen. Schon allein deshalb, weil eine endgültige Trennung vielleicht das Beste war, da sie ansonsten zu viele Gefühle für ihn entwickelt hätte. Und dieser Umstand würde eines Tages nur dazu führen, dass er sie eines Tages verletzen würde. Und genau das wollte sie mit aller Macht vermeiden.

Nele war gerade am Arbeiten, als die Glocke Besuch ankündigte. Sie staunte nicht schlecht, als ihre drei Freundinnen vereint vor der Türe standen.

„Wir müssen mit dir sprechen!", verkündeten sie unisono.

So gingen sie alle gemeinsam ins Wohnzimmer, wo Tessa, Lisa und Nina auf dem Sofa Platz nahmen, während sich Nele ihnen gegenüber hinsetzte.

Insgeheim fand Nele es amüsant, dass ihre Freundinnen so aufmarschierten, und musste ein Grinsen unterdrücken. „Was kann ich für euch tun?"

„Für uns nichts, aber vieles für dich selbst", begann Lisa in ernstem Tonfall.

„Wir haben mit Fabian gesprochen, und er hat uns erzählt, was vorgefallen ist", fuhr Nina fort.

Neles Miene verfinsterte sich augenblicklich. Natürlich war Fabian zu ihren Freundinnen petzen gegangen. „Männer!", dachte sie ärgerlich. „Und jetzt glaubt ihr, ihr müsst mir deswegen die Leviten lesen?"

„Nein, das haben wir nicht vor", beteuerte Tessa sanftmütig. „Wir wollen dir lediglich klarmachen, dass es kein Fehler ist, sich auf jemanden einzulassen."

„Das könnt ihr euch sparen", blockte Nele energisch ab und verschränkte abwehrend die Arme.

„Wovor hast du nur solche Angst?", fragte Nina besorgt nach.

„Ich habe vor nichts Angst, okay!"

Tessa gab den beiden anderen ein Zeichen, woraufhin diese den Raum verließen. Anschließend rückte sie näher an Nele heran und sah ihr eindringlich ins Gesicht.

„Du denkst bestimmt, keiner von uns versteht dich. Vielleicht hast du sogar recht damit, aber niemand weiß besser als ich, wie es ist, die Liebe seines Lebens zu verlieren. Ich war machtlos dagegen, aber du bist das nicht. Alles, was Fabian getan hat, tat er aus Liebe zu dir. Ich weiß, du empfindest ebenso für ihn, nur lässt du deine Gefühle nicht zu. Was fürchtest du, Nele?" Tessas Stimme war warmherzig und beschwörend und ihre hellblauen Augen drückten ihr Mitgefühl aus.

Nele stand auf und bewegte sich unruhig auf und ab. Nach einiger Zeit blieb sie vor Tessa stehen. „Ich habe Angst davor, dass ich durch meine Gefühle in Ketten gelegt werde, dass ich meine Unabhängigkeit, meine Selbstbestimmung verliere. Ich will einfach nicht eine willenlose Schachfigur eines Mannes werden, die nicht mehr über sich selbst bestimmen kann", gestand sie offen ein.

„Und du denkst, die Liebe zu einem Mann bewirkt das?"

„Ja, denn die Liebe macht einen schwach und liefert einen an den Partner aus, sie macht uns schlussendlich verletzlich und angreifbar."

„Vielleicht tut sie das in gewissen Fällen, aber sie stärkt uns auch, verleiht uns unsagbare Kräfte und ermöglicht das Unmögliche. Du solltest dich nicht davor verschließen."

„Ich verlasse mich lieber auf meinen Verstand, der hat mich noch nie im Stich gelassen."

Tessa nickte. „Aber hilft er dir auch, wenn du eine Schulter zum Ausweinen brauchst, ist er dir eine Hand, die dich auffängt, wenn du fällst, und glaubt er auch noch an dich, wenn du dich selbst aufgegeben hast? Du hast recht, Verstand ist sehr wichtig, aber er ist nicht alles."

Tessa stand auf, legte für eine Sekunde die Hand als Zeichen ihres Verständnisses auf Neles Schulter und ließ ihre Freundin mit den gesagten Worten nachdenklich im Raum zurück.

Ein Monat später, Anfang Mai, stand Ninas Hochzeit mit dem wohlhabenden Industriellen Mario Bernsdorf vor der Türe. Naturgemäß war die Braut sehr aufgeregt, richtig Kopfschmerzen verursachte ihr aber der mit Lisa und Tessa ausgeheckte Plan zur Zusammenführung von Fabian und Nele.

Die Trauung verlief so perfekt wie vorgesehen und die Hochzeitsfeier fand im Garten der Villa ihres angetrauten Gatten statt. Nina wirkte in ihrem weißen, langen Brautkleid aus Seide wie eine verzauberte Märchenprinzessin und genoss die anerkennenden und bewundernden Blicke der Gäste.

Das Fest war gerade im vollen Gange, als sich die Braut, Tessa und Lisa hinter dem aufgestellten Festzelt zur Besprechung trafen.

„Denkt ihr, wir sollten jetzt zur Tat schreiten?", fragte Lisa, die in einem knielangen, blassvioletten Chiffonkleid eine reizende Figur machte. Ihr war nicht ganz wohl bei der Sache, obwohl ihr bewusst war, dass es die einzige Möglichkeit war, um Nele zu ihrem Glück zu zwingen.

„Ja, jetzt ist der beste Zeitpunkt." Nina hegte keinen Zweifel am Erfolg des Plans, da er immerhin von ihr kam.

„Wenn es zu keiner Versöhnung kommt, wird Nele uns den Kopf abreißen", gab Tessa zu bedenken. Das leicht geblümte Kleid unterstrich ihre Zartheit, die sich auch in ihrem Antlitz spiegelte.

Nina verzog ihren roten Schmollmund. „Für einen Rückzug ist es zu spät, meine Damen. Außerdem waren wir uns doch einig, dass wir etwas unternehmen müssen, um die beiden Sturköpfe vor einer Dummheit zu bewahren, nicht wahr?" Sie blickte ungeduldig von Lisa zu Tessa. „Wir wissen doch nur zu gut, dass sich Nele nie freiwillig mit ihm aussprechen wird, dafür ist sie viel zu stolz. Und eine bessere Gelegenheit als diese werden wir so schnell nicht finden."

Lisa seufzte ergeben. „Du hast ja recht. Also bringen wir es hinter uns."

Nina nickte zufrieden. „Also gut. Lisa, du gehst zu Nele und sobald ich sehe, dass sie sich auf den Weg macht, gebe ich dir, Tessa, ein Zeichen und du schickst Fabian. Alles klar?"

Die beiden nickten gleichzeitig mit dem Kopf und so schwärmten sie aus, um den Plan in die Tat umzusetzen.

Lisa musste einige Minuten auf die Suche gehen, bevor sie Nele am Rande der Tanzfläche ausfindig machen konnte. Ihre Freundin trug ein doppelschichtiges Musselinkleid in hell- und mittelblauer Farbe und hatte ihr Haar hochgesteckt, lediglich eine Strähne fiel ihr schmeichelnd ins Gesicht. Aufmerksam beobachtete sie die tanzenden Paare auf dem Parkett und bemerkte deshalb nicht, wie Lisa zu ihr trat.

„Ein schönes Fest, nicht wahr?", meinte Lisa und versuchte dabei ihre Stimme unverdächtig klingen zu lassen.

Nele wandte sich ihr zu und lächelte geheimnisvoll. „Ja, ein sehr schönes sogar. Weißt du, woran ich gerade gedacht habe?"

Ihre Freundin schüttelte ahnungslos den Kopf.

„Vor einem Jahr hatten wir ebenfalls eine Hochzeit um diese Zeit. So vieles ist dazwischen passiert. Tessa verlor Hannes und beinahe ihren Verstand und doch ist sie jetzt mit Felix glücklich, Nina hat eine Tochter geboren und endlich ihr Lotterleben hinter sich gelassen. Und du, Lisa, hättest dich fast von Peter scheiden lassen."

„Und nun sind wir glücklicher als je zuvor", ergänzte Lisa; „ja, es war ein sehr bewegtes Jahr, das ist nicht zu leugnen." Eine kurze Pause des Sinnierens stellte sich ein. „Weißt du, was aber gleich geblieben ist?"

Nele schüttelte den Kopf und Interesse flackerte in ihren dunkelbraunen Augen auf.

„Unsere Freundschaft, die selbst die schlimmsten Zeiten unbeschadet übersteht. Es ist gut zu wissen, dass man Freunde hat, die stets zu einem stehen." Lisa blickte sekundenlang in das vertraute Gesicht von Nele und wusste auf einmal, dass sie das Richtige tat. „Nina schickt mich, sie hat eine große Bitte", kam es ihr ohne Schwierigkeiten über die Lippen. „Der Wein ist ausgegangen. Da die Kellner ausgelastet sind, hofft sie, du könntest so gut sein und einige Flaschen aus dem Weinkeller holen. Würdest du das tun?"

Nele bedachte ihre Freundin mit einem misstrauischen Blick und runzelte skeptisch die Stirn.

„Ich würde die Flaschen ja selbst holen, aber ich habe Nina bereits versprochen, auf Fabia zu achten", fuhr Lisa mit glaubwürdiger Unschuldsmiene fort.

„Schon gut, ich mache das", stimmte Nele etwas widerwillig der Bitte zu. „Ich habe allerdings nicht die geringste Ahnung, wo sich der Weinkeller befindet."

Lisa lieferte ihr eine präzise Wegbeschreibung und so machte sich Nele auf den Weg.

Nina beobachtete indes das Geschehen mit Argusaugen und gab Tessa das abgesprochene Zeichen, die daraufhin dasselbe Spielchen mit Fabian trieb.

Glücklicherweise fand Nele den Weinkeller ohne größere Probleme und stieg die Treppen in die Tiefe hinab. Es war alles sehr modern gestaltet und mit Holz verkleidet, sodass Nele die Bezeichnung „Keller" im Grunde genommen unpassend fand, da sie sich darunter eher alte Gemäuer voller Staub und Spinnweben vorstellte. Sie erinnerte sich daran, dass Lisa irgendetwas von einem Wein in den hinteren Regalen gesprochen hatte, und schlug daher diese Richtung ein. Es waren keine fünf Minuten seit ihrer Ankunft vergangen, als sie das Quietschen der Kellertüre und Schritte vernahm. Aus Neugier machte sie kehrt und bewegte sich zur Treppe zurück. Dort staunte sie nicht schlecht, als sie Fabian gegenüberstand. Beide wurden im selben Moment bleich, so als wäre ihnen soeben ein Geist erschienen. Sie starrten sich gegenseitig an, ohne ein Wort über die Lippen zu bringen.

Nele fasste sich als Erste wieder, eilte an ihm vorbei die Stufen hinauf und drückte die Türklinke hinunter. Leider vergeblich, die Tür öffnete sich nicht.

„Es ist abgeschlossen!", sagte sie fassungslos zu sich selbst und wandte sich im Anschluss darauf mit düsterem Blick Fabian zu, der nach wie vor regungslos am Fuße der Treppe stand. Aufgrund ihrer Worte blickte er zu ihr hoch und erkannte, dass sie ihn für den Verantwortlichen hielt.

„Ich bin so wenig erfreut wie du! Ich habe uns hier ganz sicher nicht eingeschlossen, aber ich kann mir denken, wer dahintersteckt", rechtfertigte er sich in kühlem Tonfall.

Auch Nele begriff, wem sie dieses ungewollte Zusammentreffen zu verdanken hatte. Resignierend schritt sie wieder hinab und ließ sich auf den unteren Stufen nieder. Fabian tat es ihr gleich, und so saßen sie minutenlang schweigend nebeneinander.

Nach ungefähr zehn Minuten ertrug Fabian das Schweigen nicht länger. „Eigentlich sind wir doch alt genug, um uns wie zwei vernünftige Erwachsene benehmen zu können, oder?", wollte er von Nele wissen, die ihm einen gelangweilten Blick zuwarf, aber ihren Mund nicht öffnete.

Ihr Starrsinn konnte einen wirklich zum Wahnsinn treiben, vor allem weil sie ihn doch mit den ungeheuerlichsten Anschuldigungen beleidigt hatte und nicht umgekehrt. Womöglich war er damals einfach zu schnell vorgegangen und hatte sie verschreckt, vielleicht lag ihr aber auch wirklich nichts an ihm und das war der Grund, warum sie ihn brüsk abgewiesen hatte. Sie blieb ihm ein für alle Mal ein Rätsel.

„Ich bin wahrscheinlich zu dumm, um zu begreifen, was ich falsch gemacht habe und warum du mir zürnst", sagte er voller Unverständnis mehr zu sich selbst als zu Nele, worauf sie ihn überrascht ansah.

„Wie kommst du darauf?"

Fabian lachte leicht auf. „Na ja, wir küssen uns leidenschaftlich und im nächsten Moment stößt du mich fort, wirfst mir die seltsamsten Ungeheuerlichkeiten an den Kopf, verlässt meine Wohnung und brichst jeglichen Kontakt ab."

„Du hast ebenso wenig angerufen", verteidigte Nele sich und schob widerspenstig ihr Kinn vor.

Ungläubig schüttelte er den Kopf. „Welchen Grund hätte ich gehabt, dich anzurufen? Du hast mir doch deutlich gezeigt, dass du kein Interesse an mir hast."

Nachdenklich betrachtete Nele seine verschlossenen Gesichtszüge und legte ihre Stirn leicht in Falten. „Du hast mir genauso wenig gesagt, warum du das alles tatest."

Fabian stöhnte gequält auf. „Du bist so intelligent und einfühlsam, Nele, aber manchmal hast du einfach ein Brett vor dem Kopf! Warum wohl habe ich alles getan, wenn nicht aus Liebe?"

Zum zweiten Mal an diesem Tag wurde sie bleich, und in ihren Augen stand größte Verwirrung. „Du kannst mich nicht lieben", brachte sie mühevoll hervor und es klang wie ein Protest.

Intensiv blickte er in ihre dunkelbraunen Augen. „Und warum nicht?"

„Weil du Lisa geküsst hast und vielleicht noch mehr mit mir angestellt hast."

Fabian erhob sich und wanderte ein wenig umher, bis er vor ihr zum Stehen kam: „Ich kann nicht leugnen, dass ich Lisa geküsst habe, so gerne ich es auch täte, ich bin schließlich auch nur ein schwacher Mann voller Fehler, aber es gibt nur eine, die mir wirklich etwas bedeutet, und das bist du. Es mag sein, dass du mir nicht glaubst, aber all das, was ich für deine Freundinnen die Monate über tat, und auch unsere Dates waren Ausdrücke meiner Gefühle für dich. Sag mir, welchen Liebesbeweis du von mir erwartest, und ich erfülle ihn ohne Zögern."

Das Strahlen seiner graugrünen Augen bestätigte ihr die Wahrheit seiner Worte und ließ ihr Herz schneller schlagen. Er liebte sie, wahrlich! Wie unglaublich! Nele stand auf, bewegte sich auf ihn zu und legte sanft ihre Lippen auf die seinen. Der Kuss war sanft und zugleich intensiv, und Fabian fühlte alle Last von sich abfallen. Aber als er sie in die Arme nehmen wollte, wich sie zurück.

„Es geht trotzdem nicht", erklärte Nele bitter und Traurigkeit schwang in ihrer Stimme mit.

Verständnislos blickte Fabian sie an, wieder einmal. Liebevoll ergriff er ihre Hände, die so warm und zart waren wie Nele in ihrem Inneren, wenn sie ihren Schutzpanzer beiseitelegte, das wusste er inzwischen.

„Du hast Angst", stellte Fabian geradeheraus fest.

Nele senkte ihren Kopf, machte sich von ihm frei und bewegte sich einige Schritte von ihm fort. Abstand tat ihr gut, um einen klaren Kopf zu bekommen. Und genau das brauchte sie.

„Es würde nicht gut gehen, ich brauche meine Freiheit und Unabhängigkeit und lasse mich nicht gerne in einer Beziehung einsperren. Darum ist es besser, wir lassen es gleich." Ihre Stimme war kühl und distanziert und duldete keinen Widerspruch, aber Fabian ließ sich nicht so leicht abschütteln.

„Ich weiß nicht, was in deiner Vergangenheit geschehen ist oder wer dir solche Wunden zugefügt hat. Und ich kann dir auch nicht versprechen, dass wir uns ewig lieben werden und dass es nie Schwierigkeiten geben wird. Aber eines weiß ich ganz bestimmt, dass ich dich genauso schätze, wie du bist, mit all deinen Fehlern und Schwächen, die dich so einzigartig und liebenswert machen, und dass ich immer hinter dir stehen werde, komme, was wolle. Denn vorrangig werde ich dir ein Freund sein, der auch in den schlechten Zeiten an deiner Seite bleiben wird. Ich will dich nicht einschränken oder ändern, nichts liegt mir ferner, glaube mir bitte." Er suchte ihre Nähe, hob sanft ihr Kinn an, sodass sie ihm geradewegs in die Augen sehen musste. „Nele, du bedeutest mir unendlich viel, mehr als sonst jemand. Aber nur du alleine kannst entscheiden, ob du für immer eine Gefangene deiner Vergangenheit bleiben willst oder ob du einen Schritt in die Zukunft mit mir wagst. Du bist sehr klug, also bin ich mir sicher, du triffst die richtige Entscheidung – für dich und für mich."

In seinen graugrünen Augen las sie uneingeschränktes Vertrauen und bedingungslose Liebe, und sie drohte in diesen tief gehenden Gefühlen zu ertrinken.

Überraschenderweise schenkte sie ihm ein glückseliges Lächeln. „Du bist äußerst raffiniert, weißt du das? Womöglich ist meine Entscheidung ein Fehler, aber ich denke, ich bin alt genug, um mir ein paar leisten zu können." Zärtlich legte sie ihre Arme um seinen Hals und vergaß in diesem Moment all den ihr zugefügten Schmerz, der in ihrem Inneren seit Jahren saß. Er liebte sie, so wie sie war, und sie erkannte, dass sie kein schöneres Geschenk erhalten könnte, denn das war es, was sie stets gewollt hatte. Einen Menschen an ihrer Seite, der ihre Stärken wie ihre Schwächen liebte.

„Du bedeutest mir ebenso viel, Fabian, und ich will für immer an deiner Seite sein", bekannte sie mit einem glücklichen Strahlen.

„Liebe bewirkt jeden Tag neue Wunder: Sie schwächt die Starken und stärkt die Schwachen; sie macht aus Weisen Narren und lässt Narren weise werden; sie begünstigt die Leidenschaft und zerstreut die Vernunft – kurz gesagt: Sie stellt alles auf den Kopf", zitierte Fabian Marguerite de Valois, bevor er sich hinabbeugte, Nele überschwänglich küsste und damit ihre gemeinsame Zukunft besiegelte.

Was den beiden entging, waren die glücklichen Gesichter von Tessa, Lisa und Nina, die Zeuginnen des soeben geschlossenen Liebesbundes waren.

# Die Autorin

Doris Kandlhofer wurde als einziges Kind eines Ingenieurs und einer Buchhalterin geboren und wuchs in Wien auf, wo sie auch die Schule absolvierte. Bereits in der Schulzeit begann sie mit dem Verfassen von Romanen. Nach der Matura studierte sie Publizistik- und Kommunikationswissenschaft und jobbte nebenbei. Nach ihrem Abschluss 2005 begann sie in einer Vermögensverwaltung zu arbeiten, wechselte später zum Verein „Zeitung in der Schule", wo sie als Seminarorganisatorin tätig ist.

novum — EIN HERZ FÜR AUTOREN

# Der Verlag

Der im österreichischen Neckenmarkt beheimatete, einzigartige und mehrfach prämierte Verlag konzentriert sich speziell auf die Gruppe der Erstautoren.
Die Bücher bilden ein breites Spektrum der aktuellen Literaturszene ab und werden in den Ländern Deutschland, Österreich, Schweiz und Ungarn publiziert.
Das Verlagsprogramm steht für aktuelle Entwicklungen am Buchmarkt und spricht breite Leserschichten an.
Jedes Buch und jeder Autor werden herzlich von den Verlagsmitarbeitern betreut und entwickelt.
Mit der Reihe „Schüler gestalten selbst ihr Buch" betreibt der Verlag eine erfolgreiche Lese- und Schreibförderung.

**Manuskripte herzlich willkommen!**

novum publishing gmbh
Rathausgasse 73 · A-7311 Neckenmarkt
Tel: +432610 43111 · Fax: +432610 43111 28
Internet: office@novumpro.com · www.novumpro.com

AUSTRIA · GERMANY · SWITZERLAND · HUNGARY